발치카
No. 9

이은선 소설집

발치카 No. 9

초판 1쇄 발행 2014년 9월 30일
초판 2쇄 발행 2016년 1월 26일

지은이 이은선
펴낸이 주일우
펴낸곳 ㈜**문학과지성사**
등록번호 제1993-000098호
주소 04034 서울 마포구 잔다리로7길 18 (서교동 377-20)
전화 02)338-7224
팩스 02)323-4180 (편집) 02)338-7221 (영업)
전자우편 moonji@moonji.com
홈페이지 www.moonji.com

ⓒ 이은선, 2014. Printed in Seoul, Korea

ISBN 978-89-320-2661-9 03810

발치카
No. 9

이은선 소설집

문학과지성사
2014

차례

카펫
– 수로 1

엄마 손에는 목화가 자란다. 하루 종일 창가에 앉아 내 손
등만 한 꽃송이를 만드는 엄마. 나가 놀아도 돼? 엄마, 나 나
간다고! 대답이 없다. 수를 놓을 때면 엄마는 내가 아무리
큰 소리로 불러도 잘 듣지 못한다. 잠깐 망설이다 방 한가운
데 놓인 약사발을 지나 방문을 연다. 슈흐랏! 엄마 목소리에
나는 방문 손잡이를 꼭 잡은 채 돌아선다.

햇빛을 등진 엄마, 그 검은 소금모래 구덩이.

들판에는 언제나 바람이 불었다. 눈부신 햇빛과 바람을 타
고 들판을 떠다니는 모래 아니 소금모래 속에서 우리는 숨
고, 찾고 또 달리기도 하면서 놀았다. 오늘은 백조드가 술래

였다. 들판이 시작되는 곳에 있는 배들의 무덤 쪽으로 가서 술래잡기를 할 수도 있었지만 왠지 모르게 목덜미에 쭈뼛거리는 느낌이 들어 거기서는 잘 놀지 않았다. 아무 이유 없이 팔을 벌리고 바람 속에 서 있거나 모래성을 만들고, 녹슨 배의 부품들을 뜯어다 장난감을 조립하는 것이 우리가 들판에서 하는 놀이였다. 집으로 돌아올 때쯤이면 모두의 손바닥에 벌건 녹물이 들었다. 한때 바다였던 모래들판은 이제 부서지고 녹슨 배들의 무덤과 가시가 무척 크고 날카로운 싹싸울 나무 덤불을 가득 품은 채 우리들의 놀이터가 되었다. 우리는 누가 먼저 들판으로 나가는가에 사탕 내기를 했다. 하지만 아무리 일찍 나가도 매번 이등이었다. 바람이 먼저 와 우리를 기다리고 있기 때문이었다.

　바람은 여기서 시작되는 게 아니야. 공기가 이동의 이동을 거듭해 여기로 온 거지. 콧대 높은 백조드가 자기도 뜻을 잘 모르는 말들을 해댔지만 나는 알고 있었다. 바람이 어디서 시작되었는지 아무도 모른다는 사실과 어디쯤에서 끝이 나는지도 알 수 없다는 것을 말이다. 엄마는 나에게 우리 아버지도 바람과 같은 분이었다고 말해주었다. 아버지는 큰 배의 선장이니 바람을 타고 다니는 건 당연한 일이겠지만 어쨌든 나는 아버지가 무척 자랑스럽게 느껴졌다. 엄마는 아버지의 배를 타고 항구도시였던 이 마을에 들어왔다고 했다. 바닷물이 줄어들자 바람이 부는 쪽으로 배를 몰고 더 멀리

나갔다는 우리 아버지. 가끔 아버지가 보낸 엽서가 집으로 도착했지만 나는 아직 글을 읽을 줄 몰랐다. 엽서가 온 날이면 카펫의 목화는 다른 때보다 더 아름답게 피어났다. 엄마, 아버지는 지금 어디에 계셔? ……멀리, 아주 먼 곳에.

엄마는 카펫을 짜고 수 놓는 일로 내 약값을 벌었다. 옆 마을로 카펫을 팔러 나갔다가 빈손으로 돌아오는 날에는 촌장 아저씨를 찾아가 돈을 빌려 왔다. 촌장 아저씨는 심심할 때마다 우리 집에 찾아와 엄마와 조용히 이야기를 나누고 돌아갔다. 그럴 때마다 엄마는 울기도 하고 웃기도 했는데, 대부분은 아무 말도 하지 않았고 대답을 해야 할 때는 고개만 끄덕거렸다. 마을 아저씨들이 종종 엄마를 찾아와 이야기 좀 하자고 불러댔지만 엄마는 들은 척도 하지 않았다. 그런 아저씨들이 떠나고 난 다음에 방문을 열어보면 내 신발 위에 꼬깃꼬깃해진 사탕 봉지가 놓여 있었다. 아저씨들은 학교 앞 가게에서는 팔지 않는 사탕들을 가져와 내 마음을 흔들어놓았다. 나는 그것들을 엄마 몰래 숨겨놓느라 마을 곳곳에 사탕 창고를 만들었다. 그중 모래들판에 만들어둔 창고는 위치를 자주 바꾸어야 했다. 백조드 때문이었다.

술래인 백조드가 뒤돌아서서 숫자를 세는 사이에 나는 있는 힘을 다해 배들의 무덤으로 달려갔다. 이번에 잡히면 내가 가지고 있는 사탕들을 모두 뺏길 수도 있기 때문이었다. 내가 어떻게 모은 것들인데! 빈 배들 사이로 바람이 오가는 소리가 조금 무서웠지만 어쩔 수가 없었다. 그런데 나보다 먼저 촌장 아저씨가 배들의 무덤에 와 있는 게 아닌가. 아저씨는 오늘도 배 위에 앉아 낚시를 하는 중이었다. 내가 그 앞을 지나가도 모르는 것을 보니 이미 보드카를 많이 마신 것 같았다. 들키지 않으려 고개를 숙인 채 배 옆에 바짝 붙어 걸었다. 그때 위에서 휘익 소리가 들리더니 내 왼쪽 옷소매에 낚싯바늘이 꽂혀버렸다. 최대한 조심스럽게 바늘을 빼보려 했지만 촌장 아저씨의 목소리가 먼저 들려왔다. 뭐야? 물고기라도 잡힌 줄 안 것일까. 서둘러 바늘을 빼내느라 소매 깃이 뜯겨버렸다. 슈흐랏이에요! 하지만 촌장 아저씨는 내 목소리를 알아듣지 못했다.

후리릭. 다시 낚싯줄이 바람을 가르는 소리가 들려왔지만 낚싯바늘이 날아간 곳에 바다는 없었다. 그러나 촌장 아저씨의 눈은 분명 바다를 보고 있었다. 바다는 어떤 모습일까. 무척 궁금했지만 그것은 아저씨의 눈에만 보이는 거였다. 촌장 아저씨는 빈 바다에 낚싯줄을 던지기 위해 보드카를 마시는 것 같았다. 아저씨는 세상에서 가장 큰 철갑상어를 잡겠다는 말을 자주 중얼거렸다. 술을 마신 아저씨의 말은 잘 알아들을 수가 없었지만 가장 큰 철갑상어라는 말만은 또렷하게 들렸다. 머리 위에서 가느다랗게 물 흐르는 소리가 났다. 아마 아저씨는 푸른 바다를 향해 오줌을 누고 있을 거였다. 나도 아저씨 옆에 나란히 서서 흰 바람 속으로 시원하게 오줌을 갈기고 싶었다.

물 좀…… 주세요. 여자의 입에서 나온 말은 놀랍게도 우리 마을의 말이었다. 여자가 손을 내밀자 그 주변에 몰려 있던 아줌마 아저씨들이 한두 발짝 뒤로 물러섰다. 무, 물 좀 주세요. 목이 아, 아파요. 여자의 목소리와 동시에 수로에 물이 들어오는 소리가 났다. 투둥, 퉁! 관리인 아저씨가 배수관의 조임새를 풀고 있었다. 서둘러 항아리를 챙겨 든 아줌마 아저씨들이 수도꼭지 앞에 일자로 줄을 서기 시작했다. 하지만 아무도 여자에게 말을 걸거나 옆에 다가서지 않았다. 좌, 좌, 좌락! 수도꼭지에서 물이 나오는 소리가 들리자 여자가 눈을 번쩍 뜨며 일어섰다.

아줌마들은 항아리 가득 물을 담아 가면서도 끝내 여자에게는 한 모금도 나눠주지 않았다. 여자가 제발 물 좀 달라고 사정하며 바지 주머니에서 돈을 꺼냈다. 처음 보는 색깔의 종이였다. 여자가 손을 달달 떠는 바람에 돈이 바닥에 떨어져버리고 말았다. 돈을 줍는 여자의 발목에서 피가 흐르는 게 보였다. 저 다리로 어떻게 여기까지 온 거지? 한 번도 마을 밖으로 나가보지는 못했지만 우리 마을은 비행기를 볼 수 있다는 U시에서도 한참이나 떨어진 곳에 있다고 했다. U시는 바닷물이 고여 있는 곳만큼이나 먼 데라고. 다시 땅바닥에 주저앉은 여자가 뭐라고 중얼거리기 시작했다. 저렇게 말을 많이 하면 목이 더 마를 텐데. 내가 우리 집에 있는 물이라도 좀 가져다줘야겠다고 생각하고 있을 때 누군가 여자의 옆으로 다가가는 게 보였다. 누구지? 아줌마 아저씨들 다리 사이로 하얀 목화 그림이 그려진 검은 치마가 바람에 흩날렸다.

여자는 눈을 크게 뜨고 방 안을 두리번거렸다. 나와 엄마의 옷이 걸린 벽과 깨진 전구가 달린 천장과 큰 창, 그 옆으로 이어진 벽에는 아버지가 보낸 엽서들이 붙어 있었다. 엄마가 여자를 집으로 데려온 것은 수돗가에서 여자가 세 번이나 수건의 물을 짜 먹은 다음이었다. 엄마가 여자를 업었고 나는 여자의 가방을 등에 메고 물 항아리를 머리에 이었다. 이제 슈흐랏네 물을 주지 말아욧! 백조드 엄마가 촌장 아저씨에게 따지는 소리가 내 등짝에 달라붙었다. 흐휴웅. 누군가 던진 돌멩이가 우리 앞으로 날아왔다. 깜짝 놀라 돌아보니 촌장 아저씨와 아줌마들이 무서운 눈으로 우리를 노려보고 있었다. 엄마는 아랑곳하지 않고 여자를 집까지 데려왔다.

여자의 피부색은 나보다도 약간 하얗고 엄마보다는 조금 더 어두웠다. 내가 얼른 물을 가져다주었지만 많이 마시지는 못했다. 여자가 방바닥에 스르르 누워버렸다. 엄마가 빵을 구우러 나갔다. 빙글, 천장이 돌았다. 약 먹어야 할 시간을 놓쳐버린 까닭이었다. 부엌으로 나가 엄마에게 들키지 않도록 조심스럽게 약 항아리 뚜껑을 열었다. 검은 물 위에 떠 있는 내 얼굴이 부르르 떨렸다. 물 때문이야. 물이 흔들리니까 내 얼굴이 저렇게 못생겨진 거야! 하지만 내 목은 머리만 한 두께로 부풀어 오르고 있는 상태였다.

내가 먹는 것보다 훨씬 큰 빵이었다. 리표시까라고 부르는 이 빵은 원래 내 얼굴만 한 크기였지만 오늘은 내 윗배처럼 둥글고 기형 목화처럼 컸다. 여자는 뜨거운 김이 올라오는 빵을 두 손으로 움켜잡았다. 아무렇게나 둘둘 말아서 양 곱창 같아진 빵이 여자의 입속으로 꾸역꾸역 모두 들어갔다. 엄마가 여자에게 재빨리 양젖 한 사발을 내밀었다. 핑글, 빙그르르. 약을 먹었는데도 다시 천장이 내려앉았다. 방바닥이 내 얼굴 위로 올라왔다. 엄마, 나 물!

한참 동안 천장과 벽과 바닥이 한 덩어리처럼 보였다. 방 안의 모든 물건들이 둥글게 뭉쳐져 허공에 떠다녔다. 물속인가. 손을 뻗어 벽을 만졌더니 뱃고동 소리가 들려왔다. 벽 속에 수많은 배들이 몰려와 있었다. 여기저기서 쉴 새 없이 울려대는 뱃고동이 갈매기의 울음도, 어부들이 그물질을 하는 소리도 잡아먹어버렸다. 그런데 아버지는? 톨큰은 또 어디에 있지? 거대한 배들이 파도에 들썩이며 항구에 묶여 있었다. 잔잔한 파도가 물살을 거슬러 올랐다. 조금 있으면 저 파도를 헤치고 우리 아버지의 배, 톨큰이 다가올 것이었다. 나는 항구의 물소리를 깔고 앉아 톨큰을 기다렸다.

그때 누군가 내 목을 움켜쥐었다. 깜짝 놀라 눈을 뜨며 벽에서 손을 뗐다. 엄마가 젖은 수건으로 내 목과 가슴을 닦는 중이었다. 나는 엄마의 목화 무늬 치마에 얼굴을 문질렀다.

투둥, 퉁퉁! 멀리서 수로에 물이 들어오는 소리가 들려왔다. 무언가 내 머리를 툭툭 건드리는 것 같은 소리였다. 내가 어렸을 때만 해도 마을의 공동 우물에서 물을 길었는데 어느 날부턴가 우물이 마르기 시작했다. 바다가 멀어지고 있다는 사실은 그 후로도 한참이나 지난 뒤에 알게 되었다.

나라에서 서둘러 마을에 수로관을 연결해주었지만, 왜 우물의 물이 사라졌는지에 대한 해명은 없었다. 대신 촌장 아저씨가 바다로 흘러드는 강의 물줄기가 바뀌었다고 알려주었다. 우리 마을의 바다는 육지 안에 있는 내륙 해안이라고. 그게 무슨 말인지 나는 잘 몰랐지만 아무튼 끊임없이 물이 흘러 들어와야 하는 곳이라고 했다. 누군가 새 길을 만들어버린 탓에 마을을 지나 바다로 흘러드는 물이 다른 곳으로 가버렸다는 말이었다. 엄마 대신 내가 수돗가에 항아리를 들고 나가 물을 기다리고 있던 때였다. 아줌마들이 소곤대는 소리가 하도 듣기 어려워 덩달아 나도 한숨을 쉬었다. 니가 뭘 안다고 큰숨이니? 쬐그만 게. 놔둬, 애도 한 걱정이지 뭐, 쟤 목 좀 봐…… 조용히 해, 들을라! 목화를 재배하기 위해 강을 송두리째 없앤 곳도 있다고 했다. 바다 깊은 곳까지 누군가 배를 타고 가 해서는 안 될 무시무시한 실험을 했다는 말도 섞여 있었다. 여러 말들은 많았지만 어떤 것도 믿을 수는 없었다. 마을의 우물과 바다의 물이 사라졌다. 아줌마 아저씨들도 일과 말을 잃어버렸다. 내 목이 점점 더 부풀어 올랐다.

햇빛이 여자의 어깨 위에 머물렀다. 내내 집에만 누워 있던 여자가 엄마의 도움으로 카펫 짜는 법을 배우기 시작했다. 여자는 그렇게 하면 하루가 빨리 지나간다며 무척 신이 나 있었다. 엄마의 양손은 위로 올라갔다 내려오는 것이 잘 되는데 여자의 손은 한 땀 한 땀, 느리게 올라가고 한참 뒤에나 내려왔다. 여자가 같은 자리에 반복해서 수를 놓았다 풀어버리는 바람에 카펫 천이 엄마가 수를 놓는 곳과는 다르게 헐렁했다. 여자는 카펫 위에 목화밭을 지키는 사람과 양 떼를 넣어보자고 말했다. 하지만 엄마는 그림에 '사람'이 들어가는 것을 싫어했다. 햇빛이 여자와 엄마의 어깨에서 창 쪽으로 바짝 다가오면, 나는 배들의 무덤으로 나가 친구들이랑 녹슨 배의 갑판을 오리고 다시 조립하면서 놀았다. 그러는 동안에도 아줌마 아저씨 들이 몇 번이나 우리 집에 찾아와 여자를 쫓아내라고 다그쳤다. 엄마는 계속 못 들은 척을 했다. 그러자 촌장 아저씨가 와서 사람 하나 늘리는 일이 물을 얼마나 많이 쓰는 일인 줄 알기나 하냐며 엄마를 벽 쪽으로 몰아세웠다.

　우리는 원래 세 식구였어요. 슈흐랏의 아버지가 돌아왔다고 생각해주면 안 되나요? 엄마의 말에 연설하던 것처럼 거침없이 말을 쏟아내던 촌장 아저씨의 어깨가 움찔했다. 우리 슈흐랏이 많이 아파요. 아이의 병이 다 나을 때까지만이라도 함께 있게 해주세요. 엄마의 간절한 부탁에도 촌장 아저씨는 여자를 내보내지 않으면 열흘 후에는 우리 가족의 수돗가 출입을 허락하지 않겠다고 말하며 방을 나가버렸다. 엄마, 열흘 동안 우리가 평생 씻고 먹을 물을 집에 모아두면 안 될까? 집 안을 바다로 만들 생각이니? 여자가 처음으로 우리 이야기에 끼어들었다. 엄마랑 얘기를 할 때는 몰랐는데 발음은 조금 이상했지만 무척이나 명랑한 목소리였다. 퉁퉁 부어올랐던 다리는 많이 얇아졌는데 여전히 제대로 걷지는 못했다. 여자의 나라에서 쓰는 이름은 'ㅂ-ㅎ-열' 혹은 '비얼'이라고. 여자는 나에게 좀더 빨리 말해보라고 했지만 그때마다 혀가 뻣뻣해지는 느낌이 들었다. 무슨 뜻이냐고 물어보았더니 손가락으로 하늘을 가리키며 밤하늘에 빛나는 것이라고 알려줬다. 아, 율두스? 나는 우리 마을의 말로 여자에게 율두스라는 이름을 지어주었다.

　율두스, 집에 안 가? 몸이 더 나아야지. 그리고 조금 있으면 헤어진 일행들이 나를 데리러 와줄 거야. 근데 다리는 왜 다쳤어? 지나가던 자동차 바퀴에 깔려버렸어. 왜, 어쩌다가? 사실은 이 지역의 생태조사를 온 거였어. 그게 뭔데? 사람들이 사는 모습, 살아가는 환경 같은 거를 알아보는 거야. 그런 걸 왜 해? ……다시, 사람들이 제대로 살아갈 수 있어야 하니까. 우리가 지금 잘못 살고 있는 거야? 아냐, 더 잘 살려고. 그런데 그 마을 사람들에게는 낯선 사람들이 갑자기 찾아와서 이것저것 물어보고, 가뜩이나 물도 부족한데 한없이 물만 축내고 있는 데다가 사고까지 당해 주저앉았으니 얼마나 싫었겠니. 급하게 일을 진행해야 하는 일행들도 무척 난감해했구. 다시 돌아오기로 약속한 일행들이 마을에 나를 남겨두고 떠난 지 일주일 만에 쫓겨났어. 약속한 시간이 지났다고 말이야. 나쁜 사람들! 그래도 거기에 편지를 두고 왔으니까…… 그래 아무튼 빨리 나아. 응, 너두!

율두스는 엄마와 함께 카펫을 짜고 빵을 구웠다. 어쩌다 엄마 대신 내 약도 달였다. 빵을 먹기 전이면 율두스는 눈을 감고 뭐라고 중얼거렸다. 우리는 하루에 다섯 번 기도를 하는데 율두스도 비슷했다. 율두스는 우리에게 하늘에 있다는 누군가를 설명했지만 잘 알아들을 수가 없었다. 그냥 우리랑 조금 다른 것이라고 생각하는 게 마음 편했다. 저녁이 되면 엄마와 율두스는 아주 작은 소리로 띄엄띄엄 말을 주고받았다. 카펫을 짜면서 톨큰을 타고 떠난 아버지 이야기를 하는 걸까 아니면 들판에 대해서? 나는 그것이 무척 궁금했지만 밤만 되면 몸이 땅으로 꺼져버리는 것만 같아 무슨 애기를 하는지 제대로 듣질 못했다. 내 목이 점점 부풀어 오르다가 빵, 터져버리는 꿈을 꾸다 일어나 보면 엄마가 사라져 있거나 촌장 아저씨가 엄마 위에 엎드려 있곤 했는데 그것이 꿈인지 실제인지 제대로 구분할 수가 없었다. 아침에 눈을 뜨면 엄마와 율두스가 멀쩡하게 내 옆에서 자고 있었으니까.

마음은 이미 학교에 가 있었다. 자꾸 뒤처지는 발이 미울 정도로 몸과 마음이 따로 달렸다. 엄마가 카펫을 팔러 나가자마자 가방을 챙겨 들고 밖으로 나온 길이었다. 엄마가 알면 혼나겠지만 그래도 꼭 가볼 작정이었다. 학교 가는 길에는 유난히 큰 돌들이 많았다. 옛날에는 저 돌에 그림을 그리거나 낙서를 하고, 돌을 긁어 나온 가루를 얼굴에 묻히고 유령 놀이를 했지만 들판의 소금들 때문에 돌이 검고 빨갛게 변해버린 다음부터는 그것들을 갖고 놀 수가 없었다. 모래 들판에 바닷물이 고여 있을 적에 누군가 무시무시한 실험을 한다는 흔적들이 들판에 가득했다. 그것 때문에 마을의 모든 것들이 변해가는 것일까. 나도 모르게 돌을 향해 손을 뻗었다. 안 돼, 만지지 마. 피부에 병이 생긴다니까! 어디선가 엄마의 목소리가 들려오는 것만 같았다. 어젯밤에 엄마는 내게 율두스가 태어난 나라에 가면 병을 고칠 수 있는 방법이 있을지도 모른다고 말해주었다. 나는 그 말이 무척 반가웠다.

새로 오신 선생님은 채 한 달도 나오지 않고 학교를 떠났다. 열두 명의 친구들과 자습을 시켜주는 교감 선생님이 학교에 남아 있었지만 나는 이곳이 무척이나 그리웠다. 나와 같은 병에 걸린 친구들은 대부분 집 안에만 있거나 다시 만날 수가 없었다. 교감 선생님은 내가 누군지 알아보지 못했다. 예전에는 이 마을에서 제일 잘생겼다고 머리도 쓰다듬어주셨으면서! 보다 못한 친구들이 큰 소리로 내 이름을 가르쳐드렸는데도 제대로 기억이 나지 않으시는 모양이었다. 교감 선생님은 우리에게 자습을 시키고는 얼른 교실 밖으로 나갔다. 백조드가 창고에 있던 내 책상을 꺼내다 주었다. 나는 백조드가 알려주는 대로 글씨를 써보고 그림도 그렸다. 열한 살이 된 지금에서야 글을 배우는 게 조금 창피했지만 연필을 잡으니 괜히 등이 쭉쭉 펴지고 신이 났다. 그런데 내 옆에 앉았던 샤흐노자가 나를 보자마자 울어버린 일 때문에 하루 종일 마음이 좋지 않았다.

너 많이 아파? 아니야, 안 아파. 우리 엄마가 그러는데 너 아픈 거 다 들판 때문이래. 왜? 들판의 나쁜 소금 때문에 니가 그런 병에 걸린 거랬어. 소금에 왕거미 독이 묻었나 봐. 정말? 너한테만 말하는 건데, 나는 여기를 떠나서 살게 될 거야. 왜? 언제? 율두스네 나라로 가면 내 병을 고칠 수가 있댔어. 정말? 율두스네 나라가 어딘데? 저기 슈흐랏, 사실

있잖아. 왜? 나도 너한테만 얘기하는 건데, 비밀인데, 우리 엄마가 그랬는데…… 나도 너랑 같은 병에 걸렸대. 정말? 첨에 엄마가 그렇게 말했을 때는 아무렇지도 않았어, 진짜. 그런데 자꾸 흑, 너를 보니까 눈물이 나. 나도 너처럼 되는 거니? 너 내가 제대로 보이기나 해? 그럼, 내 눈이 얼마나 큰데.

샤흐노자의 두 뺨으로 쉴 새 없이 눈물이 떨어져 내렸다. 닦아주고 싶었지만 그러지 않았다. 어쩔 수 없이 강해져야 한다면 지금부터라도 마음을 단단히 먹어두어야 하는 거니까. 울게 되면 마음이 아릿해져서 계속 눈물이 날 테니까. 조금만 더 기다리면 나는 율두스네 나라로 가서 꼭 병을 없애고 튼튼하게 돌아올 수 있으니까. 돌아오면 꼭 다시 샤흐노자 옆에 앉아 글씨를 쓸 거니까!

엄마가 무지막지하게 화를 냈다. 카펫을 팔고 돌아온 엄마가 율두스에게서 내가 학교에 갔다 온 것을 들어버렸기 때문이었다. 그날 밤부터 열이 나기 시작해 삼 일 동안이나 누워 있었다. 그나마 다행이라면 율두스를 쫓아내러 왔던 아줌마 아저씨 들이 나를 보고 물을 한 동이나 갖다 준 일이었다. 열이 오르면 차가운 벽에 얼굴을 갖다 대었다. 숨 쉬기가 어려울 때도 많았다. 그러면 이불 아래로 내려가 방바닥에 엎드렸다. 가만히 엎드려 내 귓속을 파고드는 여러 소리를 듣고 있을 때였다. 방바닥에 큰물이 고이는 게 느껴졌다. 순식간에 거대한 바다가 만들어졌다. 율두스에게도 이 바다를 보여주고 싶었다. 율두스, 보여? 보이냐니까! 율두스, 어디 있어? 엄마, 엄마! 왜 그래? 나 여기 있잖아. 바로 옆에서 율두스의 목소리가 들렸다. 눈이 안 보여. 율두스가 내 옷을 벗기고 찬 수건으로 몸을 닦아주었다. 벽에 손을 대니 엄마가 붙여놓은 아버지의 엽서가 만져졌다. 보지 않아도 이미 충분히 알고 있는 그림이었다. 아버지의 배, 톨큰과 우뚝 솟은 톨큰의 돛대, 돛대 끝에 걸린 노란 해.

아주 천천히 벽과 창문이 다시 보이기 시작했고, 나를 내려다보는 엄마와 율두스의 얼굴도 눈에 들어왔다. 하지만 또 열이 나서 제대로 누워 있거나 앉아 있지도 못했다. 벽에 기대앉으려다 쓰러져 바닥에 이마를 찧었다. 기절하듯 잠들었다 깨어나길 되풀이하는 동안 밤이 지났다. 새벽이 찾아왔지만 여전히 온몸이 뜨거웠다. 울다 지친 엄마 곁에서 율두스가 두 손을 모으고 기도하는 게 보였다. 나는 자리에서 일어나 율두스의 손을 잡았다. 율두스의 말대로 정말로 거기에도 신이 있다면, 이 시간만큼은 나를 좀 구해달라고, 편히 잠들 수 있게 해달라고 빌고 또 빌었다. 율두스의 손에 매달려 한참을 그러고 있으니 율두스네 신에게 기도하는 것인지, 율두스에게 부탁하는 것인지 알 수 없었다.

이틀이 지났다. 열이 떨어지지 않았다.

사흘째 되던 날 드디어 몸이 조금 나아지는 것을 느꼈다. 엄마가 더 쓴 약을 가져다 주었다. 억지로 마시다가 왈칵, 이불 위로 토해냈다. 검고 빨간 피였다. 가슴이 뛰고 배가 아렸다. 입안에 쓴 약과 피냄새가 가득했다. 엄마 손을 잡고 간신히 눈을 떴다. 울지 마, 나는 괜찮을 거야. 정말 괜찮아질 거니깐 엄마 제발 울지 마.

긴 밤이었다.

율두스의 편지를 보지 못한 걸까. 율두스를 데리러 오기로 했다던 사람들은 삼십 일이 지나도 오지 않았다. 그때서야 엄마는 율두스에게서 돈을 받았다. 처음에 율두스가 수돗가에서 꺼냈던 그 돈이었다. 방값 같은 거라고 했는데, 아무튼 좋은 뜻인 것 같아 나는 그냥 힘차게 고개를 끄덕였다. 같이 살게 되어 난 너무 좋아, 율두스!

샤흐노자가 그려다 준 글자들을 종이에 적고 바닥에 그리고 벽에도 써보았다. 엄마와 율두스에게도 글자들을 보여주었는데 문법이 틀린 것 같다며 율두스가 글자를 고쳐주었다. 문법이 뭐야? 글자를 쓰는 방법, 글을 쓰는 순서 같은 거야. 그런데 율두스, 어떻게 우리말을 그렇게 잘해? 공부했으니까. 하긴, 그런데 이 문법이라는 거 많이 어렵네. 갑자기 머리가 아프고 손이 떨려.

가끔씩 샤흐노자가 집에 찾아왔지만 그때마다 내가 잠을 자고 있는 바람에 함께 놀지 못했다. 율두스가 샤흐노자도 얼굴이 점점 변하고 있다고 말해주었다. 엄마는 여전히 마을 아줌마 아저씨 들과 싸움을 하고 있었다. 촌장 아저씨가 말한 열흘 하고도 삼 주가 지났다. 아직도 아줌마 아저씨 들은 율두스를 없는 사람, 물을 축내기만 하는 괴물쯤으로 생각하는 것 같았다. 심지어 엄마의 항아리를 빼앗기도 했다고. 내 병만큼이나 율두스의 다리도 쉽게 낫질 않았다. 엄마가 율두스에게 나무 지팡이를 구해다 주었다. 나는 조금씩 걸을 수 있게 된 율두스와 함께 들판으로 갔다.

수건으로 아무리 꼼꼼히 얼굴을 가려도 소금모래들은 악착같이 내 얼굴에 달라붙었다. 바람을 타고 온 모래들은 이상하게 힘이 셌다. 쉴 새 없이 떼어내도 집요하게 붙어 있는 모래와 흰 소금들을 보면 꼭 내 사탕 창고를 뒤지던 백조드 생각이 났다. 걔는 어디 가서 살고 있을까. 율두스가 왼손으로는 지팡이를 짚고 오른손으로는 내 팔을 잡아주었다. 걷다가 숨이 차고 어지러울 때면 나는 두 팔로 율두스의 허리를 감고 서서 잠깐 쉬었다. 율두스, 나 궁금한 게 있어. 내가 만약에 율두스랑 엄마랑 치료를 받으러 떠났는데 아버지가 돌아오시면 어떡해? 그럼 조금 기다리시라고 하지 뭐. 그래도 되는 걸까? 당연하지. 그러면 나는 언제쯤 율두스네 나라로 가서 치료를 받을 수 있는 거야? 눈이 더 튀어나오기 전에, 목이 더 굵어지기 전에 가고 싶어. 조금만 더 기다려 보자. 엄마가 지금 짜고 있는 카펫만 마저 팔리면 비행기 표를 살 수 있다고 하셨어. 정말이야? 갑자기 들판이 환해지는 기분이었다. 흰 소금꽃을 얼굴에 매단 우리들은 들판에 주저앉아 여전히 햇빛을 질질 흘리고 있는 녹슨 배들의 무덤 쪽을 바라보았다. 맑고 투명한 햇빛이 녹슨 갑판을 지나며 빨갛게 변해갔다. 녹슨 햇빛이 갑판의 구멍을 지나 소금모래 위로 내려앉았다. 그 빛은 내가 그곳에 나가 놀기 시작했던 때부터 아니 그보다 훨씬 옛날부터 있던 거였다. 배들은 친구들이랑 내가 갑판을 잔뜩 오려냈다 다시 붙여놓는 바람에 벌겋고 노란 누더기 철옷을 입고 있었다.

카펫을 팔러 나간 엄마가 저녁때가 다 되어도 돌아오지 않았다. 율두스와 함께 마을 앞까지 나가보았지만 엄마를 봤다는 사람이 아무도 없었다. 약을 먹고 잠을 자다 일어나도 엄마가 없었다. 나와 율두스는 멍한 눈빛으로 방에 앉아 엄마를 기다렸다. 율두스, 우리 엄마 어디 간 거야? 곧 돌아오실 거야. 카펫이 팔리지 않아서 오지 못하고 계시는 것뿐이야. 조금 더 기다려보자, 알았지? 물이라도 좀 갖다 줄까? 우리 항아리에 물이 얼마나 남았어?

투둥, 퉁! 멀리서 다시 수로에 물이 차는 소리가 들려왔다. 요즘은 물 들어오는 시간이 뒤죽박죽이었다. 아줌마 아저씨 들이 수돗가에서 물을 기다리는 시간도 늘어났고, 마을을 떠나는 사람들도 더 많아졌다. 엄마가 카펫을 팔러 나간 지 일주일이 지났다. 어제 오후에는 물을 받으러 나갔던 율두스가 아줌마들한테 매를 맞고 돌아왔다. 율두스가 가지고 나간 항아리를 깨버리고 그 조각들을 율두스에게 집어던졌다고 했다. 깨진 항아리 조각이 율두스 다리에 깊이 박혀 있었다. 다친 곳을 또 다친 것이었다. 내가 발에 살짝 손을 대자마자 율두스가 비명을 질렀다. 나는 어떡해야 할지 몰라 항아리에서 내 약을 떠서 율두스에게 가져다주었다.

슈흐랏, 울지 마. 나 괜찮아. 정말 괜찮다니까! 그래, 이게 좋겠다. 이거는 무슨 그림이야? 율두스가 벽에 붙어 있던 아버지의 엽서를 떼어냈다. 톨큰…… 우리 아버지 배. 그래? 우리나라의 말로 하면 '파도'라는 뜻이네. 율두스가 자기네 나라의 말을 알려주었다. ㅍ-ㅎ-바도. 아버지는 여기서 바다가 너무 멀어졌기 때문에 돌아오기 힘드신 거야. 그래, 바닷물이 없어졌으니 이 앞에까지 배를 몰고 오실 수가 없잖아? 그렇다고 배를 버리고 올 수도 없고 말이야. 그래, 근데 그럼 있잖아 율두스. 왜? 엄마, 엄마는 어디에 있는 걸까? 율두스가 대답 대신 내 손을 꼭 잡아주었다. 율두스, 우리가 믿는데 말야. 나랑 엄마가 신을 믿고 열심히 기도도 했는데 우리는 왜 이래? 율두스는 대답하지 않았다. 대신 입술을 달싹이며 뭐라고 혼잣말을 중얼거렸다. 율두스네 말이었다.

학교는 문을 닫았고 많은 사람들이 마을을 떠났다. 땅에 귀를 대면 모래들판 깊은 곳에서 모여들던 바닷물 소리도 멀어져버린 지 너무 오래였다. 다시 천장이 돌기 시작했다. 갑자기 또 열이 올랐다. 한 번 열이 나면 쉽게 떨어지지 않아 나는 계속 죽은 듯이 자리에 누워 있어야만 했다. 눈동자가 주먹만 하게 튀어나왔다. 이제는 치료를 받는다고 해도 쉽게 제자리로 들어갈 것 같지 않았다. 그때 누군가 방문을 여는 소리가 났다. 촌장 아저씨였다. 방으로 들어온 촌장 아저씨가 누워 있는 나를 내려다보았다. 무슨 말인가를 하려는 것 같았는데, 약을 달이던 율두스가 방으로 들어오는 바람에 아저씨는 그냥 밖으로 나가버렸다. 아저씨가 나갔는데도 방 안에서 한참동안 쓴 트림 냄새 같은 게 났다.

꿈속의 꿈인 건가. 자꾸 뭔가가 부딪치는 소리가 났다. 뭐지? 눈이 제대로 떠지지가 않았다. 율두스, 유울두쓰으! 몇 번을 불러도 율두스는 대답하지 않았다. 누군가 방 안을 뛰어다니고 있는 것 같은 느낌이었다. 대체 무슨 일이지? 나는 간신히 눈을 떴다. 내 옆에서 잠을 자던 율두스가 방문 앞에 누워 있었다. 그런데 율두스는 혼자가 아니었다. 누군가 율두스의 배 위에 엎드린 채였다. 밤마다 엄마 위에 올라가 있던 그 사람들처럼. 나는 소리라도 질러보려고 했지만 이상하게도 몸을 전혀 움직일 수가 없었다.

율두스는 도망가려고 하는데 검은 몸은 율두스의 아픈 다리를 붙잡고 놓아주지 않았다. 율두스는 두 손으로 입을 막고 몸을 공처럼 둥글게 말았다. 검은 몸이 다시 율두스 위로 올라갔다. 지러다 율두스가 아파서 죽어버리면 어떡하지? 율두스가 내 옆으로 굴러왔다. 검은 몸도 이쪽으로 다가오는데 율두스는 더 이상 도망가지 않았다. 검은 몸이 한 발 더 가까이 오자 율두스가 이불로 내 얼굴을 덮어버렸다. 나는 이불 틈으로 검은 몸의 얼굴을 똑똑히 보아두었다. 그게 아니라고 믿고 싶은데, 나는 자꾸만 이게 꿈인 것 같은데, 검은 몸에서 나는 보드카 냄새만으로도 온몸에 소름이 돋고 구역질이 나왔다. 숨을 쉴 때마다 내 얼굴을 덮고 있는 이불이 들썩거렸다.

검은 몸한테서 엄마는 내 약값을 받았는데, 율두스는 무엇을 받아야 할까.

눈물이 귓속에 고였다.

율두스가 수놓은 카펫에서는 무엇인가가 조금씩 달라지고 있었다. 여전히 햇빛이 잘 드는 창가에 앉아 수를 놓지만 율두스가 그린 그림에 빛이 사라졌다. 율두스는 더 이상 수놓은 목화가 마음에 들지 않는다며 실을 풀어내지 않았다. 자다 일어나 보니 마른 목화 부스러기 같은 무늬들이 점점이 찍혀 있는 카펫이 방 한구석에 구겨져 있었다. 들판을 휘돌아 온 모래바람이 마을에서 바닷물을 밀어내더니 이제는 엄마와 율두스의 밝은 웃음까지 가져가버렸다. 창을 뚫고 들어오던 맑은 빛도 녹슨 배의 색깔이 되었다. 율두스는 내가 약을 제때 먹지 않아도 화를 내지 않았다. 하루 종일 한마디도 하지 않을 때도 많았다.

나는 온종일 방에만 누워 지냈다. 목이 마르다고 하니 율두스가 물을 가져다 주었다. 율두스의 얼굴이 밤처럼 새카맸다. 그게 다 검은 몸 때문일 거였다. 율두스, 왜 약 안 줘? 이제 더 이상 먹지 않아도 돼. 정말이야? 나 다 나은 거야? 응. 그런데 왜 아직도 몸이 아픈 걸까? 조금만 참아. 금방 괜찮아질 거니까 한숨 더 자둬. 율두스가 내 옆으로 다가와 누웠다. 나는 간신히 손을 내밀어 율두스의 팔뚝을 잡았다. 그때 율두스가 팔을 자기 배 위에 올려놓는 바람에 내 손이 율두스의 가슴 위로 올라가버렸다. 나는 그냥 있었다. 그런데 이상했다. 율두스가 몸을 움직이는데, 내 손이 율두스의 가슴 위에 걸쳐 있는데, 나는 아무것도 느낄 수가 없었다. 손끝의 느낌이 사라지고 발목이 시큰거리던 것도 없어졌다. 율두스, 나 이상해. 날 좀 어떻게 해줘봐, 아무것도 느껴지지가 않아! 놀란 율두스가 벌떡 일어나 내 몸을 주물렀다. 무릎 아래, 팔꿈치 아래로는 율두스가 아무리 세게 꼬집어도 느낌을 알 수가 없었다. 차갑거나 뜨겁거나 아프거나 간지럽다거나 하는 것들이 모두 지워졌다. 이상해, 이상해 율두스! 엄마……

율두스가 나를 꼭 안아주었다. 나는 율두스의 가슴에 얼굴을 묻고 어디선가 들려오는 뱃고동 소리와 파도 소리를 들었다. 아주 먼 데서 몰려오는 물소리도 났다. 잠결에 들었던, 검은 몸이 율두스의 가슴에 입술을 대고 내던 소리도 나는 것 같았다. 나는 그 소리들을 향해 손을 내밀었다. 여러 소리가 순식간에 내 손 안에 고였다. 나는 손 쪽으로 얼굴을 돌렸다. 물컹한 것이 내 볼과 입술에 닿았다. 소리들은 거기에도 모여 있었다. 파도 소리, 배들이 몰려오는 소리, 출렁이는 물결 소리, 수로관에서 물이 터져 나오는 소리, 소리들! 다시 눈을 떴다.

나는 율두스의 왼쪽 가슴을 움켜쥐고 오른쪽 가슴에 입술을 댄 채였다. 율두스의 흰 가슴 위로 파란 혈관이 불쑥 튀어나왔다. 조금 더 세게 쥐면 저 파란 관을 뚫고 맑고 단 물이 터져 나올 것만 같았다. 나는 온 힘을 다해 율두스의 가슴을 움켜쥐었다. 그때 방 한구석에 놓인 카펫 위의 하얀 실들이 우리를 둘러싸기 시작했다. 어느새 카펫의 그림 속으로 들어간 나와 율두스. 하지만 실이 모자란 것인지 내 오른쪽 새끼손가락 끝 마디가 카펫 바깥으로 툭 튀어나와버렸다. 그러자 카펫 주변에 버려져 있던 실들이 다가와 내 손가락을 감싸주었다. 나는 그것으로 율두스의 가슴을 간질였다.

수로에 물이 들어오지 않았다. 화가 난 사람들이 수로관을 부숴졌지만 이 마을의 수로 어느 곳에도 물이 없었다. 터진 관 속에 소금모래가 쌓였다.

우리는 엄마가 돌아오면 바로 떠날 수 있게 조금씩 짐을 챙겼다. 마지막으로 들판에 나가보고 싶다는 나의 말에 율두스가 등을 내밀었다. 업혀! 안 돼, 아직 다리도 다 안 나았잖아. 괜찮아, 업혀. 나는 최대한 몸에 힘을 주려고 애를 썼지만 팔과 다리가 제멋대로 흔들리는 바람에 율두스가 걷기 어려워했다.

백조드와 내가 술래잡기를 하던 배들의 무덤과 싹싸울 나무 덤불, 실금으로만 남아 있는 지평선도 모두 변함이 없었다. 율두스, 이제 우리는 어디로 가지? 우선 이 마을을 떠나야 해. 엄마는? 옆 마을까지 가다 보면 엄마 소식을 들을 수 있을지도 몰라. 나는 율두스의 몸에 기대 앉아 들판을 바라보았다. 소금모래가 날리는 들판 곳곳에 목화송이들이 피어났다. 굵은 목화가 날아가 앉은 자리마다 지평선이 새로 생겼다. 저게 뭐지?

순식간에 지평선을 넘어온 바닷물이 내 발목까지 차올랐다. 바다, 바다였다. 그런데 그것은 어른들의 말 속에서 그려보던 모습이 아니었다. 수돗가의 물소리로 상상해보던 파도 소리도 아니었다. 철썩, ㅌ-쏴아. 내 목과 율두스의 허리까지 물이 차올랐다. 보여? 율두스, 보이냐고! 율두스의 대답을 파도가 덮었다. 그럼 이제 나 병 고치러 갈 수 있는 거지? 내 목소리도 파도를 타고 멀리 떠났다. 목소리가 흘러간 쪽에서 검은 점 하나가 여기로 다가왔다. 톨큰, 톨큰이었다. 엽서 속에서처럼 톨큰이 돛대 위에 해를 달고 왔다. 아버지를 만나러 가야 해! 벌떡 일어나 배를 향해 헤엄쳤다. 몸이 가벼워져서 순식간에 배로 가 닿았다. 아버지, 어디 계세요? 혹시 엄마랑 같이 오신 건가요? 나는 단숨에 배의 갑판 위로 올라섰다.

들판의 모습이 한눈에 들어왔다. 저 멀리 배들의 무덤이 보였고 녹슨 배 위에는 촌장 아저씨가 앉아 있었다. 오늘도 낚시를 하시나? 그러나 촌장 아저씨가 나를 쳐다봤다. 순간 다시 출렁, 바닷물이 넘실거렸고 커다란 뱃고동 소리가 들려왔다. 사람들이 왁자지껄하게 고기를 사고파는 소리, 아이들이 뛰어노는 소리들이 한꺼번에 와글거렸다. 그제야 엄마가 나타났다. 어, 엄마? 카펫을 다 팔고 돌아온 엄마가 두 팔을 활짝 벌려 나를 안아주었다. 그러자 엄마와 율두스의 얼굴이 하나가 되었다. 엄마, 나 몸이 시려…… 슈흐랏, 안 돼!

빛나던 해가 들판으로 가라앉았다. 훌렁, 들판이 들썩였다. 지평선이 하늘 높이 치솟았고 몽글몽글한 목화송이들이 허공에 떠다녔다. 몸이 훌쩍 떴다. 톨큰이 녹물을 흘리며 나에게 다가왔다. 엄마가 내 얼굴을 어루만졌다. 엄마, 나 이제 정말 괜찮아진 것 같아! 환한 빛이 들판을 감싸 줬었다.

목화송이 하나를 잡아 그 위에 올라타고 하늘을 헤엄쳤다. 저 멀리서 다시 큰물이 다가오는 것이 보였다. 엄마, 율두스 조심해요! 나는 있는 힘껏 헤엄쳐 파도가 이는 곳으로 갔다. 여러 척의 목화 배들이 내 옆을 스치며 배들의 무덤 쪽으로 향했다. 물속에서 유유히 헤엄치던 거대한 철갑상어 한 마리가 나를 올려다보았다. 나는 목화송이를 가득 쥔 손을 힘차게 흔들어주었다. 젖은 눈을 물 위에 떠 있는 목화송이에 스윽 문지른 철갑상어도 나와 목화들을 따라 배들의 무덤 쪽으로 헤엄쳐 왔다. 수평선이 다시 하늘로 치솟았고 나는 두 손 가득 움켜쥔 목화송이를 하늘로 띄워 보냈다.

넓고 푸른 바다 위, 하얀 목화 배를 탄 나였다.

까롭까
— 수로 2

까롭까 **коробка**: '상자'를 뜻하는 러시아어.

배에서 마지막으로 본 것은 인간들이 나에게 보내는 거수경례였다. 홉뜬 두 눈과 절도 있는 동작으로 서둘러 이마 위에 붙여놓은 오른손들. 내 속에 대령의 팔뚝을 던지던 무릎이 보였다. 뚝뚝 끊어놓은 대령의 내장을 모아서 잘린 팔뚝 위에 얹던 손도 있었다.

갑판의 난장이 채 끝나기도 전에 인간들은 다시 춤을 추기 시작했다. 갑판 여기저기 고여 있는 대령의 피에 신발들이 찌걱대는 소리. 혀 꼬인 채 부르는 노랫소리, 술이 엎질러지는 소리 들이 모두 배 위로 날아올랐다. 나는 갑판 한쪽에 가만히 몸을 붙이고 그것들이 하늘로 퍼져 나가는 모습을 지켜보았다. 미처 따라 오르지 못한 소리들이, 소리 없이 내 쪽으로 밀려왔다.

배에 저장된 보드카를 모조리 꺼내다 마신 인간들이 흰자위를 번뜩이며 피범벅이 된 대령의 몸통을 발로 짓이겼다. 누군가 대령의 머리 위로 고꾸라졌고, 얇은 칼을 쥐고 있던 요리사는 피와 육즙이 뚝뚝 흐르는 대령의 엉덩이를 얇게 저미며 배 위를 맴돌던 갈매기 떼에게 던져 주었다. 살점을 낚아챈 갈매기 부리 위로 다른 부리들이 돌진했다. 먹이를 뺏긴 새의 울음과 깃털 서너 개가 갑판으로 내려앉았다. 갈매기 똥이 녹은 우박처럼 쏟아졌다.

대령의 의자에 걸터앉아 보드카를 마시며 조용히 그 모습을 지켜보던 흰 손이 다가와 한 팔로 나를 붙안았다. 다급히 이쪽으로 바투 선 요리사가 흰 손의 배 위에 내 몸을 얹어주었다. 배 위의 모든 눈이 나와 흰 손을 주시했다.

잔잔한 물살이 배를 떠미는 중이었다. 찢어진 돛이 물에 닿을 듯 늘어지며 바람을 탔다. 천 끝에도 대령의 피가 점점이 튀어 있었다. 피가 튄 자리마다 대령과 함께했던 시간들이 새록새록 피어올랐다. 일순간 취기가 사라지고, 주검에 대한 예우만 남았다. 흰 손이 움직이자 내 속에 담겨 있던 대령의 몸이 쿨렁거려 피와 시즙이 흰 손의 바지로 흘러내렸다. 나를 향해 장엄하게 서 있던 인간들이 오른손을 일제히 이마에 올렸다. 배 위의 모든 것이 하나둘 허공으로 둥실, 두 둥실 떠올랐다. 내가, 푹, 떨어……졌다.

인간들은 내가 그들이 탄 배에서 아주 멀어질 때까지도 이 마에 붙인 손을 떼지 않았다. 커다란 배가 저 멀리서 검은 점이 되고, 기다란 수평선이 끝내 그 점을 삼켜버릴 때까지 나도 다른 쪽으로는 눈을 돌리지 않았다. 위에서 내려다볼 때와는 달리 바다의 물살이 무척 거칠었다. 끊임없이 다가드는 파도 탓에 내 속에서 이리저리 물살을 따라 뭉쳐 다니던 부푼 내장과 대령의 팔뚝이 뒤집어졌다. 수평선의 검은 점이 하는 경례에 하늘을 향해 일갈하는 쉬엇. 그때까지만 해도 나는 나를 떠밀어 가는 것이 파도인 줄로만 알았다.

심해 해파리 두 마리와 작은 피뢰침같이 반짝이는 은갈치한 마리, 뾰족한 주둥이로 내 몸을 샅샅이 훑는 학꽁치 셋. 지금 내 몸에 달라붙은 물것들이었다. 곧이어 거대한 몸을 활짝 편 문어 한 마리도 가세했다. 대령의 팔과 내장을 단숨에 빨아들이려는 흡반의 기세에 내 몸 전체가 다 딸려 들어갈 지경이었다. 나는 제대로 정신 차릴 틈도 없이 물것들의 아귀다툼에 휘말렸다.

몸이 뒤집어지려다 마주오던 파도에 부딪혀 간신히 바로섰다. 나는 막 바람을 타고 일어서는 파도에 기대 한쪽으로 쏠린 내 속의 것들을 바로잡으려다 뒤집혀 물속으로 들어갔다. 호시탐탐 이쪽을 노리던 수면 아래의 거대한 흡반이 나를 빨아들이려는 것만 같았다. 내 밑에 붙어 있던 해파리 두 마리가 순식간에 물 위로 솟구쳤다. 그 바람에 대령의 팔뚝이 내 몸에서 떨어져 나갔고, 학꽁치 한 마리가 막 물속에 풀어지기 시작한 내장에 처박혔다. 물것들이 대령의 팔뚝을 향해 슬금슬금 다가갔지만 팔뚝은 한없이 떨어져 내리는 것이 제 할 일이라는 듯이 먹먹한 어둠을 향해 가고 있을 뿐이었다. 내장 속에서 맹렬히 제 살길을 찾고 있는 학꽁치의 몸부림에 죽은 내장이 마치 살아 있는 것처럼 꿈틀댔다. 다시 파도가 몰려와 내 몸을 뒤집었다.

물 아래서 이제나저제나 때를 노리던 문어가 내장을 욱여넣는 소리가 물살을 타고 흘러왔다. 채 삼켜지지 않은 내장 끄트머리가 물살을 따라 너풀너풀 흘러갔다. 그것을 따라 멀어지고 있는 물것들을 무심히 바라보는 동안, 주둥이 바깥으로 학꽁치 부리가 비죽 솟아 나온 문어가 지척에 다가왔다. 문어의 땡땡한 두 눈과 날카로운 학꽁치 부리가 나를 향했다.

멀리 수평선을 뚫고 막 사라진 검은 점의 함성이 들려왔다. 대함 경례. 배 위의 인간들이 대령에게 하는 마지막 인사였다. 콰르릉, 부아아앙! 먼 듯 가까운 인사말들이 수면 위로 유유히 흘러왔다.

그제야 나는 잤다.

한껏 부풀어 오른 목화송이가 새하얗게 밭을 밝히는 밤이었다. 무심결에 목화 숲을 파고든 바람이 한동안 그곳에 머물다 뭉실해진 몸을 이끌고 바다 쪽으로 홀렁홀렁 날아갔다. 목화 숲에서는 바람도 목화를 닮아 날아간 자리마저 뭉근했다. 바람을 맞은 곳에서는 파도가 일렁이며 먼바다를 향해 긴 숨을 내뱉었다. 여기는 바다와 목화밭 사이, 목화가 만든 하얀 지평선과 늘 해와 달을 삼키는 둥근 수평선이 있는 동네, 무이낙.

만개한 목화 봉오리들이 간신히 서로의 몸을 부대끼며 나무에 달려 있던 시간이었다. 낮에 따놓은 목화 더미 속에서 한 소녀가 피를 흘렸다. 피에 눅진 목화솜과 젖은 사타구니를 어찌할 바 몰라하던 소녀는 목화송이에서 솜을 떼어내 다리 사이를 닦았다. 너무 서두른 까닭에 솜이 지나간 자리마다 벌겋게 발진이 일었다. 그것으로 끝이 아니었다. 붉은 줄 여러 개가 소녀의 허벅지에 남았다. 보드랍고 하얀 솜 틈에 숨어 있는 검고 단단한 씨 때문이었다. 그러나 소녀는 눈물 때문에 사타구니가 젖은 것이라 생각했다. 그러니 별일 아니라고도 되뇌었다. 소녀가 아직 사람의 손을 타지 않은 나무의 목화송이를 헤집어 씨를 꺼냈다. 목화 껍질 부스러기가 소녀의 몸으로 후드득 후드득 떨어졌다. 딱, 따각. 소녀가 씨 두 알을 입에 넣고 힘껏 씹었지만 입속이 따갑고 혀가 아려 금방 뱉어냈다. 젖은 나무 맛이 혀끝에 맴돌았다.

'나무, 바다, 목……화. 아냐, 아냐.'

소녀의 마음은 서둘러 괜찮아지는 말들을 생각해내느라

애가 탔다. 그러나 소녀의 손은 붉게 젖은 솜을 목화 상자에
재빨리 파묻었다. 생각보다 꽤 많은 양의 목화가 젖어 있었
다. 소녀는 얼른 마른 목화송이들로 그것을 덮어두었다. 감
쪽같지는 않지만 누구라도 쉽게 구별할 수가 없을 목화 더미
였다. 수백 개의 상자를 일일이 기억하는 이도 없을뿐더러
이 밭뿐만 아니라 마을 전체가 목화 상자로 가득 차 있기 때
문이었다.

상자 더미 뒤에서 말없이 소녀를 지켜보던 흰 손이 달빛을
등지고 섰다. 대령의 일이 끝나면 으레 흰 손도 조용히 집으
로 돌아가곤 했지만 오늘은 대령이 돌아간 것도, 달이 이미
중천인 것도 알지 못했다. 소녀가 몸의 일을 마무리하는 것
도 보지 못하고 자꾸 부예지는 두 눈만 비비고 서 있었다. 흰
손은 대령이 소녀와의 일을 마치는 동안에도 그쪽을 쳐다보
지 않으려고 노력했다. 하지만 그럴수록 목화 더미가 그를
짓누르고 있는 것 같아 자꾸 눈을 감았다 뜨고, 감았다가 실
눈 뜨기를 반복했다. 그는 두손을 바지춤에 문지르다 나중
에는 한손을 계란처럼 둥글게 말아 제 입에 넣었다. 흰 손은
그로부터 한참이 지난 후에야 대령이 사라진 것을 알았다.
어디로 간 거지? 움직일 때마다 발에 걸리는 상자들을 서둘
러 넘고 또 넘은 흰 손이 대령의 흔적을 따라 다급히 목화밭
을 벗어났다.

탱탱하게 몸이 부푼 목화가 가쁜 숨을 참아내느라 상자 속

에서 벌겋게 핏발이 선 밤이었다. 소녀가 열심히 묻어둔 젖은 솜들이 상자 바깥으로 비죽이 삐져나와 달빛에 몸을 말리기 시작했다.

바다가 공기를 들이마시자 물속의 모든 것이 제자리에서 위로 솟았다 다시 내려앉으며 옆으로 한두 걸음씩 옮겨갔다. 너울의 거대한 소용돌이에 말려들어 뻘에 박힌 지 어느덧 닷새가 지났다. 은은한 달빛과 쨍한 햇빛의 교차에도 아랑곳없는 물것들은 내 주위를 맴돌다 제 갈 길을 갔다.

배 위의 흰 손이 갑판에서 소리를 지르고 있었다. 의자에 앉아 선원들과 흰 손과 바다와 갈매기들을 넌지시 내려다보는 대령의 모습이 보였다. 흰 손의 뒷모습을 물끄러미 바라보던 대령이 옆에 놓아둔 보물 상자를 집어 들었다. 더운 나라에 사는 동물의 뼈로 만들었다는 자그마한 것이었다. 다시 눈을 돌리니 무이낙 항구의 선착장이었다. 선원 두엇이 나를 맞들고 수백 개의 상자가 선적되어 있는 큰 배에 막 올라타는 중이었다. 다른 상자들 위로 올라가다 몇 번이나 떨어지는 바람에 내 몸 한 귀퉁이를 조이고 있던 못이 툭 튀어나왔다. 다시 몸이 잘 추슬러지기를 기다리는데, 이번에는 내 속에 있던 것들이 활짝 드러났다. 나를 옮기던 인간들의 발이 꼬여 일어난 일이었다. 용상어와 바닷장어, 학꽁치 배 속에 숨기고 있던 콩만 한 보석들을 담아둔 주머니가 불쑥 튀어나왔다.

난감해할 사이도 없이 나는 대령의 집 앞으로 갔다. 마을 가장 높은 곳에 있는, 아무나 함부로 드나들지 못하던 대령의 집이었다. 나는 온몸의 잔가시들을 바짝 세우고 현관문이 열리기를 기다렸다. 집사가 나와서 나를 받아 안고 들어갔다.

집 안의 구조를 제대로 익히기도 전에 나는 항구 한쪽에 아무렇게나 널브러져 있다 비를 쫄딱 맞은 목화 상자로 돌아왔다. 비에 푹신 젖어 늘어질 대로 늘어진 목화송이들을 떠받치느라 온몸이 삐걱거렸다.

가만, 가만히 눈을 떴다 감았을 뿐인데, 수많은 일들이 두서없이 나를 훑었다. 맨 처음 가라앉았던 곳으로부터 이미 까마득하게 멀어진 다음이었다. 내 몸이 긁어놓은 모래 뻘 위의 가느다란 길이 흔적 없이 지워졌다. 아무리 위를 올려다보아도 물 바깥과 내가 박힌 곳의 거리를 가늠할 수가 없었다. 그때 무엇인가 내 몸을 지그시 감싸며 온몸을 스사삭 스사삭 쓸어내렸다. 자잘한 치어 떼였다. 내 안에 들어와 나갈 곳을 찾지 못하는 녀석들을 위해 물살을 따라 몸을 살짝 들어 주었다. 눈도 제대로 뜨지 못하고 내 속에서 갈 길 몰라 하던 어린것들이 그 틈으로 모두 빠져나갔다. 몸에 각인된 기억들이 어디로 나를 데려갈지 몰라 나는 기억이 흐르는 대로 가만히 내버려두었다.

조타실의 불이 꺼졌다. 누군가 조심스럽게 문을 열고 들어오다 대령이 어젯밤에 미처 닫아두지 못한 내 뚜껑에 발이 걸렸다. 또 다른 그림자가 조타실 문 앞으로 다가왔다. 잔뜩 어깨를 움츠린 작은 그림자는 대령의 열다섯번째 아이를 낳은 나르샤였다. 그때 나는 대령의 팔뚝만 한 네 마리 용상어 배 속에 총천연색 보석과 두툼한 외국 돈다발을 담고 있었다. '누군가'가 작은 손전등으로 조심스럽게 내 속을 비췄다. '누군가'가 잘 벼린 칼로 용상어 뱃가죽을 도려냈다. 얼어 있던 얇은 가죽이 썩썩 잘려나갔다. 간혹 불 꺼진 조타실 안을 어슬렁어슬렁 헤엄치기도 하던 녀석이었다. '누군가'가 녀석의 배 속에서 꺼낸 주머니 안에는 새파란 보석이 들어 있었다. '누군가'가 나르샤의 손에 주머니를 쥐여주었다. 나르샤가 '누군가'의 가슴에 얼굴을 묻었다. 그와 동시에 조타실의 불이 들어왔다.

나르샤의 목을 힘껏 비틀어놓은 대령이 흰 손이 가지고 있던 칼을 뺏어 '누군가'의 손목을 뎅겅 잘랐다. 떨어진 제 손목을 줍지도 못한 채 주저앉아 신음하던 '누군가'의 목덜미에 이번에는 흰 손이 칼을 꽂았다. 대령은 '누군가'를 죽일 마음은 없었다는 듯이 흰 손을 다그쳤다. 흰 손은 아랑곳하지 않고 두 구의 주검을 조타실 구석에 몰아두었다. 그 사실을 알고 있는 배 안의 사람들이 섣부르게 시신을 수습할 엄두를 내지 못하고 있던 사이, 죽고 나서야 자유롭게 얽힌 몸들이 서서히 굳어갔다. '누군가'가 나르샤의 몸을 안을 때, 나는 문 바깥에 흰 손이 와 있다는 것을 알고 있었다. 그가 수하를 통해 대령을 불러온 사실도.

잠시 사라졌던 흰 손이 조타실의 소란을 수습하기 위해 들어왔다. 나와 다른 상자들을 살피며 조타실의 벽처럼 서 있는 냉동고의 냉각 온도를 조절하는 사이에 '누군가'의 몸이 움찔거리기 시작했다. 무슨 미련이 남아 그 지경의 몸 안으로 다시 들어가려는 것인가. 나는 '누군가'의 영혼이 조금 안쓰러웠다. 그때 문 바깥에서 조타실의 안부를 묻는 대령의 목소리가 들려왔다. 흰 손이 '누군가'의 목에 꽂힌 칼을 지그시 밟았다. 살과 뼈가 쇠에 분리되는 소리가 비명처럼 피 묻은 몸을 감쌌다. 어젯밤 대령의 방에 '누군가'가 들어갈 때도 흰 손이 문을 열어주었다. 흰 손은 '누군가'가 한참이 지나도 방 밖으로 나오지 않자 방문 앞을 서성대다가 조타실에 들어와 나에게 등을 기대 앉아 기다렸다.

대령이 조타실을 나가고 흰 손이 문을 닫아버리자 다시 깜깜한 어둠이 찾아왔다. 막 몸을 빠져나온 나르샤와 '누군가'의 혼이 조타실 안을 서성거렸다. '누군가'는 죽어서도 소심했다. 나르샤가 '누군가'를 힐난하려는 듯이 입을 벌렸지만 아무 소리도 나지 않았다. 그들이 입을 벌릴 때마다 시린 바람이 쐭, 쐭 뿜어져 나왔다. 상자 안의 용상어들이 슬며시 빠져나와 어두운 조타실 안을 어슬렁댔다. '누군가'가 조심스

46

럽게 나르샤를 향해 손을 뻗었지만 죽을 당시의 표정 그대로 굳어버린 나르샤가 두 팔을 제 가슴 쪽으로 오므렸다. 나르샤의 가슴팍에서 파란 돌이 반짝거렸다. 그 빛을 따라 용상어들이 몰려들었다.

조타실이 여기까지 따라오다니. 나는 얼른 뻘 속에 몸을 묻었다.

검은 뻘이 순식간에 조타실 곳곳을 메웠다.

빈 목화 나무 사이로 찬바람이 쉴 새 없이 지나던 날이었다. 빈 나무는 바람을 타고 우는데, 소녀의 아이는 울지 않았다. 여덟 달쯤 되었을까. 아무리 지난 달을 덧대어 따져보아도 소녀의 아이는 달수가 모자랐다. 젖을 물려도, 기저귀를 갈아 채울 때가 훨씬 지나도 아이는 어미를 보채지 못했다. 아이의 엉덩이와 사타구니 가득 붉은 반점이 돋아났다. 제 팔뚝보다도 작은 아이를 안고 소녀가 울었다. 젖이 분 가슴이 덜덜 떨리도록, 울지도 못하는 아이 대신 그녀가 울었다.

아이의 코는 대령을 닮았다. 마을 안에 대령을 닮은 아이들이 어느덧 스무 명이 넘었다. 사십여 호가 사는 무이낙에 몇몇 처녀들이 대령의 아이를 낳고 옆 마을과 먼 항구로 시집을 갔다. 처녀가 아이를 가져도 아비를 따져 묻지 않았다. 처녀들의 아이는 암묵적으로 모두 대령의 아이여야 했다. 대령의 아이를 낳으면 목화밭 한 뙈기가 주어졌기 때문이었

다. 먹고살 만해도, 살비듬 버석거리게 가난해도 목화밭 꼭
한 뙈기였다. 태어난 아이는 대령의 집 집사가 데려갔다. 무
이낙을 비운 대령 대신 대령의 큰아들인 집사가 마을 일을
진두지휘하던 참이었다. 대령의 아이가 태어나면 몇 푼의
돈과 목화솜으로 만든 이불 몇 채를 가져다주는 것도 나서서
챙겼다. 집사는 되도록 공평하게 목화밭을 나눠주려 애썼지
만 받은 사람들의 입에는 늘 불만의 말들이 한 움큼씩 물려
나왔다.

소녀의 집에도 목화 이불을 담은 상자와 얼마간의 돈이 배
당되었다. 아이를 데려가려고 온 집사는 젖을 물리고 앉아
있는 소녀, 보를라를 바라보았다. 아예 신발을 벗고 방 안으
로 들어와 보를라의 세간에 대해 이왈 저왈 참견을 하던 집
사가 그녀의 생기 없는 얼굴 가까이 다가가서는 두 손을 바
지춤에 문질렀다. 곱고, 고와…… 곱다. 움찔한 보를라가 아
이를 안은 채 앉은걸음으로 이불을 담아둔 상자 뒤쪽으로 물
러났다. 집사가 입안 가득 고인 침을 삼키는 소리가 났다. 맥
없이 어미에게 안겨 있던 아이가 눈을 뜨려다 힘이 빠진 듯
다시 감았다. 집사는 보를라를 쳐다보던 눈을 돌려 아이의
얼굴을 자세히 살폈다. 츠, 쯧.

다시 몸을 일으킨 집사가 손바닥만 한 은궤 하나를 이불
위에 던졌다. 그가 돌아가고도 한참이 지난 후에야 보를라
가 아이를 내려놓고 상자 뒤에서 무릎걸음으로 빠져나와 은

궤를 목화 이불 상자 맨 밑에 감춰두었다.

대령이 돌아왔다. 목화를 싣고 갔던 상자 대신 금과 도자기, 타지의 먹을거리들과 마을에서는 쉽게 구하기 어려운 공산품들을 가득 실어 왔다. 잔잔하던 항구가 대령을 맞을 준비로 익숙한 활기에 휩싸였다. 여기저기 난전이 펼쳐지고, 멀리 떨어진 마을의 사람들까지 무이낙을 찾아왔다. 대령을 닮은 크고 작은 아이들이 항구에 나와 갑판 위의 대령을 향해 허리를 굽혔다. 대령은 무심한 듯한 눈길을 한 번 던지는 것으로 그들의 인사를 받았다. 보를라도 담요에 둘둘 감싼 아이를 안고 항구로 왔다. 대령은 보를라의 얼굴을 기억하지 못했다. 그녀가 안고 있는 아이를 힐끔, 일별했을 뿐이었다. 뒤돌아서던 대령이 다시 한 번 보를라가 서 있는 곳을 바라봤다. 대령은 한 발 뒤떨어져 있던 흰 손을 돌아보았다. 움찔한 흰 손이 보를라 뒤쪽 아이들이 뛰노는 곳을 바라봤다. 대령이 눈을 크게 떴다. 아예 고개를 숙여버린 흰 손 대신 여러 가지 장부를 들고 서 있던 집사가 머리를 조아렸다.

마을 사람들이 대문 앞에 등불을 내다놓거나 담벼락에 촛불을 밝혀 오래간만에 돌아온 뱃사람들에게 환영 인사를 건넸다. 마을 꼭대기에 있는 대령의 집에 많은 사람이 몰려와 밤늦게까지 왁자하게 떠들었다. 사람들이 노는 소리들을 뒤로하고 집사가 보를라를 제 방으로 데리고 들어갔다. 대부분의 손님들이 제 집으로 돌아간 다음까지도 보를라는 집으로 돌아가지 못했다. 몰래 집을 빠져나갈 틈이 없는 것은 아니었다. 그러나 그녀는 그러지 않았다. 대령의 두툼한 입술이 보를라의 분 젖을 덮쳤다. 보드카에 절어 있던 대령은 목이 말라 자꾸만 보를라의 젖을 빨다 훑다 주무르며 밤새 노래를 불렀다.

그 밤 내내 흰 손이 배의 상자들을 모두 대령의 창고에 옮겨두었다. 마지막으로 대령이 늘 가까이하던 보석 상자를 품에 안은 흰 손이 대령의 집으로 향했다. 잔치 끝의 너저분한 고요만이 집 안으로 들어온 흰 손을 맞이했다. 막 문을 열려던 흰 손의 귀에 대령의 웃음소리가 말려들었다. 제 귓가에 대고도 흘려 넣어주던 대령의 웃음소리였다. 딱히 어디로 가서 무엇을 어떻게 해야 하는지 아무것도 모르는 사람처럼, 이곳에 왜 왔는지도 기억나지 않는다는 듯이 흰 손이 밤새 대령의 방문 앞을 서성거렸다. 실컷 놀다 취해 잠든 대령의 손에서 저 혼자 타다 만 담뱃재가 부스스 떨어졌다.

다음 날 아침, 집사가 보낸 사람들에 의해 흰 손의 손등에 찍힌 물고기 문신이 흩뜨러졌다. 사정을 두지 않고 무자비하게 염산을 뿌려댄 까닭에 문신의 문양이 뭉개지고, 살점이 녹아 흘렀다. 일을 마친 수하들이 '손을 자르지 않는 건, 대령의 크나큰 선처'며 저희들끼리 짓까불다 돌아갔다. 방한쪽에 쌓아둔 빈 상자에 등을 기댄 흰 손이 흘러내린 살점을 추스르지도 못하고 피와 진물이 흐르는 손을 어쩌지도 못한 채, 아이처럼 울었다.

 땅이 운다. 물속의 모든 것들이 서서히 내려앉고, 떠오르고, 흘러간다. 출렁이는 느낌들이 서서히 지워진다. 속을 비워낸 그 흔적마저 씻겨 나간 내 안의 텅 빔. 다시 눈을 뜨면 내가 놓여 있는 곳과, 내가 보아야 하는 것들이 모두 휩쓸려버리기를. 내 앞에 아무것도 남지 않고, 나마저…… 사라지기를. 빈속에 울렁이는 내 몸이 물속, 뻘의 그 어둡고 깊은 데까지 꺼져주기를. 눈과 귀가 완전히 멀어버리기를.
 차라리.

 어느덧 목화 수확을 앞둔 가을의 초입이었다. 대령이 마을 안의 목화밭을 둘러보는 날들이었다. 집집마다 자잘하게 목화를 심은 텃밭이나, 관상용 가로수처럼 줄지어 심어둔 곳은 제외하더라도 마을 안의 밭은 어림잡아 스무 군데가 넘었다. 목화를 사려고 이국의 배들까지 무이낙에 찾아왔다. 이국의 상인들은 대령이 마련해준 거처에서 하루 혹은 이틀쯤 묵고 나면 '그곳에서 생산되는 목화의 질이 다른 곳보다 뛰어나다'는 말들을 반복했다. 바다에서 불어오는 바람이 목화의 질에 영향을 준다는 말을 하는 이들도 많았다. 금세 수확량보다 찾는 이들이 더 많아졌고 대령은 목화 생산을 위해 마을을 가로질러 바다로 흘러드는 강의 물줄기를 바꾸기에 이르렀다. 목화를 따던 손들이 마을의 수로를 바꾸는 공사에 투입되었다. 조용했던 마을이 하늘에서 뻗어 내려온 거대한 손에 의해 부잡스러워졌다.

사람들이 무자비하게 목화를 심어댄 까닭에 밭과 밭 사이의 경계가 없어지고, 집과 집 사이의 자투리땅도 남아나질 않았다. 마을 전체가 한 덩이의 목화밭으로 변해갔다. 거대한 솜뭉치 같은 마을을 둘러보던 대령은 한껏 부풀어 오른 제 배를 껴안고는 흐뭇하게 웃었다. 사십오 년 전, 맨손으로 밭과 마을을 일구었던 보람이 드디어 나타나고 있는 셈이었다. 이대로라면 여생은 걱정하지 않아도 될 터였다. 더불어 그가 여기저기 뿌려놓은 아이들의 일생까지도. 대령의 뒤를 따르며 달콤한 솜뭉치같이 부드러운 말을 내뿜고 있는 집사의 말이 대령의 마음을 더욱더 높이 띄웠다. 게다가 집사는 대령의 가장 듬직한 큰아들이 아니던가. 대령은 매일 밤 소녀들 사이에서 무리를 하고 있던 탓에 기력이 점점 쇠해가던 참이었다. 집사가 가져다준 몸에 좋은 것들을 아무리 많이 먹어도 전 같지 않은 건강이 조금씩 신경이 쓰였다. 그래도 대령은 마을을 둘러볼 때마다 신이 났다. 목화솜을 쑤셔 넣은 듯이 눈앞이 부옇게 변해가도 그쯤이야 하고, 크게 문제 삼지 않았다. 더 신나게, 더 많이, 더 더, 더더더, 더, 더! 목화 진액 같은 대령의 정액이 찔끔찔끔 새어 나와 그 이듬해

수없이 많은 아이들이 태어났다. 집사는 더 이상 아이를 거두지 않았다.

목화 농사에 열 일 제치고 달려든 사람들은 목화밭이 무섭게 늘어남과 동시에 바다가 점점 마을을 떠나고 있다는 사실을 알아차리지 못했다. 밭의 면적을 늘리기에 정신이 팔려 누구도 바다를 신경 쓰지 않았다. 새롭게 밭을 개간하면 대령의 집에서는 영롱한 빛의 보석과 얼마간의 돈을 보내왔다. 사람들은 더 힘을 내었다. 마을의 새로운 활기가 바다의 수평선을 가늠하던 눈마저 가려버렸다. 멀든 가깝든, 어쨌거나 바다는 늘 거기 있는 것이었으므로 그것은 애초부터 '관심'의 대상이 되지 않았기 때문이었다. 바람의 방향에 따라 배의 동선을 살피던 등대지기가 집사를 찾아가 상의를 하려 했지만 그에게 되돌아온 것은 지시자가 누군지 모를 함구령뿐이었다. 집사는 아무 일도 일어나지 않을 거라고, 아무것도 아니니 그냥 있으면 된다고 말했다. 집사가 보내온 작은 상자 안의 보석들이 등대지기가 마음을 정하는 데 큰 도움을 주었다.

풍작이 된 목화밭을 본 대령은 밭 개간을 더욱 몰아붙였다. 바다로 나가려던 어부들도 목화밭으로 돌려보냈다. 크고 작은 목화 배들이 먼 항구로 떠날 때마다 대령은 아이를 낳았던 여인들을 함께 태워 보냈다. 아이 엄마들은 배에서 내릴 때쯤이면 한 번도 손을 타지 않은 숫처녀가 되어 있었다. 먼 항구를 다녀온 배가 처녀들을 맞은 곳에서 보낸 상자들을 무이낙 선착장에 부려 놓았다. 집사의 명령을 받은 대령의 아이들이 그것들을 대령의 창고에 쟁여두었다. 하지만 선물들이 쌓여갈수록, 날이 지날수록 대령의 눈이 더 침침해졌다. 눈 속에 쉴 새 없이 부유물들이 날아드는 듯한 환영과 백태가 끼어 모든 것이 희부윰하게 보이는 증상이 심해진 탓에 대령은 자꾸 발을 헛디뎠다.

자신의 몸 상태를 대수롭지 않게 여기던 대령이 몸져누웠다. 대령이 곤히 잠든 사이에 보를라가 찾아왔다. 집사에게 아이의 약과 돈을 부탁하러 온 길이었다. 약사발을 들고 가는 집사를 따라 보를라가 대령의 방에 들어섰다. 잠든 대령의 머리맡에 약을 놓고 뒤돌아선 집사가 보를라가 서 있는 것은 아랑곳하지도 않은 채 방을 나가버렸다. 보를라의 방에서 은궤를 던져 줄 때와는 다른 눈빛이었다. 보를라는 잠든 대령의 얼굴을 골똘히 바라보았다. 이런 얼굴이었구나…… 보를라가 한 손으로 대령의 얼굴을 짚었다. 그러다 제풀에 놀란 듯 재빨리 아이 쪽으로 손을 거두었다. 그러면서도 그녀는 대령의 얼굴에서 눈을 떼지 않았다. 눈곱이 몇 겹이나 덕지덕지 들러붙은 늙은 얼굴과 아이의 얼굴을 번갈아 바라보았다. 힘없이 늘어져 있는 아이를, 두 돌이 가까운데도 아직 눈도 한 번 똘망똘망하게 떠보지 못한 아이를 잠든 아비 곁에 놓아두었다. 보를라는 제 아이에게 하듯이 아비의 얼굴을 혀로 쓸어주기 시작했다. 눈물이 말라붙은 자국과 눈곱이 끼어 있는 눈두덩을 아주 오랫동안 핥았다. 대령이 눈을 떴다. 말간 얼굴이 바로 눈앞에 떠 있었다. 곱고, 곱다. 보를라의 혀가 막 감기려는 대령의 눈꺼풀을 들어올렸다. 충혈되고 백태가 낀 눈알 위에 촉촉한 혀를 살포시 얹은 이 여인! 대령이 보를라의 몸을 안아 제 배 위에 올렸다. 보를라의 혀뿌리에서는 젖은 나무 냄새가 났다. 아이가 어미를 찾아 뒤챘지만 늙고 병든 아비와 어린 어미는 아랑곳하지 않았다. 밤이 거의 다 지나서야 보를라가 아이를 안고 집으로 돌아갔다. 대령은 한결 맑아진 눈으로 방 안의 사물들을 천천히 둘러보았다.

매일 밤과 낮, 엄청난 양의 강물이 목화밭으로 흘러들었고, 그에 따라 내륙 해안과 그들의 '바다'가 조금씩 해변을 떠나갔다. 그 '강물'로 자란 수확물이 배에서 하역된 상자들을 채우고 남아 마을 창고에 쌓였다. 상자 위에 흰 솜뭉치를 얹고 또 얹은 까닭에 목화솜이 상자 바깥으로 거품처럼 주르륵, 주르륵 흘러내렸다.

조타실을 나간 흰 손이 제대로 지그려두지 않은 탓에 문이 다시 열렸다. 한 발 늦게 나갔지만 대령보다 먼저 방문 앞에 도착한 흰 손이 숨을 헐떡이며 문고리를 잡아챘다. 대령이 방으로 들어가고, 흰 손이 그 뒤를 따르며 문을 닫았다. 문

잠기는 소리가 흰 손의 숨을 막았다. 막힌 숨을 토해내지 못한 흰 손이 부르르 몸을 떨었다. 나는 밤새 조타실까지 흘러오는 흰 손과 대령의 웃음소리를 들었다. 죽은 용상어들이 소리 나는 쪽으로 헤엄쳐 갔다가 계단을 통해 인간들의 발자국 소리가 들려오자 서둘러 조타실로 돌아왔다. 제가 누웠던 자리를 찾지 못한 용상어 세 마리가 내 속으로 비집고 들어왔다. 흰 손의 허탈한 웃음소리가 끝내 울음으로 변할 때까지도 나는 가만히 귀를 열어 두었다.

그 흰 손이, 대령이 다니는 길목 곳곳을 한 발 먼저 달려가 문을 열어주곤 하던 흰 손이 여기 있, 다. 내 앞에, 서 있다. 나는 뻘 속에 잠긴 몸을 더 이상 빼낼 생각도, 땅 속으로 더 깊이 꺼져 버리고 싶은 마음도 무시한 채 망연히 흰 손을 바라보았다. 흰 손의 얼굴 위로 대령의 얼굴이 겹쳐졌다. 다시 눈을 돌리니 '누군가'가 막 대령의 얼굴 속에 들어앉는 중이었다. 거대한 물보라가 내 앞에 우뚝 멈춰 서 있었다. 흰 손과 대령의 얼굴이, 막 제 몸을 빠져나오던 얼벌벌한 표정의 '누군가'의 얼굴과 하나가 되었다. 물보라 속의 소용돌이가 그렇게 그들을 섞어버렸다. 그러다 어느 순간 다섯 조각으로 나뉜 얼굴들이 물보라 한가운데 서 있는 대령의 팔뚝에 손가락처럼 들러붙었다.

물것들과 흰 손, 대령과 '누군가'의 얼굴이 들어 있는 물기둥이 물속의 압력을 뚫고 위로 치솟았다. 나는 단 한 번도 무게를 느껴본 적이 없는 나무처럼, 내가 지금의 나이기 전보다 더 오래된, 물을 빨아올리던 생생한 뿌리의 기억으로 힘껏 물기둥 위로 솟구쳤다.

밤새 술에 취해 소녀들 사이를 오가던 대령이 방문 앞에 섰다. 뒤따르던 집사는 장부를 손에 쥔 채 아무런 행동도 하지 않았다. 대령이 집사를 돌아보았다. 집사가 문을 열지 않고 대령의 시선을 피했다. 어색한 침묵이 막 흐르려던 그때 방문이 화들짝 열렸다. 대령의 열여덟번째 아들이었다. 어느새 걸음마를 시작한 녀석이 함부로 아비의 방문을 열고 들어간 모양이었다. 문을 열고 나온 아들에게는 눈길도 주지 않은 채 대령이 방 안으로 들어갔다. 그제야 집사가 손을 뻗어 방문을 닫았다. 힘껏 숨을 참고 눈에 힘을 주고 있던 대령이 어깨를 들썩이며 숨을 몰아쉬었다. 제 손을 사용해 문을 열어본 적이 언제였던가. 최근에도, 몇 년 전에도, 아니 아무리 생각해봐도 문을 연 기억이 없었다. 늘 누군가가 제 곁에 있었으므로. 물끄러미 방 한쪽에 쌓인 보물 상자들을 쳐다보던 대령은 그 상자들을 날라주던 흰 것을 생각했다. 희디, 희고, 희었던 그 손은 지금 어디서 무엇을 하고 있을까. 한쪽 벽에 가지런히 쌓여 있는 상자 위로 하얀 손가락들이 어른거렸다. 눈이 침침해서 그런 건가? 벽면을 가득 메우고 있던 상자 몇 개가 비어 있는 것 같았지만 그런 것 따위는 신경 쓰고 싶지 않았다. 모든 것은 집사가 다 알아서 관리를 해두었을 테니까.

몇 걸음 떼지 못하고 주저앉아 방문 밖을 기다, 걷다 하던 열여덟번째 아들이 다른 문 앞으로 기어갔다. 간신히 몸을 일으킨 아이가 방문 손잡이를 두 팔로 안았다. 비뚜름히 열려 있던 문이 앞으로 확 쏠리면서 아이가 방 안쪽으로 고꾸라졌다. 방 안으로 들어와 등대지기와 조용히 이야기를 나누던 집사가 깜짝 놀라 곁에 있는 상자 하나를 집어던졌다. 동물의 뼈로 만들었다던 작고 단단한 상자였다. 그와 동시에 등대지기가 재빨리 들고 있던 장부 몇 개를 옆에 놓인 큰 상자에 담았다. 아이는 바닥에 얼굴을 박은 채 일어날 줄 몰랐다. 집사가 다가가 아이를 안아 올렸다.

아이의 머리가 이렇게 말랑했나? 고작 저 작은 상자에…… 집사는 서둘러 아이를 이불에 둘둘 말아 빈 상자 안에 담았다. 함께 있던 등대지기의 입을 단속시킨 집사가 목화밭 한 귀퉁이를 떠올렸다. 목화 수확이 끝난 밭이라 인적이 드문 곳이었다. 만약에 어느 때고 이것이 드러나기라도 한다면 아니라고, 나는 기억에 없는 일이라고 발뺌을 하거나 입을 막아버리면 될 것이었다. 목화 상자가 밭으로 옮겨지는데도 마을 사람 누구도 이상한 눈으로 바라보지 않았다. 흔하디흔한 목화 상자일 뿐이었다. 보통의 것보다는 조금 컸지만 그렇다고 저게 무엇일까 하고 의문을 품을 만한 크기도 아니었다. 다만 집사가 직접 상자를 옮겨 가는 것이 의아할 따름이었다.

집사는 품속에 넣어 갔던 보드카 한 병으로 아이의 명복을 빌어주었다. 조용히 아이의 죽음을 애도하며 보드카를 마시던 집사는 아무리 생각을 해보아도 대령 대신 제 손으로 옆 마을로 시집을 보낸 아이 어미의 얼굴이 떠오르지 않았다. 그 마을이 맞긴 한 건가. 저 파란 지붕 집 처녀였나. 속으로 아이와 그 어미의 얼굴을 맞춰보던 집사가 뒤늦게 따라와 수습을 하고 있는 등대지기의 하얀 머리칼을 노려보았다. 그러나 출항이 임박한 때였다. 배가 떠나기 전에 해야 할 일이 많았으므로 외따로이 떨어져 감상에 젖을 여유가 없었다. 고작 일 년 남짓 살다 간, 동생인지 아들인지 모를 것의 얼굴이 계속 아른거렸지만 그 역시도 그것의 운명. 집사는 다시 냉정한 눈매로 앞으로의 일을 도모하기 시작했다. 그러는 사이에 작은 구덩이가 봉분도 없이 메워졌다.

등대 지하로 대령의 집에 있던 갖가지 상자들이 옮겨졌다. 상자들은 제각각의 색으로 지하의 어둠을 달랬다. 파랗고 노랗고 빨간 보물들이 제 몸의 색들을 상자 바깥으로 뿜어냈다. 지폐 다발이 들어 있는 상자는 훨럭이는 종이 소리를 내었고, 희귀한 도자기들이 들어 있는 상자는 희뿌연 빛이 에워쌌다. 상자들을 원 없이 잔뜩 쌓아둔 등대지기가 지하에서 뿜어져 나오는 오색의 빛을 등지고 등대 계단에 걸터앉아 낮술을 마셨다.

집사는 대령의 배에 목화 상자들과 얼마간의 보물, 가까운 바다에서 잡아 올린 생선들을 잔뜩 실어두었다. 승선할 선원들은 어떤 이유에서든 집사와는 사이가 좋지 않은 이들을 태우기로 했다. 아주 오래전에 퇴역한 대령의 군인들도 합류시켰다. 대령의 집과 척을 진 이들로서는 그다지 내키지 않는 일이었지만 이번 항해에는 다른 때의 열 배나 되는 후한 임금이 약속되었다. 하릴없이 세월만 보내던 퇴역 군인들도 낡은 군복을 입고 배 위로 올라갔다. 모든 일은 다 '대령'이 지시한 것이라고 했다.

드디어 내일이면 출항이었다. 대령은 다시 떠난다고 생각하니 마을의 모든 문을 볼 때마다, 집 안 곳곳에 굳게 닫혀 있는 문을 누군가 열어주어야 할 때마다 흰 손이 생각났다. 아무도 모르게 흰 손의 집에 따뜻한 빵 한 상자 보내주고 싶었지만 그때마다 집사가 대령이 해야 할 다른 일을 앙칼지게 상기해주는 바람에 그러지도 못했다. 늘 협상을 몰아치거나 명령을 하고, 모든 일에 대해 지시를 했어도 누군가를 살뜰하게 챙기는 일에는 서툰 대령이었다. 이때 흰 손이라면 어떻게 했을까, 지금 막 문을 열고 들어온 게 흰 손인가? 누구에게도 마음을 털어놓는 법을 모르는 대령이었다. 아무리 몸을 많이 섞은 여자라 해도 쉽게 곁을 내주지 않았다. 헛헛

한 마음에 괜히 두 손을 맞대었다. 그러다 벽 한쪽 가득 쌓아 둔 상자 더미를 바라보았다. 상자 위로 겹쳐지던 하얀 손길들이 희미해져가고 있었다. 안 돼! 대령이 손을 뻗어보았지만 둔탁한 나무 상자가 만져질 뿐이었다.

대령이 출항을 앞둔 저녁, 부푼 배로 인하여 치마 앞섶이 불뚝 올라간 보를라가 그 배 위에 축 처진 아이를 업고 대령의 집 대문을 두드렸다.

내 몸에 엉겨 있던 작은 물것들이 강하게 내리쬐는 햇빛에 꾸덕꾸덕 말라갔다. 배 위의 인간들은 나와 함께 딸려온 물것들 중에 큰 놈들은 거두어 갔지만 자잘한 것들은 그물에서 떼어내지도 않고 그물과 나, 다른 잡것들과 함께 뭉쳐두었다. 대령의 내장과 팔뚝처럼 괴상한 냄새를 풍기던 자잘한 것들이 피들 피들 시들어갔다. 얼기설기 찢어진 그물이 강한 햇빛을 받아 내 몸을 옥죄기 시작했다. 나는 그물에 갇혀 뻘 속에서보다 더 옴짝달싹 못한 채 덩그러니 놓여 있었다. 작은 고깃배 위에 바다 쓰레기처럼 얹혀 있는 내 위로 서서히 대령의 배가 다가왔다. 거부할 틈도 없이, 나는 다시 대령의 기억에 휘말렸다.

하늘에 달도 별도 없는 밤이었다. 집 안팎을 저인망으로 훑고 다니던 집사는 다른 방에 가서 노는지 기척이 없었다. 갑자기 문 밖이 소란스러워 나와 다른 상자들이 모두 눈을 떴다. 거대한 짐승이 씩씩대는 소리, 방문 손잡이가 잡아당겨지다가 내쳐지는 소리, 문이 열리지 않자 제 성질대로 분기를 발산하는 소리들이 한꺼번에 방 안으로 파고들었다. 종종거리며 뛰어오는 집사의 발소리가 들렸다. 방문이 열리자마자 술에 취한 대령이 안쪽으로 쓰러졌고, 집사가 그를 부축하느라 둘은 한몸이 되었다.

저벅저벅 벽 쪽으로 다가온 대령이 나를 집어 들고는 집사를 향해 거침없이 지시를 내렸다. 전에 없던 일이었다. 무이낙에 돌아온 뒤로 대령은 늘 집사의 눈치를 보며 소리를 죽이곤했다. 곧이어 내 몸 속으로 빵과 술, 양고기 한 두름과 종이 한 장이 들어왔다. 저 상자를, 흰 손에게 가져다주고 올 것! 집사가 방을 나간 뒤 대령이 소리 없이 울기 시작했다. 한참을 울던 대령은 바닥에 떨어진 눈물방울을 멀뚱히 들여다보았다.

출항 준비를 위해 대령의 집에 와 지내던 등대지기가 집사 대신 나를 들고 흰 손에게 향했다. 그 어느 때보다도 단호한 대령의 지시였으므로 집사도 이번만큼은 토를 달지 않았다. 대신 나를 옮기던 등대지기가 아무도 모르게 내 속에 있던 값나가는 것 하나를 제 주머니 속에 넣었을 뿐이었다.

흰 손이 물끄러미 나를 바라보았다. 염산을 맞았던 손은 살이 뭉개지면서 신경까지 상했던지 아예 움직이질 못했다. 그는 한쪽 손만 이용해 천천히 내 속에 있는 것들을 들춰보다 물고기가 그려진 종이를 집어 들었다. 한때는 그의 손에도 아주 진한 코발트블루 색으로 그려져 있던 물고기 문양이 거기에 선명하게 찍혀 있었다.

막 떠나려는 배 위에 나를 안은 흰 손이 맨 마지막으로 올라탔다. 제지하는 선원들을 물리쳐준 것은 대령이 보내온 물고기 그림이었다. 하지만 우리는 배 위에 올라서도 한동안 대령을 볼 수가 없었다. 이 년 넘게 세워둔 대령의 배가 들썩들썩 움직이기만 할 뿐 힘차게 물을 박차고 떠오르지 못했기 때문이었다. 배를 내려갔던 선원 하나가 다시 올라와 대령에게 보고하는 소리가 들렸다. 모래사장이 눈에 띄도록 커졌고, 대령의 큰 배가 세워져 있던 깊은 물은 본래보다 상자 다섯 개 정도 쌓아둔 깊이만큼이나 얕아져 있다고 했다. 배에 탔던 선원들과 그들을 배웅하려는 가족들 그리고 뒤늦게 올라탄 흰 손마저 나를 갑판 위에 내려둔 채 배 밑으로 내려갔다. 허리까지 잠겨오는 바다 속으로 들어가 모래를 파고, 지렛대로 배를 떠미는 소리가 갑판 위로 올라왔다. 으이영차, 으이여엉차!

끄아아아앙! 겨우 몸을 뒤채인 배가 참았던 뱃고동 소리를 내질렀다.

강의 수로를 바꾼 지 삼 년째였다. 대령의 목화 배가 막 항구를 떠났다. 바다에서 불어오는 바람 때문에 마을 사람들

은 자꾸 마른기침을 했고, 대령이 떠난 집과 항구에는 이상
하리만치 차가운 기운이 머물렀다.

　출항한 지 한 달이 지났다. 나는 잠깐 잠깐씩 배가 멈췄다
다시 출발하는 기척에 깊이 잠들지 못하고 뚜껑을 들썩였
다. 잠시 어느 항구의 시장에 내려갔던 대령이 다시 배 위로
올라왔다. 어떤 상자나 인간도 뭍으로 내려지지 않은 채 배
가 또 출발했다. 몇 번이나 다른 항구에 정박했지만 대령은
선원들이 항구에 내려가는 것도, 목화 상자를 하역하는 일
도 허락하지 않았다. 보다 못한 흰 손이 대령에게 어찌된 영
문인지 물었다. 몇 번이나 즉답을 피하던 대령이 입을 열었
다. 이미 물량이 넘친다는 곳이 부지기수고, 심지어 무이낙
의 목화보다 다섯 배는 낮은 가격을 제시한 이국의 상인들도
많다고 했다. 말을 마친 대령이 어깨를 내려뜨리자 흰 손은
입을 굳게 다물었다. 답답해진 선원들이 하나둘씩 술에 취
해 갑판 위에서 춤을 추었다. 하늘을 향해 취한 몸을 날리다
떨어지거나 서로의 몸을 물어뜯는 소리들이 차츰차츰 조타
실에 차올랐다. 춤은 밤낮으로 계속되었다.

　며칠 뒤, 조타실 선원 두 사람이 춤을 추다 서로를 해하는
일이 일어났다. 서로의 발을 밟고 넘어졌을 뿐이지만, 사소
한 다툼이 격심한 몸싸움으로 변한 것이었다. 대령은 죽은
이를 바다에 던지지도, 어떻게 처리하라는 지시도 없이 무

력하게 방 안에만 틀어박혔다. 대신 흰 손이 상자 몇 개를 덜어 죽은 이의 몸을 수습한 다음 냉동 창고에 가져다 두었다. 여러 항구에서 몇 번이나 목화를 거절당한 뒤 배에 오른 대령은 이제 조타실 안의 우리들을 쳐다볼 때도 눈을 빛내지 않았다. 나는 무력해진 대령의 얼굴을 바라볼 수가 없어 가만히 뚜껑을 닫고 눈을 감았다. 조타실 안의 용상어들도 꼼짝 않고 제 상자 속에 누워 있었다. 미친 듯이 춤을 추는 이들 몇몇을 빼놓고는 그 누구도 제 방에서 나오지 않는 날이었다. 술에 취한 흰 손이 조타실에 들어왔다. 내 맞은편 상자에 등을 기대고 앉아 나를 바라보며 끊임없이 술을 마셨다.

그날 밤, 흰 손이 대령에게 다음 항구에서 배와 상자들을 모두 넘겨버리자는 제안을 해보았지만 단번에 거절을 당했다. 그러자 그들이 거친 말싸움을 벌였고, 대령이 흰 손 보란 듯이 지나가던 선원 하나를 데리고 제 방으로 들어갔다. 화가 난 흰 손이 조타실로 들어와 문을 닫아걸었다. 나는 흰 손이 얼굴에서 표정을 지우는 것을 보았다. 갑판에서 춤을 추는 선원들의 발자국 소리가 점점 크게 들려왔다. 쿵쿵 쾅쾅쾅 계단을 내려온 이들이 대령을 끌고 갑판 위로 올라가는 것도 흰 손은 말리지 않았다. 어느 틈에 조타실 안에까지 들어온 선원들이 우리를 모조리 꺼내들고 갑판 위로 올라갔다. 취한 인간들이 목화솜 가득 든 상자에 불을 붙여 하늘로 날려 보내며 비틀거렸다.

선원 두엇이 대령에게 보드카를 먹이고 두 발을 놀려 춤을 추게 만들었다. 셈이 재빠른 요리사가 제 앞으로 우리들을 끌어다 놓았다. 춤이 점점 빨라져갔다. 눈 속에 눈물을 가득 담고 서서히 두 팔을 올리는 대령의 주변으로 선원들이 한 꺼번에 몰려갔다. 어깨를 들썩이며 한 발 한 발 제자리걸음을 하던 대령이 이들을 모두 안아주기라도 하려는 듯 두 팔을 크게 벌렸다. 신이 난 인간들이 춤을 더욱 격렬히 추며 대령의 몸 가까이 다가섰다. 갑판 위에 머리가 하얗게 세어버린 대령의 가지에 목화 봉오리가 만개했다. 그 봉오리 위에서 대령의 목이 툭, 떨어졌다. 인간들이 더욱 요란한 춤을 추며 대령의 몸에서 막 뿜어져 나오고 있는 핏물을 짓이겼다. 목화 봉오리가 서서히 핏물을 머금었다. 그 위로 대령의 의자에 걸터앉은 흰 손이 하얗게 겹쳤다.

나는 뚜껑을 활짝 열고 그들의 춤이 잦아드는 것을 끝까지 지켜보았다.

대령의 배는 돌아오지 않았고, 바다로 가는 길은 점점 더 멀어져 갔다. 수평선을 가늠하던 눈들이 서서히 지평선을 짚어가기 시작했다. 때가 되어도 목화를 따려는 사람이 없어 마을의 밭들은 목화 폭탄이 터진 것처럼 환했다.

드드드득. 배가 땅에 닿았다. 물고기 상자를 모두 내려놓은 인간들은 마지막으로 나와 그물을 분리하려다 그물이 더 찢어지는 바람에 그냥 모래사장 위에 내팽개쳤다. 모래 위에 떨어지던 그 충격에 내 몸 한 귀퉁이가 쪼개져 나갔다. 오히려 홀가분한 느낌이었다. 나는 갓 나온 새잎처럼 가만히 내 앞에 펼쳐진 마을의 모습을 생경하게 훑어보았다.

아무도 없는 모래사장, 이미 물에서 벗어난 지 한참이 되어버려 검붉은 녹이 뚝뚝 흐르는 배들, 마을 전체를 먹어 들어간 부연 목화밭. 나는 이제 여기가 끝이라는 생각에 가만히, 가만히 있었다.

내가 무이낙에 돌아온 것이었다.

보를라가 다시 대령의 집에 찾아왔다. 그녀의 배는 더 부풀었고, 아이는 아예 새카맣게 변색이 되어 있었다. 보를라가 대령의 집 현관문을 거세게 두드렸다. 한참이 지나도 안에서는 인기척이 들려오지 않았다. 보를라는 문 좀 열어 달라고, 약 좀 달라며 미친 듯이 울부짖었다. 딸깍. 잠겨 있는 줄 알았던 문이 열렸다. 텅 비었다. 집사도, 집 안팎을 종종거리면서 오가던 사람들도, 언제나 시끄럽게 뛰어다니던 대령의 아이들도 모두 보이지 않았다. 집 안에 깔려 있던 괴괴한 적막과 여기저기 잔해처럼 흩어져 있는 집기들이 그들의 부재를 말해주었다. 허리를 짚으며 뒤뚱뒤뚱 걸어간 보를라가 대령의 방과 집사의 방문을 차례대로 열어보았지만 아무도 없었다. 보를라가 지금껏 자신을 지탱해오던 모든 힘을 잃고 거실 바닥에 널브러졌다.

그 시간, 등대지기가 등대 지하에 쌓아두었던 상자 맨 위로 집사의 머리를 담은 상자 하나를 새로이 얹었다. 상자들로 가득한 지하에는 이제 사람 하나가 들어가기도 버거울 지경이었다. 진물을 뚝뚝 흘리던 집사의 상자가 그 틈을 비집고 쌓여 있는 상자들 맨 위로 올려졌다. 내내 담담하던 늙은 등대지기의 얼굴에 웃음이 고였다. 막 위로 올라간 상자에서 흘러내린 검붉은 빛이 등대지기의 얼굴을 비추었다.

등대지기가 지하실 문을 닫자 서서히 상자들이 꿈틀댔다. 모든 뚜껑이 활짝 열렸다. 상자 속에 들어 있던 것들이 제각각의 빛을 내었다. 지하실이 금세 환해졌다. 빛이 뿜어져 나오는 소리들이 지하의 계단을 뚫고 등대지기가 막 올라선 등대 입구까지 들려왔다. 계단을 오르는 동안 늙수그레했던 얼굴이 집사처럼 팽팽해진 등대지기.

누군가 내 몸을 들어올렸다. 깜짝 놀라 살펴보니 얼굴이 새카맣게 죽은 보를라였다. 그녀가 맨손으로 내 속의 구석구석을 짚어가며 모래를 털어냈다. 품 안의 아이를 조심스럽게 내 속에 누인 보를라. 대령을 담았을 때처럼 내 몸의 결들이 다시 빳빳이 섰다. 그녀가 나를 끌고 천천히 걷기 시작했다. 내 몸을 친친 감고 있던 그물은 보를라의 손잡이가 되었다. 비가 오는 건가. 나는 보를라가 이끄는 대로 끌려가며 물소리가 나는 곳을 찾았다.

보를라의 눈물이 모래사장에 하나, 하나 점을 찍었다. 나는 물 점들을 따라 모래 위로 가느다란 길을 내었다. 간간이 허리를 꺾은 채 걸음을 쉬던 보를라는 맑은 눈물이 핏물로 바뀔 때까지도 걸음을 멈추지 않았다.

언제 그리 되었는지 알 수 없을 정도로 허물어진 아이의 살이었다. 이제 얼굴만 보아서는 성별을 구분하기도 어려웠다. 아이 볼에 만개한 얼룩 위로 대령과 집사의 얼굴이 앞 다투어 다녀갔다. 아비들이 지워진 빈 얼굴에 흰 점이 돋았다. 점점 커지는 점. 그것은 등대의 빛이었다. 희푸른 등대를 등지고 걷던 보를라가 그물을 놓치며 주저앉았다. 아이가 덜컹이는 내 몸에 부딪쳐 돌아누웠다. 아이의 무른 살이 내 속에서 제멋대로 흐트러졌다. 잘 분리된 뼈와 살에서 썩은 미역 냄새가 났다. 나는 그물을 헤치고 뒤를 돌아보았다. 등대 주위를 단단히 일렁이며 아이를 향해 내뿜은 빛의 인사. 죽은 아이가 내 속에서 온몸으로 일갈하는 쉬엇. 입술을 앙다문 보를라가 다시 그물을 집어 들었다. 울다 지친 보를라가 천천히 걷다 쉬다를 반복했다. 그 결에 내 안에 누운 아이의 몸이 등대 쪽으로 구르며 거듭 인사를 건넸다.

내 몸이 그어온 길에 빛이 고였다.

빛 속에서 죽은 아이의 울음이 터졌다.

톨큰
- 수로 3

아내의 눈이 꺼졌다. 숨구멍까지 차오르는 검은 안개를 헤치고 내가 막 그녀 쪽으로 바투 섰을 무렵이었다. 어째 전날보다 더 늦었느냐는 힐난처럼, 내가 도착하기만을 기다렸다는 듯이 때를 맞추어 폭삭 내려앉은 아내. 삭은 눈이 평평하게 다져지는 소리가 났다. 왼 눈에 든 숨방울에 밤새 부대끼다 날아온 길이었다. 얼결에 내가 잘못 본 것은 아닌가 싶어 열심히 날개를 휘저으며 아내 곁을 맴돌았다. 어느새 땅으로 내려온 안개가 아내 주변으로 촘촘하게 진을 쳤다. 아내는 이제 영영 간다는 인사를 그런 식으로 보내왔다.

살아오면서 아내에게 이런 인사를 받게 될 줄은 몰랐다. 어찌 답해야 할지 몰라 그녀의 눈두덩에 가만히 부리를 얹었

다. 내가 오기만을 바랐을 눈동자가 몸속으로 돌아가는 중
이었다. 나를 볼 때마다 물결처럼 둥글게 휘어지던 눈썹, 늘
먼 곳을 주시하며 강물의 수심을 재던 동공과 철관을 끌고
온 군인들을 향해 치켜뜨던 흰자위, 열기에 가득 찬 눈동자
를 식혀주던 눈꺼풀이었다. 눈동자가 마지막으로 아내의 몸
곳곳을 눈에 담는 소리가 내 부리를 타고 빠져나와 안개 속
으로 흘러갔다. 안개가 아내의 마지막 소리를 품에 안고 동
이 트는 쪽을 향해 부옇게 몸을 풀었다. 눈물이 가득 찬 내
몸이 그 마음을 버티지 못하고 쉴 새 없이 출렁거렸다. 나는
아내에게서 떨어지지 않으려고 안간힘을 쓰며 날개의 균형
을 잡았다. 부리 끝으로 뇌수 같은 눈물이 흘렀다. 날개의 그
림자를 적신 눈물이 아내의 삭은 몸 쪽으로 다가갔다. 푹신
젖은 내 부리가 아내의 몸 구석구석을 짚었다.

다 비웠다. 말을 지운 아내, 눈을 비운 아내, 빈속을 태운
아내.

목이 말랐다. 아내가 죽었고, 나는 목이 말랐다. 아내가 죽
어서 그런 것인지도 몰랐다. 내 부리에 닿은 그녀의 가슴팍
이 마치 살아 있는 것처럼 물컹거렸다. 아내에게서 부리를
떼지 않으려다 그만 정신을 잃었다. 혼몽한 와중에 아내의
숨방울을 만났다. 숨이 거의 다하고서야 나는, 이승과 저승
의 경계가 없는 노랗고도 흰빛이었다. 그것은 아주 오래 산
노인의 것이기도 했다. 아내가 누구에게도 제 속을 꺼내지

못하고 숨이 다 탈 때까지 외롭게 살았을 것이라 생각하니
가슴이 미어졌다.

한껏 오므라들었던 아내의 발이 느슨하게 풀어졌다. 발바
닥에 자그마한 구멍이 뚫려 있었다. 눈동자가 빠져나간 흔
적이었다. 숨방울 속에서 유독 반짝이던 흰빛은 아내의 눈
빛이었을까. 순식간에 안개가 가시고 아침 햇살에 건조된
모래 먼지가 아내 위로 무참하게 내려앉았다. 몸이 우는 소
리가 앙다문 부리를 비틀었다.

철관을 가득 실은 트럭이 마을 입구를 알리는 표지석 앞
에 멈춰 섰다. 운전사가 트럭에서 내려와 돌에 새겨진 마을
의 이름을 확인했다. 차의 엔진 소리가 들리자 집집마다 불
이 켜졌고, 누군가 대문을 열고 집 밖으로 빠져나가는 소리,
무전을 치는 소리, 마을 안에 경고음이 울리는 소리 들이 동
시에 하늘로 올라왔다. 막 날아오르려던 내가 그 소리에 치
여 중심을 잃었다. 하마터면 트럭의 짐칸 위로 내려앉을 뻔
했다. 긴 철관을 가득 실은 트럭 여러 대가 마을 입구에 차례
대로 도열했다. 표지석을 방패막이 삼은 마을 사람들이 낯
선 트럭의 행렬을 주시했다. 이편과 저편 모두 실수하지 않
기 위해 잔뜩 긴장한 모습이었다. 몸이 날랜 마을 사람 하나
가 뇌관을 먼저 터뜨렸다. 트럭 위로 순식간에 올라탄 그가
철관 더미를 조인 철사의 매듭을 끊었다. 그를 끌어 내리려

는 손과 짐칸과 짐칸 사이의 매듭을 만지는 손이 서로 엇갈렸다. 그와는 별개로 다른 트럭들이 마을 진입을 시도했다. 마을 사람들이 재빠르게 트럭 바퀴 앞에 드러누웠다. 트럭 바퀴가 아랑곳하지 않고 앞으로 나아갔다. 인간들 위로 막 트럭이 다가들려던 찰나, 마른 뼈들이 와장창 무너지는 소리와 함께 철관이 트럭 아래로 우르르 쏟아졌다.

이런 곳에 아내를 두고 나 혼자 떠날 수는 없었다. 두 손을 모으고 하늘을 향해 기도하던 마을의 인간들이 나를 바라보았다. 하지만 나는 오로지 아내를 데려가야 한다는 생각뿐이었다. 내가 가려는 방향으로도 철관이 굴러갔다. 나는 힘껏 날아갔다.

아내의 뒷덜미를 꽉 물었다. 시즙이 내 머리 쪽으로 튀었다. 몸에서 막 풀어지고 있던 두 날개는 긴 발톱으로 움켜쥐었다. 두 발에 너무 힘을 준 까닭에 아내의 몸 곳곳에서 두둑두둑 뼈마디 어긋나는 소리가 들렸다. 내가 펼친 날개의 그림자가 아내를 뒤덮었다. 항상 내가 그녀의 그림자 밑에 있었지만 오늘은 반대였다. 시즙이 홍건히 고인 땅을 뒤로하고 나는 하늘로 솟구쳤다. 처음으로 늠름한 남편이 된 기분이었다. 나보다 몸집이 큰 아내를 데려가는 일이 마치 애도의 마지막 순서처럼 느껴졌다. 그렇게 바위틈으로 가면 되는 줄 알았다.

내가 조금 덜 긴장했더라면, 한시라도 더 빨리 아내를 옮겨갈 생각을 했다면 그녀가 저렇게 산산이 흩뿌려졌을까. 나는 아직 내 발에 걸려 있는 아내의 날개를 더욱 세게 움켜쥐었다. 그 와중에도 물색없는 내 혀가 부리 끝에 남아 있는 아내의 살점을 핥았다. 나는 젖은 부리를 단단히 닫아걸었다. 눈물이 허공에 흩뿌려졌다. 이렇게 보내고 말 것을 왜 그토록 전전긍긍했던가. 혹시 너무 애를 태워 이렇게 된 것은 아니었을까. 제대로 끝맺지 못한 애도의 마음과 내 발밑으로 사정을 두지 않고 흘러내리던 아내의 썩은 몸이 굶주린 들쥐 떼처럼 나를 쫓아왔다. 눈을 감고 나는데도 끝내 보이고야 마는 그것들에게 나는 꼼짝없이 포위당했다. '혈안이 되어 있다'라는 인간의 문장을 나는 생각 속의 쥐 떼 눈빛에서 뼛속 깊이 절감했다.

아내를…… 놓쳤다.

군대였다. 왼 눈에 든 붉은 것이 단번에 그들을 알아보게 했다. 속에서만 내내 요동을 치던 그것이 눈두덩 위로 팽팽하게 부풀어 올랐다. 눈꺼풀이 찢어질 것만 같았다. 나는 날개로 왼 눈을 가렸다. 그러고도 방금 본 것이 믿기지 않아 본래의 내 눈을 뜨고 조심스럽게 아래의 상황을 살폈다.

같은 인간이지만 다른 인간이었다. 똑같은 옷을 입은 인간들은 얼굴 표정도 같았다. 마을의 인간들은 옷도 다르고, 생김도 달랐지만 비장해 보이는 눈빛이 같았다. 그들은 여전히 표지석을 사이에 두고 대치하는 상태였다. 달라진 것이 있다면 나뭇잎 색의 군복을 똑같이 차려입은 한 무리의 군인들이 더 나타난 것이었다. 군인들과 마을 인간들은 철관이 가득 쌓인 탑을 사이에 두고 서로를 향해 적의를 내뿜었다. 군인들의 손마다 작은 쇳덩이가 쥐어져 있었다. 마을 안의 인간들이 나와 군인들의 쇳덩이를 차례대로 쏘아보았다. 기세등등한 살기가 곳곳에 나부꼈다.

아내라면 지금 어떻게 했을까. 마을 하늘에 떠 있는 것은 아내의 몫이었다. 그녀의 자리에 있던 내가 두 날개를 활짝 펼치자 마을 인간들이 잠시 안도했다. 나는 그들이 원하는 것이 무엇인지 알고 있었다. 그러나 내 몸은 아내처럼 오래 떠 있을 수 없다는 것 또한 잘 알았다.

대치 속의 고요는 오래가지 않았다. 군인들이 쥐고 있던 쇳덩이에서 천둥소리가 뿜어져 나오자 마을의 인간 몇 몇이 앞으로 고꾸라졌다. 죽은 이들 주변에 있던 인간들은 동요하지 않고 한 발 더 앞으로 나아갔다. 군인들의 쇳덩이가 이번에는 내가 있는 쪽을 겨냥했다.

하늘을 향해 마음을 모으던 인간들이 괴성을 지르며 군인들 쪽으로 달려들었다. 쇳덩이가 내뿜은 소리가 구름을 가로지르는 충격에 놀란 나는 다시 중심을 잃었다. 굳게 닫아놓았던 부리가 벌어졌다. 그때까지도 끈질기게 부리 끝에 들러붙어 있던 아내의 살점이, 땀처럼 맺혀 있던 뇌수가 내 속으로 흘러 들어왔다. 불어오지도 않은 강풍이 내 몸을 흩뜨리는 것만 같았다. 나는 훌렁 뒤집힌 채 땅으로 날아갔다.

땅 위의 모든 것이 내 머리 위에 떴다. 산산이 조각난 아내도 내 위에 있었다. 방금 쇳덩이에 맞아 죽은 인간들에게서 솟아오른 초록색 숨방울들이 내 발끝을 스쳤다. 무리진 숨방울들 틈에서 간신히 몸을 추슬렀다. 나는 부리에 묻은 아내의 뇌수를 씻기 위해, 눈에 든 것을 물속에다 떨구기 위해 다시 앞으로 날기 시작했다. 온몸이 짓뭉개지는 것처럼 무서웠지만 쇳덩이와 마을로부터 도망치려는 것은 아니었다. 인간들의 울음 섞인 기도 소리가 땅 위로 낮게 깔렸다.

죽을힘을 다해 강가로 갔다.

인간이 모여 마을을 이룰 때부터 아내의 조상들은 이곳에 있었다. 아내의 어머니가, 어머니의 할머니가, 할머니의 어머니가 그렇게 이 땅을 지켰다. 실제로 아내는 인간의 소원을 하늘에 전달할 수 있는 능력이 있는 새였다. 언제나 나는 아내의 보호를 받으며 하늘을 날았다. 구름과 구름 사이로 기골이 장대한 아내의 두 날개가 펼쳐지면 나는 마음껏 장난을 치며 펄럭거렸다. 먼 곳을 살피던 아내가 무심한 듯 다가와 나를 잽싸게 끌어올려주었다. 제대로 펴지지 않던 왼쪽 날개가 그때만큼은 아내보다 더 커진 느낌이었다. 아내는 자주 나를 데리고 나는 연습을 시켜주었다. 날다 떨어지고,

뒤집히고, 날개가 꺾인 적도 많았지만 아내는 그때마다 가뿐히 나를 집어 올렸다. 그러다가 혼자 나는 법을 익힌 뒤로는 제법 멀리까지 날아가기도 했다. 아내가 데리러 오고 나서야 바위틈으로 돌아올 수 있었지만, 어쨌든.

마을에 재앙이 생길 때나 무엇을 기원할 적에 인간들은 아내를 향해 두 손을 모았다. 하늘에 뜬 바람들을 큰 날개로 담뿍 쓸어 담은 아내가 그것을 더 높은 곳으로 올려 보냈다. 때때로 소원은 누군가 가만히 귀를 기울여주기만 해도 그 힘을 발휘한다는 것을 나는 아내를 통해 알게 되었다. 또 아내는 명이 다해 떠오른 숨방울은 거두지 않고 하늘의 길을 터주기만 했다. 숨방울은 그것들만의 하늘길이 있는 것이라고 내게 가르쳐주었던 아내, 이 마을의 수호조.

마음이 크게 상해 바위틈으로 돌아오는 때도 많았다. 태어난 지 얼마 되지 않은 작은 인간의 숨방울이 끈질기게 아내를 쫓아온 날이었다. 거두어줄 수도, 외면하지도 못해서 아내는 그날 아주 먼 바다까지 다녀왔다. 아기의 숨방울이 단 한 번이라도 바다를 보고 싶어 했다며 애써 담담한 척했지만 그녀의 두 날개는 축 늘어져 있었다. 지금까지 보았던 숨방울 중에 가장 맑고 밝은 초록색 숨방울이었다는 말도 덧붙였다. 그 초록이 검은 파도 속으로 사그라지는 것을 보고 온 뒤로는 사는 것이 무섭다고도 중얼거렸다.

마을의 모든 인간들이 그녀에게 먹이를 구하듯 간절하게

마음의 손을 내밀었다. 나는 우리 새끼들이 나처럼 한쪽 눈이 없거나 한쪽 날개가 상한 채로 태어나는 것을 바라지 않았다. 그것에 관해서라면 우리는 암묵적으로 의견을 같이하고 있는 상태였다. 아내는 어미가 되고 싶다는 말을 하지 않는 대신 나를 더욱 엄하게 단련시켰다. 인간의 말들을 가르쳐줄 때도 있었다. 내가 사냥할 힘도 없이 널브러져 있는 날에는 제가 밖에서 먹어 온 것들을 게워내어 나를 먹였다. 나는 언제나 낮게 날며 조그맣게 울었고, 늘 아내가 구해 온 것들을 먹는 그녀의 새끼 같은 남편이었다.

수로 공사를 위해 철관을 가득 실은 트럭들이 연일 마을 안으로 파고드는 것을 지켜보던 아내의 부리가 새카맣게 타들어갔다. 공사를 원치 않는 마을의 인간들은 날이 가면 갈수록 더 간절하게 아내에게 마을의 안녕을 빌었고, 아내는 그 소원을 물고 하늘과 강을 끊임없이 오갔다. 몇 날에 걸쳐 먼바다까지 다녀오기도 했다. 아내와 아내의 조상이 지켜왔던 마을의 질서가 군인들이 나타남과 동시에 파괴되기 시작했다.

쇳덩이를 든 군인들은 손에 사정을 두지 않았다. 마을 인간이 쓸모없는 철근 조각이라도 된다는 듯이 옆으로 거칠게 밀쳤다. 눈에 띄거나 발에 차이는 족족 집어냈다. 한곳으로 몰린 인간들은 철관을 실었던 트럭 짐칸에 부려졌다. 마을 표지석 주변의 인간 방어막이 뚫린 것을 확인한 군인들은 빠른 속도로 트럭을 몰고 마을로 들어왔다. 잡혀가도 끝내 제자리로 돌아오고, 어디에 숨었다 다시 나타나는지 알 수 없는 마을 인간들이 온몸으로 방어막을 보수했지만 소용없었다. 조금은 더 버텨낼 수 있을 것이라 생각했던 인간 방어막이 힘없이 풀어지자 마을은 삽시간에 교란되었다. 애초에 승산이 없는 싸움이었다. 오로지 기도하는 일밖에 할 수 있는 것이 없던 여자들이 아내를 올려다보며 통곡했다.

뼛속이 아프다고 했다. 바위틈으로 돌아온 아내가 울먹이는 목소리로 나에게 고통을 호소하던 그때, 새파란 숨방울 하나가 아내의 오른쪽 날개 위에 내려앉았다. 숨방울은 할 말이 아직 남았다는 듯, 이대로는 못 가겠다며 아내를 보챘다. 이번만큼은 아내도 숨방울을 피하지 않았다. 그녀는 그것을 날갯죽지에 얹고 오래 다독였다. 새파란 숨방울은 아내의 날개에 울음을 쏟아내다 제풀에 지쳐 터져버렸다. '두 번 죽는다'는 인간의 말을 나는 숨방울에게서 보았다. 한참을 훌쩍이던 아내가 터진 숨방울의 흔적을 날개 위에 그러모아 마을 쪽으로 날아갔다. 나도 따라나서고 싶었지만 아내가 허락하지 않았다.

다음 날 아침, 군인들이 쏜 쇳덩이에 맞아 죽은 인간들이 흰 천에 싸여 마을 입구에 반듯하게 놓였다. 모두 열한 구였다. 군인들은 살아 있는 인간에게는 가차 없이 손을 댔지만 흰 천에 덮인 빈 몸 근처에는 얼씬도 하지 않았다. 죽고 나서야 더 단단해진 인간 방어막이었다. 트럭이 진입을 멈추자 마을은 겉으로는 잠시나마 평화를 되찾은 것처럼 보였다. 아침마다 해가 점점 더 높이 떠오르며 여름의 시작을 알려주던 날이었다.

죽은 인간들을 겹겹이 둘러싼 흰 천이 여름의 빛에 하염없이 달구어졌다.

강물 때문이었다. 마을 한가운데를 가로지르는 강줄기는 먼바다까지 이어져 있었다. 바다를 직접 보고 돌아온 이들이 설명하는 말 속의 바다는, 강 같은 것이 어디 감히 바다를 논할 수 있느냐는 포부 속의 큰물이었다. 마을을 관통하는 물줄기의 끝에 잇닿은 대양(大洋). 강의 기운을 몰아 바다로 다녀오곤 하던 아내는 나에게 종종 물고기 몇 마리를 물어다 주었다. 마을에서 한참을 날아가야 볼 수 있다는 바다는 쓰고 짠 물고기의 맛이었다. 큰물이 일어나 몸을 비튼다는 파도 소리는 상상으로 대신했다. 아내가 바다와 강의 차이에 대해 몇 번이나 설명해주었지만 나로서는 밋밋한 강물이 바다로 가면 왜 짠 생선이 되어 올라오는지 도무지 이해할 수가 없었다.

이곳은 바다로 향하는 강줄기 옆에 물고기의 알 보자기처럼 매달려 있는 작은 마을이었다. 강물을 따라가면 파도를 볼 수 있다 하여 톨큰이라는 이름도 붙었다. 누군가는 톨큰

이라 부르고 또 다른 이는 파도라고도 불렀지만 그 뜻하는
바가 같아 아무렇게나 칭해도 무방했다. 아내는 언젠가 같
이 가보자고 제안하며 내 왼쪽 날개를 부리로 쓸어주었다.
강줄기를 넘어 바다를 쉽게 오갈 수 있는 아내에 대한 믿음
은 인간들의 뼛속 깊은 데까지 새겨진 것이었다. 하지만 바
다 위에 오래 떠 있다가 돌아온 인간들, 큰 파도를 만나 죽을
고생을 했다며 무용담을 주워섬기는 술꾼들의 입에서 아내
는 자주 유린되는 신이기도 했다. 그녀는 그 모든 것들을 다
알고 듣고 보았지만 모르는 척했다. 더 낮게 날지도, 더 자주
마을 하늘에 모습을 드러내지도 않고 묵묵히 제가 하던 일을
할 따름이었다. 아랑곳하지 않는 모습으로 그녀는 자신의
자리를 지켰다. 아내가 타고난 운명의 세기는 내가 짐작조
차 할 수 없는 것이었다. 그런 아내가 나에게 날개를 뻗어주
었을 적에 나는 태어나서 처음으로 살고 싶었다.

　듣고 싶지 않아도 들어야 하는 것과 보고 싶은 것만을 보
지 못하는 일이 아내의 삶이었다. 그녀가 바위틈에서 몰래
우는 때도 있다는 사실을 모르는 척하는 것은 나의 몫이었
다. 아직 상하지 않은 눈의 눈꺼풀을 닫아버리면 그만이었
다. 그러나 내가 애써 모르는 척한다는 것조차 알고 있던, 그
런 밤이면 유독 많은 것들을 게우던 나의 아내. 그녀가 게워
낸 것들을 조심스럽게 쪼아 먹을 때마다 나는 버릇처럼 파도
를 상상했다. 그것은 강물이 바람에 흔들리거나 하늘이 뒤

집어지는 소리와는 다른, 마음의 일이었다.

마을의 믿음이 깨어지기 시작한 것은 군인들이 가져온 쇳덩이 때문이 아니라 언제 어디서부터 흘러왔는지 모를 오염된 인간의 말들이었다. 말은 뜻하는 바가 다른 각자의 말로 은밀하게 나뉘어졌고, 급기야는 그 말들을 가지고 크게 싸움을 벌였다. 어느 순간 강줄기를 지켜 마을을 보호하는 일보다 말로 상처받은 마음을 지키는 것이 더 중요하다고 여기는 인간들이 늘어났다. 아내는 자신에 대한 믿음이 흔들리는 것은 여전히 개의치 않았지만 대체 왜 그런 균열이 일어났는가에 대한 고민을 거듭했다.

아내가 짐작한 바가 맞다면 바로 그날부터였을 것이다.

트럭과 군인들의 쇳덩이가 마을 입구의 흰 천들 앞에 멈춰서 있었다. 식사 때가 되어 밥과 물을 실은 작은 트럭이 군인들을 향해 다가왔다. 군인들은 밥을 먹을 적에도 촘촘히 모여 앉았다. 동그랗게 모인 이들이 식판에 놓인 밥을 먹었다. 작은 트럭에서 흘러내리는 물도 받아마셨다. 강가의 물을 떠다 먹고 주먹처럼 뭉쳐놓은 밥을 허겁지겁 먹으며 입구를 지키는 마을 인간들과는 달랐다. 끼니때만큼은 서로를 향한 적대감을 드러내지 않고, 괴상한 섬으로 소풍 온 이들처럼 어색하게 앉아 입에 든 것을 씹었다. 최대한 눈을 마주치지 않기 위해서 식판에 얼굴을 박고 허겁지겁 퍼먹었다. 철

모르는 아이 하나가 군인의 물 트럭으로 다가가 물을 가지고 장난을 쳤다. 군인들이 아이를 심하게 내치며 강팍하게 굴었다. 겁에 질린 아이가 제풀에 넘어지면서 땅에 머리를 세게 찧었다. 마을의 인간들이 서둘러 다가와 기절한 아이를 집어 갔다. 끼니때 일어난 작은 소란은 그쯤에서 마무리되었지만 두 번 다시 서로가 보는 앞에서 밥을 먹지 않았다. 오로지 대치할 뿐이었다. 한 떼의 군인들이 마을을 떠났다가 옷을 갈아입고 다른 모습으로 돌아왔다. 마을 깊숙한 곳으로 속속들이 파고든 군인들이 스스럼없이 마을의 인간들에게 다가갔다. 인간들은 그들을 도와주러 먼 데서 온 군인인 줄로만 알았다. 한데 뭉쳤던 마을이 알 껍질처럼 조각났다. 하늘을 향해 올라오던 기도 소리도 절반 넘게 줄어들었다.

먹먹한 내 귓속을 파고드는 것들보다 더 크고, 섬광처럼 번쩍하는 번개보다 더 아픈 소리들이 마을 인간들의 마음속을 돌아다녔을 터였다. 아내가 게워낸 것들을 아무리 잘게 쪼아 먹어도 그녀가 돌아오지 않던 밤이었다. 혹시 강으로 갔을까 싶어 나는 그쪽으로 가보기로 작정했다.

모두 사라졌다. 달빛을 튕기던 물결도, 그것들이 뒤집히던 소리도, 물결 위에 쓰레기처럼 떠서 쪽잠을 자던 야생 오리 떼도 보이지 않았다. 강물 아래로 파고들어 자맥질을 하며 물 아래를 살피던 아내의 모습이 떠올랐다. 강 주변 어디에서나 볼 수 있던 아내의 그림자 역시 찾을 수가 없었다. 강

바닥의 얕게 고인 웅덩이 속의 물고기들이 서로를 잡아먹지 못해 아귀다툼을 벌이고 있었다. 마른 강 주변에 여기저기 널브러진 물고기들이 썩는 냄새가 진동했다. 나는 그 위를 아주 낮게 날았다. 천천히 날개를 저어가는 내내 속이 타서 웅덩이에라도 몸을 처박아버리고도 싶었다. 그러나 아직 아내를 찾지 못했으므로 그럴 수는 없었다. 참담한 마음도, 졸아드는 가슴도 어쩌지 못하던 그 와중에 나는 얕은 물줄기 위로 떠오른 붉은 숨방울을 왼 눈에 받았다. 그야말로 창졸간이었다.

붉은 숨방울은 제가 마치 새로 태어난 나의 눈동자라도 되는 것처럼 봉긋하게 자리를 잡았다. 난생 처음 느껴보는 눈의 이물감을 어쩌지 못하고 나는 강 가운데에 물고기 떼가 고인 얕은 물웅덩이 속으로 들어갔다 나오기를 반복했다. 새로 생긴 눈동자에서 흘러내린 저릿한 것이 몸 한가운데로 흐르자 내내 닫혀 있던 왼쪽 눈꺼풀이 서서히 열렸다. 눈 속에 든 것을 털어내려고 나는 몇 번이나 강바닥에 머리를 처박았다. 그러다 기절해 웅덩이 위에 죽은 오리처럼 떠 있었다. 웅덩이에 고여 있던 물고기들이 내 몸을 톡톡 쪼았다.

밤, 강가 쪽으로 다가온 사복 입은 군인들을 보았다.
어두웠던 강가에 깜빡, 환한 것이 지나갔다.
강의 물줄기가 모두 지워졌다.

역한 냄새가 났고, 먼지보다 작은 물고기 숨방울들이 떼지어 허공에 떴다.

내 머리에 섬광처럼 두통이 일었다.

아내가 나를 번쩍 들어 올린 것도 그 밤이었다. 아내에게 들려 가면서도 멈추지 않는 눈의 소란과 머리의 통증 때문에 자꾸만 몸을 뒤틀었다. 대체 어디 갔다 온 것이냐고 묻지도 못한 채 아내가 이끄는 대로 가만히 따라 갔다. 바위틈에 나를 내려놓은 아내가 다시 어디론가 날아가 몇 날이 지나도록 돌아오지 않았다. 아내를 기다리는 틈틈이 나는 눈에 든 것을 빼내려고 애를 썼다. 뇌를 저미는 듯한 두통도 연일 계속되었다. 그 와중에 인간의 말소리를 들었다. 눈에 든 붉은 것이 뿜어내는 소리였다. 두 눈을 동시에 뜨고 바위 아래를 내려다보면 인간이 보아야 하는 것과 본래 내가 보는 것들 두 개가 겹쳤다. 숨방울이 보였고, 인간의 말이 들렸고, 스치듯이 하늘길이 지나갔고, 마을 인간들의 처지가 한눈에 들어왔다. 붉은 눈이 내 몸을 휘돌던 본래 나의 말을 몸 밖으로 밀어내었다. 말이 사라진 몸이 저항 없이 인간의 모든 언어를 받았다.

아…… 내. 마치 오랫동안 그렇게 불러온 것처럼, 말이 혀를 착 감아 돈 다음 부리 밖으로 빠져나갔다. 내가 좋아하는 것을 그런 말로 소리 낼 수 있다는 것을 익히고 나니 아주 오래전부터 아내를 아내라고 불러온 것만 같았다. 나는 제자리를 두 바퀴나 맴돌았다. 얼른 아내에게 이 사실을 알려주고 싶었다. 그녀가 내 목소리를 듣는다면 어떤 표정을 지을까. 아, 여태 불러주지 못한, 내…… 다른 몸아! 마른 강 위에서 출렁이던 인간의 말들이 모조리 내 쪽으로 휩쓸려왔다. 발아래에서 솟구치는 인간의 말을 듣는 것은 아내의 몫이었지만 이제는 나도 들을 수 있는 소리였다. 나는 잠시 숨을 고르고 아내를 찾아 마을 쪽으로 향했다. 강 위에서 버석거리던 마른 숨방울들이 꼬리처럼 내 뒤를 따랐다.

자욱한 연기 뒤쪽에서 아내의 그림자가 느껴졌다. 그 주변으로 날아가 보았지만 아내는 보이지 않았다. 대신 비명을 지르는 인간의 얼굴이 보이고, 트럭 짐칸 위의 철관과 무쇠 더미가 하역되는 소리와 금방 죽은 숨방울이 하늘로 오르지 못하고 땅 위에서 졸아붙는 소리가 들렸다. 매캐하고 어두운 연기가 그림자처럼 마을을 뒤덮었다. 연기 사이사이로 아내의 날개가 내 눈을 스쳤다. 트럭이 뒤집어지고 마을 입구를 알리던 표지석이 두 동강 났다. 갈라진 돌 틈으로 아내의 깃털이 두둑 떨어졌다. 이제는 몇몇의 군인들마저 속으로 울고 있었다. 철모 깊숙이 눈을 묻은 이들의 얼굴 위로 쉴 새 없이 눈물이 흘렀다. 한시바삐 이 싸움을 멈추고 싶어 하는 여린 마음들이었다. 그와는 다르게 명령을 받은 몸은 숙

달된 기계처럼 쇳덩이의 불빛을 조준했다. 지휘관의 눈을 피해 쥐고 있던 쇳덩이를 자꾸 다른 쪽으로 돌리는 것이 내 눈에 띄었다. 나는 허공에 높이 떠서 눈물 가득 묻은 손이 마을 안으로 아무렇게나 쏘아대는 불빛을 보았다.

아내의 그림자가 트럭 위에 떴다. 구름과 구름 사이로 비죽이 솟은 날개가 아내임을 증명해주었다. 그때 마을의 인간 하나가 아내가 있는 구름 쪽을 향해 살을 쏘았다. 내가 구름 위를 향해 쏘아진 두번째 화살처럼 순식간에 구름 속으로 솟구쳤다. 핏방울 몇 개가 땅으로 떨어졌다. 트럭이 불길에 휩싸여 검은 연기를 뿜었다. 아내를 가린 구름이 삽시간에 없어졌다. 나는 구름과 구름 사이를 절뚝이며 날아다녔다. 두 날개가 떨어져 나갈 것만 같았다. 막 죽은 인간들의 따끈따끈한 숨방울들이 하늘로 올라왔지만 아내가 사라진 까닭에 제 갈 길을 찾아가지 못하고 이리저리 휩쓸렸다.

분명 바위틈으로 돌아왔다고 생각했지만 정신을 차려보니 강가였다. 그곳에서 나는 아내가 흘린 피를 보았다. 웅덩이 속에서 썩어가던 물고기를 부리로 집어 올렸다. 뭐라도 먹고 날개를 회복시켜야 했다. 아내의 상처가 걱정되었지만 성치 않은 내 몸도 염려스러웠다. 잔뜩 부풀어 오른 날갯죽지 너머로 버석거리는 마른 강의 모습이 눈에 들어왔다. 아내가 없어졌고, 강물도 사라졌다. 소중한 것들이 어떤 식으로든 모두 내 앞에서 자취를 감추었다. 나는 어미 잃은 새끼

마냥 아내를 목 놓아 불렀다. 얼결에 몸에 들러붙은 인간의 말이었다.

목줄이 햇빛을 되쏘았다. 마을에 남은 인간들이 마지막으로 선택한 빛이었다. 그 빛의 잔상이 오래도록 망막에 남았다. 왼쪽 눈에만 눈물이 돌았다. 트럭 바퀴에 연결된 인간들의 목줄이 팽팽하게 허공에 떴다. 이미 마을 곳곳에 놓이기 시작한 철관보다 더 곧았다. 한낮의 여름 햇빛이 그들의 모습을 맑게 비추었다. 햇빛에 달궈진 트럭 바퀴가 앞으로 움직이기 시작했다. 목줄을 찬 인간들이 우수수 끌려갔다. 두 발과 양손으로 땅을 짚고 버텨내던 인간들 위로 익숙한 그림자가 드리워졌다. 내가 눈을 두는 곳마다 그림자가 나타났다.

공회전하는 트럭의 엔진 소리와 매연이 인간들의 목구멍을 더욱 꼼꼼하게 옥죄었다. 여름의 폭염에 잔뜩 달구어진 쇠줄이었다. 인간의 숨이 끊어지는 소리가 그것을 타고 굴러왔다. 보다 못한 내가 목줄들 위로 날아갔다. 나를 아내로 착각한 인간의 눈에 잠시 화색이 돌았지만 그와 상관없이 트럭이 묵직하게 굴러가기 시작했다. 목매달린 인간들이 한꺼번에 와르르 주저앉았다. 목줄이 땅에 끌렸다. 참다못한 군인 중 하나가 인간들을 향해 쇳덩이의 불빛을 조준했다. 여러 발의 불빛들이 한꺼번에 목줄 쪽으로 쏘아졌다. 내가 있는 하늘로도 불빛이 올라왔다. 나는 이리저리 엇갈린 땅 위의 목줄들 위로 추락했다. 귀에 익은 바람 소리가 들렸다.

아내가 해를 업고 나타났다. 뭉텅이로 빠진 깃털과 잘린 꼬리가 보였다. 나는 내 상황보다 아내의 건강이 더 걱정되었다. 아내 역시 마찬가지였을 터. 어느새 아내가 내 곁으로 바짝 다가섰고, 나는 목줄에서 튕겨 나오며 하늘로 치솟았다. 대신 아내가 목줄들 사이에 끼었다. 쇳덩이에서 뿜어져 나오는 불빛은 아내 곁을 스친 후에 땅바닥에 처박혔다. 죽은 인간들이 목줄째 트럭 짐칸에 실렸다. 쇠줄에서 자유로워진 트럭 바퀴가 속력을 내어 마을 안으로 돌진했다. 트럭의 행렬은 끊임없이 이어졌고, 바퀴마다 꼼꼼하게 매달린 목줄들이 계속해서 앞으로 고꾸라지기를 반복했다. 마지막 트럭이 남았다. 마을에 남아 있던 여자 인간들이 나섰다. 목에 건 것과 같은 쇠줄을 허리에 차고 팔짱을 낀 채였다. 군인들은 여자 인간들을 쉽게 죽이지 않고 시간을 끌면서 심하게 다루었다. 죽은 인간들을 끌고 간 트럭 말고도 수십 대의 트럭이 마을 입구에 도열해 있었다. 트럭 위에 작은 산처럼 쌓인 철관 더미가 금방이라도 쏟아져 내릴 것처럼 덜컹거렸다. 죽을 각오로 버티던 발들이 허공에 떴다. 검은 안개 부스러기 같은 머리칼들이 바람에 흩날렸다.

그중에 임산부가 보였다.

목줄을 걸 수 있는 트럭 바퀴가 마을에 남은 인간의 수보다 많았다.

머리가 터진 아내가 거기에 남았다.

내 귓가로 파도 같은 신음 소리가 몰려왔다. 인간의 말이 사라진 마을에는 울음 섞인 기도와 비명 같은 바람만 남았다. 갈 곳 없는 인간의 말들이 바람에 휩쓸린 먼지 더미를 타고 하늘로 왔다. 아내 대신 내가 날개를 휘저어 하늘길을 만들었다. 죽다 산 인간들이 나를 향해 두 손을 모았다. 나는 더 곧게 날개를 펼쳤다. 내 주위로 눈물처럼 글자들이 떨어져 내렸다. 머리가 꽃보다 더 활짝 벌어진 아내가 생각나 한없이 몸을 떨었다.

인간의 아이 하나가 아비를 돌려달라며 내가 있는 곳을 향해 기도를 했다. 나는 아이를 등지고 구름 뒤에 몸을 숨겼다. 그러나 아이의 마음은 섣불리 나를 놓아주지 않았다.

구름을 뚫고 찾아온 마음들은

생각보다 시끄러웠고

짐작보다 어지러웠고

듣던 것보다 더 몹쓸 일들이 실제로 벌어졌고

하나같이 못생겼고, 썩은 인간은 동물의 사체보다 더 심한 악취를 풍겼고

저희들이 한 것보다 훨씬 더

바라는 것이 많았다. 아내가 들었을 기도들이 내 속에 쌓

였다. 속이 상해서 죽을 수도 있을 것만 같았다. 아내는 일평생 그것을 견뎌냈다. 그리고 나 때문에 죽었다. 아내가 살아 돌아올 수만 있다면 시끄러운 인간 세상 따윌랑 버리고 나와 함께 더 깊은 바위틈으로, 이 마을을 버리고 그만 떠나버리자고 말하고 싶었다. 나는 아내의 아내가 아니라 아내의 남편이었으므로 일생에 단 한 번쯤은 강하게 말해도 되지 않을까. 그런데 그녀는 내 곁으로 다가오면 죽는다는 사실을 정말 몰랐던 건가. 내 몸을 밀치고 왜 굳이 쇠목줄 사이로 들어갔던 것일까. 아무리 돌이켜 생각해봐도 그녀가 빠져나올 수 있는 틈은 분명히 있었다. 게다가 아내는 마을의 수호조가 아닌가. 수호조라면 언제 어느 상황에서든 죽지 않아야 한다던 아내의 말이 떠올랐다. 나는 내가 본 것을 믿고 싶지 않았다. 그리고 그녀는 분명 나를 구하려다 죽은 것이라고 자꾸 되뇌었다.

이런 저런 생각들을 하다 보니 밤이 깊었다. 잠결에 그만 아침이 온 줄 알았다. 하늘에서 내려온 밝은 빛이 나를 비추다가 달이 있는 쪽으로 돌아갔다. 차갑고 서늘하면서도 가슴이 아픈 빛이었다. 그 빛의 잔상으로 아내의 마지막 모습이 찾아왔다. 그것을 지우려고 찬 달빛에 가슴을 태웠다. 그을린 가슴 위로 눈이 시린 빗금 두 줄이 목줄처럼 내려앉았다.

모두 잠든 밤이었다. 마을은 고요하고 또 분주했다. 겨우 살아남은 것들이 모두 지쳐 잠든 그 시간, 마을에 수로관이 놓였다. 아침이 지났어도 수로관 곁으로는 인간들이 얼씬도 하지 않았다. 집 밖으로 빠져나오지 않는 인간들 대신 소원이 대문을 열었다. 내 몸이 빈 관이라도 되는 것 마냥 나는 그 소원들을 허공으로 그냥 흘려보냈다. 누군가의 기도를 들어줄 수 있는 여유가 내게는 남아 있지 않았다. 오로지 아내가 그렇게 죽었다는 사실, 아내가 이제 세상에 없다는 것이 제일 중요했다. 갈 길을 잃은 숨방울들이 철관 위에 내려앉았다. 집과 집 사이, 길과 길 사이에 갈비뼈처럼 촘촘하게 놓인 수로관들이 쇠비린내를 풍겼다. 남은 인간들은 전처럼 마을 안을 활보하지 않았다. 한 무더기의 군인들이 나를 향해 끈질기게 몸을 틀었다. 그들이 쏘아대던 쇳덩이 불빛 대신 햇빛이 수로관에 달빛과는 다른 세기로 내려앉았다. 그때마다 내 가슴에 쳐진 빗금 두 줄에 붉은 피가 눈물처럼 고였다. 눈부신 관 옆으로 마을 인간들이 모여들었다. 햇빛에 달궈진 수로관이 인간들의 망막을 상하게 했다. 거의 죽었거나 이미 죽은 인간들도 목에 빗금이 그어진 채 관 옆으로 왔다. 먼저 누운 이의 머리에 발을 대고, 발아래에 머리를 대고 차례대로 누웠다. 그것의 맨 위에, 몸이 온통 바스러진 아내가 있었다. 아내의 스산한 운명은 죽어서도 끝나는 게 아닌가 보았다.

마을의 모든 것들이 빈 관에 차곡차곡 봉인되었다.

먼바다의 말이 오롯이 마을로 전해져 왔으나 듣는 이가 없었다.

인간들은 수로관 옆에서 온 힘을 다해 말라갔다.

나는 그들 위에 한껏 날개를 편 채 떠 있었다. 내가 할 수 있는 일이란, 인간들 위로 사정없이 내리쬐는 햇빛을 내 몸으로나마 가려주는 일이었다.

관이 놓였지만 끝내 물은 오지 않았다. 인간의 속이 하나둘씩 마르고, 쉬는 족족 숨이 풀어졌다. 충분히 살 수 있는 인간들도 스스로 숨을 옥죄었다. 맨 끝에 누워 있던 임산부가 마지막까지 살아 있었다.

지금 이 순간, 아내라면 어떻게 했을까.

모든 인간들이 햇빛에 바싹 말라가던 한낮에 두 발을 허공으로 힘껏 내뻗은 임산부가 비명을 내질렀다. 빈 관들이 고스란히 비명을 받았다. 산통이 빈 관을 타고 마을 깊숙한 곳에까지 전해졌다. 임산부의 두 발이 활짝 벌어지고, 양수가 터졌다. 오래지않아 작은 인간이 세상 밖에 내동댕이쳐졌다. 나는 막 세상에 나와 습기를 뿜어내는 작은 인간이 기어코 살아남기를 바랐다. 임산부가 말라죽지 않기를 간절히 바랐다.

바람이 불고 는개가 내렸다. 마을 곳곳에 놓인 관이 조금씩 젖어들어갔다. 바싹 마른 인간의 몸이 습기를 머금는 소리와 동시에 마른 눈동자들이 일제히 제 속으로 잦아드는 게 보였다. 나는 그 위에 떠서 수십 개의 눈동자가 평평해지는 소리를 견뎠다. 밤에는 괴상한 냉기도 몰려왔다. 바짝 언 구름들 사이로 바람이 불었다. 바수어진 구름 조각들이 마른 강가에 서리처럼 내려앉았다.

수로관에는 바람도 들지 않았다. 톨큰은 이제 강물이 오래 흐른 흔적으로만 존재하는 마을이 되었다. 마른 강에서 불어오는 몸 없는 말들이 빈 관 위로 자욱하게 내려앉았다.

우리의 바위틈에서 아내가 물어다 놓은 짠물고기들이 햇빛에 잔뜩 말라 있는 것을 보았다. 아내가 놓고 간 마지막 마음이었다. 마을 쪽에서 빈 관이 울 때마다 불어온 바람에 인간들이 바짝 건조되어가는 소리가 내 곁으로 바싹 다가왔다가 금세 사라졌다. 나는 관 쪽으로 날아가 축 늘어진 작은 인간을 두 발로 집어 올렸다. 검은 구름이 파도처럼 마을에 밀려왔다. 번개와 천둥이 번갈아 하늘을 찢었다. 거의 죽었던 작은 인간이 내 발밑에서 움찔했고, 마을에 놓인 수로가 번개를 맞았다. 왼 눈에 들어 있던 것이 마을을 떠날 수 없다며 내 몸을 보챘다. 잠깐 작은 인간을 땅에 내려놓았다. 죽은 몸이 베고 있는 관 쪽에서 연기가 솟아올랐다. 나는 잔뜩 열이 오른 관에 왼 눈을 가져다 댔다. 눈동자가 지져지는 소리가 들렸다. 내 몸 가득 들어 있던 인간의 말이 소나기 오는 소리를 내며 몸 밖으로 빠져나갔다. 마른 강과 파도의 마을을 벗어나고도 한참이 지나서야 나는 작은 인간을 데려오지 않았다는 것을 알았다.

내 옆으로 아주 맑은 숨방울 하나가 반짝 눈을 떴다.
바다로 가는 길은 멀었다.

발치카 No. 9

No. 1

옆 사람의 기척이 느껴지지 않는다. 굳어가는 왼손과 한참을 실랑이하던 네가 가까스로 언 주먹을 펴고 있다. 반쯤 벌어진 손에서 옆 사람의 검지가 떨어져 내린다. 하필 네 코앞으로 굴러온 손가락. 얼굴의 절반이 눈 더미 속에 파묻혀 있는 상황이다. 그 속에서 네 살이 아닌 것처럼 얼어가던 오른쪽 눈이 살얼음 갈라지듯 쩍, 떠진다. 눈앞의 것을 제대로 보기도 전에 차가운 눈이 너의 눈동자를 사정없이 파고든다. 두어 번쯤 눈을 감았다 떠도 상황은 크게 달라지지 않는다. 너는 천천히 몸을 움직여본다. 피범벅인 얼굴과 어깨, 꺾인 허리와 자작나무 숲 쪽으로 널브러진 왼발이다. 들숨을 따라 몸속으로 찬 공기가 잔뜩 빨려 들어온다. 옆 사람의 반지에서 나던 쇠비린내 같기도 하고, 거품 꺼진 맥주 냄새 같기도 한 검지의 냄새다.

네가 그리되던 시간, 수만 킬로미터 떨어진 고향에 있는 아비의 택시가 저 앞의 꽃노루를 향해 돌진한다. 운전기사들이 가장 기피하는 동물이 노루나 고라니였던가. 죽어서도 해코지를 하는 동물이, 기필코 다시 한 번 사고를 나게 만드는 영물이 노루라 했나. 그런데 네 아비는 대체 어쩌자고 택시 트렁크에 노루를 싣고 있는지. 비틀어 꺾인 노루 모가지가 앞발 사이로 축 늘어진다.

이곳의 네가 막 잠에 빠져든다. 눈 속까지 파고 든 달빛이, 눈이 반사되어 달 쪽으로 쏘아낸 빛이 조금씩 더 환해지고, 네 눈은 점점 더 깊은 꿈을 선택한다.

아비가 기침을 한다. 차 안이 다 울릴 만큼 크고, 멎는 듯하며 계속 이어지는 기침이다. 기침할 때마다 핸들이 조금씩 왼쪽으로 돌아간다. 운전대를 잡지 않은 손으로는 가래침을 닦는다. 쉴 틈 없이 기침을 하느라 차가 이미 중앙선을 넘은 것도 알지 못한다. 맞은편에서 전조등 한쪽이 고장 난 승용차 한 대가 달려온다. 마치 작은 오토바이 한 대가 다가오는 것만 같다. 머지않아 아비의 차와 맞닥뜨리게 될 저 애꾸.

천천히 잠들고 있는 네 위로 눈이 내려앉는다. 반쯤 열린

눈동자가 서서히 굳어가고 검지의 냄새마저 얼어버리는,

　그런, 추위다.

No. 2

　칠판가득 T의 말을 써놓고 돌아섰다. 몇몇은 딴청을 피웠지만 대부분의 학생들은 칠판에 적힌 글자들을 열심히 받아 적었다. 글자의 생김을 겨우겨우 따라 그리고 있는 녀석들도 보였다. 교실을 한 바퀴 돌아보니 글씨와 그림이 제대로 구분되지 않는 것들이 많았다. 일일이 지도를 해주느라 수업의 진행이 무척 더뎠다. 옆 반은 벌써 두 번이나 같은 부분을 반복하는 중이었다. 이곳이 고향인 정 선생에게서 수업을 받는 학생들이었다. 내가 율랴라는 본명 대신 정이라는 이름을 붙여주었다. 서로 정이나 좋게 지내보자는 의미였다. 정 선생이 선창을 하면 학생들이 제각각의 목소리로 그 말을 따라 했다. 중간 문을 가볍게 통과한 소리들이 교실 안을 마음껏 휘돌았다. 그것을 따라 장난을 치고 있는 녀석들에게 주의를 준 뒤 나는 다시 칠판 앞으로 돌아갔다.

　내 고향인 T의 말은 혀를 동그랗게 말고 말끝을 조금 내려 발음하게 되는 특징을 가지고 있었다. 강과 만이 많고 산과 산을 경계로 마을 이름이 구분되는 곳이었다. 끝말이 처지는 느낌 때문에 화자가 쑥스러워 하는 것 같기도 한 발음이었다. 덕분에 타인에게 무엇을 물어봐야 할 때는 더할 나위 없이 겸손하게도 들리는 말이었다. 최근에 여기저기서 T의 말을 배우려는 움직임이 일었다. P도 그러한 곳 중의 하나였다.

그와 반대로 이곳 P의 말은 어떤 상황이든 말끝을 올려 내뱉는 직선적인 어투였다. 평지가 많고 산이 적었다. 바다를 찾아가려면 하루 이상은 자동차를 타고 가야 하는 광활한 곳이었다. 비단이 오가던 길목 한가운데에 위치한 까닭에 외세의 침입도 잦았다. 말이 전해지기 위해서는 더 정확하게, 더 빨리, 조금 더 세게 발음을 하는 수밖에 없었다. 화살촉처럼 말을 쏘아붙이다 말미를 성급히 눙쳐 올리는 것도 이러한 지리적 특징 덕분이었다.

저희와는 다른 곳의 말과 문화를 배워보겠다는 열의가 대단했다. 게다가 그곳에서 온 사람에게서 말을 배우고 있다는 사실에 무척 고무돼 있었다. 학생들은 내가 하는 말투나 옷차림을 비롯해 쓰고 있는 볼펜까지도 유심히 살폈다. 내 오른손 약지에 끼어 있는 반지가 무슨 의미인지 묻기도 했다. 어머니가 준 것이라 대답하니 아무도 믿지 않았다.

오늘은 장소를 묻고 그곳에 찾아가는 말을 배우는 시간이었다. 학생들의 서툰 발음이 제대로 된 단어를 찾아갈 수 있기를 바라는 마음에 나는 여러 번 되풀이한 단어를 다시 한

번 읽어주었다. 중구난방의 목소리들이 칠판을 향해 모여들었다. 학생들의 입장에서 보자면 뜻 모를 말들이 잔뜩 적혀 있는 칠판은 초원 위의 흰 양을 그려놓은 그림판과 별반 다를 게 없을 거였다. 그들은 흰 양들이 풀을 뜯고 있는 모양을 가만히 눈여겨보고 따라 그리거나, 그대로 읽다가 나와 눈이 마주치면 쑥스러운 듯이 고개를 숙였다.

우리가 있는 교실은 T의 언어만을 가르치기 위하여 만들어진 공간이었다. 커다란 교실 한가운데를 가로질러 설치한 성긴 문에 자그마한 격자창을 매달아놓았다. 그런 설치물에 방음을 기대하기는 어려웠다. 격자무늬 사이로 종종 정 선생의 얼굴이 나타났다. 수업 중인 정 선생의 목소리가 이쪽으로 고스란히 넘어왔다. 칠판의 양 떼가 소리 나는 쪽으로 몰려갔다. 무리를 따르지 않고 문 앞에서 해찰을 부리던 양 두 마리가 내가 말을 시작하니 얼른 칠판으로 돌아왔다. 글자 사이를 이리저리 헤매던 학생들이 조금씩 양들의 뒤를 따르기 시작했을 때, 수업의 끝을 알리는 종이 울렸다. 마법이 풀린 듯 학생들의 입이 활짝 벌어지더니 거침없이 P의 말들이 쏟아졌다. 겁에 질린 내 양들이 칠판 앞으로 슬금슬금 다가왔다. 청소 담당 학생이 어느새 칠판의 글자들을 모두 지운 터라 돌아갈 곳이 마땅치 않은 양들이었다. 나는 정 선생이 나오기 전에 양 떼를 한 곳으로 몰아 줄서기를 단속하며 일 층으로 내려왔다.

No. 3

자그마한 갈색 줄무늬 고양이다. 자작나무 둥치에 몸을 붙이고 이쪽을 유심히 지켜보던 퀭한 눈. 어느새 그것이 순간이동을 한 것처럼 네 옆에 와 있다. 올 때의 맹렬함과는 달리 네 곁을 서성이며 오랫동안 냄새를 맡는다. 조심스럽게 선홍빛 혀를 내밀어 네 팔뚝을 핥기 시작한다. 그러다 네가 움찔하자 화들짝 놀라 옆 사람의 몸을 밟고 가뿐히 뛰어오르며 어두운 숲으로 돌진한다.

머지않아 녀석이 다시 왔다. 전보다 더 조심히 다가와 잽싸게 네 옆의 손가락을 입에 물고 달아난다. 오던 길로 가지 않고 옆 사람의 몸을 타고 오른다. 오른쪽 허벅지를 밟으려다 사타구니 사이로 좍좍 미끄러진다. 필사적으로 기어 올라와 왼쪽 허벅지와 무릎 관절 사이를 발톱으로 긁어놓은 뒤 자작나무 둥치로 몸을 숨긴다. 나무 위의 눈 쌓인 새 둥지마냥 몸을 동그랗게 말고 제가 물어온 것을 뜯느라 정신이 없다.

고양이가 난리를 치고 간 옆 사람의 아랫도리를 눈이 뒤덮는다. 얼굴 위에서 눈 녹은 물이 조금씩 눈 속으로 흘러들어온다. 갈증이 난다. 눈에서 흐르는 물에 혀가 닿지 않는다.

정신을 잃지 말아야 한다는 것 정도는 알고 있다. 얻어맞아 입이 터지고, 수도 없이 머리를 맞을 때에도 너는 그 생각뿐이었다. 옆 사람의 검지가 네 손에서 뭉그러지며 손톱이 손바닥을 파고들 때에도 너는 그 생각만 했다.

한참을 뜸들인 네 입이 작은 우주의 문이 열리듯 가만히 벌어진다.

끝내 입 밖으로 나오지 못한 말들이 네 몸속으로 다시 말려들어간다. 어떤 말도 할 수가 없다. 말을 하고 문장을 쓰는 일로 먹고 산 몸이다. 어떻게 소리를 만들었는지, 그동안 무슨 말을 하며 살았는지 전혀 기억나지 않는다. 다시 바람이 온다. 몸 위에 쌓인 눈이 바람을 타고 오스스 일어난다. 이것은 두 개의 눈사람을 오랫동안 보여주는 텔레비전 화면이다. 멀리서 비추던 카메라가 천천히 너를 향해 다가간다. 너는 눈 속에 뿌리를 두고 지금 막 자라나는 사람 같다. 징글징글한 눈발이 카메라 렌즈에도 달라붙는다.

점점, 점…… 점 사라지는 질 나쁜 화면이다.

거센 눈발을 뚫고 따뜻한 연기가 피어오른다. 너의 코끝에서부터 시작된 연기는 양 귀, 입, 두 눈에서도 뿜어져 나온다. 네 몸의 불씨가 사력을 다해 뿜어내는 흰빛이다. 그것이 눈 쌓인 네 몸을 딛고 천천히 일어난다. 너,인 줄 알았는데, 분명 네가 맞는데, ……너의.

눈사람 사이로 쉴 새 없이 바람이 지난다. 바람을 타고 근원을 알 수 없는 냉기가 다가온다. 순식간에 옆 사람이 자리를 털고 일어난다. 말간 혼이 어리둥절한 눈으로 너를 바라본다. 네 위에서 머뭇거리던 연기가 몸을 길게 늘여 옆 사람에게 간다. 그녀를 데려가려는 검은 것들이 연기를 쳐낸다. 그 반동에 눈 위의 네 몸이 움찔한다. 다행히 왼손과 코뼈가 연기를 단단히 붙들고 있다. 놀란 연기의 입이 닫힐 줄 모른다. 옆 사람이 자작나무 숲으로 들어간다. 연기가 차마 그 뒤를 따르지 못하고 그녀의 몸 쪽으로 늘어진다. 옆 사람의 손목과 손을 쓸던 연기가 텅 빈 검지 자리에 우뚝 멈춘다. 그것을 쥐고 있던 너의 손바닥 한가운데가 잠시 달아오른다.

어느 한때 그녀는 땅 위에 검지를 곧게 펼쳐 글자를 써보았을 것이다. 눈 쌓인 땅에 쪼그려 앉아 손도장을 찍거나 고향으로 거는 전화기의 단추를 꾹꾹 누르기도 했을 두번째 손가락. 일순간 너의 손바닥이 꿈틀한다. 어둠 속의 숲이 스산하게 일렁인다. 연기가 차마 더 머무르지 못하고 몸 쪽으로 돌아온다. 뭉개진 얼굴에 걸린 연기가 수초처럼 흔들린다.

너의 몸이 간신히 숨을 들이마신다. 작은 우주의 문이 조금씩 닫히고 있다. 막 들이쉰 숨이 그대로 가슴에 고인다.

아직은, 아닌 거다.

No. 4

정 선생이 나에게 새로운 시간표를 갖다 주었다. 나는 수업 이외에 학과 회의를 하거나 P의 말로 공문서를 다루어야 하는 일은 모두 그녀에게 의탁하고 있는 처지였다. 그녀가 교실을 나가지 않고 머뭇거렸다. 시간표를 가져다 줄 때면 늘 남몰래 자그마한 선물이나 얼마간의 사례를 했던 까닭이었다. 내 나름의 고맙다는 표현이었으나 이제는 습관이 된 일이었다. 나는 못 본 척하고 시간표만 들여다보았다. 때마침 학생들이 교실로 들어왔다. 정 선생이 내게 두 번이나 인사를 하고 갔다.

처음보다 더 늘어난 수업 시수와 여러 가지 일들이 겹쳐 나는 아직도 체계적으로 P의 말을 배우지 못한 상태였다. 내가 가르치고 있는 반 학생들이 이곳의 말을 도와주기로 했다. 그날의 수업이 모두 끝나면 내가 있는 교실로 와 함께 공부를 하기로 한 것이다. 내가 하는 말과 학생들의 말이 뒤섞였다.

"썬새이님, 눈이 도수 가타여!"

말과 말이 엇갈리며 만들어내는 미묘한 차이에 우리들은 사소하게 웃었다. 방과 후 수업에 참여하는 학생들이 점점 늘어갔다. 삼 개월 정도 지나니 도수는 호수로, 썬새이님은 선생님으로 바뀌었다. 내가 하는 P의 말도 꼭 그만큼씩 늘었다.

중간 문을 사이에 두고 나누어진 교실 탓에 방음이 항상 문제였다. 더군다나 같은 시간에 같은 과목 수업을 진행하는 것은 여러 모로 무리가 따르는 일이었다. 정 선생에게 몇 번이나 시간표를 바꾸어달라고 말을 했지만 어쩐 일인지 그것만은 들어주지 않았다.

내가 문장을 읽으면 우리 반 학생들이 따라 읽었다. 곧이어 같은 문장이 정 선생의 목소리로 되풀이되고, 그쪽 학생들이 선생의 말꼬리를 잡아챘다. 내가 읽는 문장들이 초원을 훑는 바람이 되어 옆 반으로 흘러갔다. 말의 바람을 타고 돌아다닌 나의 양들이 때에 절어 돌아왔다. 나는 양 떼를 말끔히 씻겨 다시 내보내기를 반복했다. 내가 수업을 시작하지 않으면 정 선생도 어떻게든 시작을 미루었다. T의 언어를 전공한 것은 아니지만 그곳에서 얼마간 살다 왔다는 이유로 채용을 하게 되었다는 학부장의 말이었다. 언어를 배우겠다는 학생들은 늘어나는데 가르칠 만한 사람이 없었다고 했다. 나는 더 크게, 조금 더 명확하게 몇 번이고 반복해서 읽는 일을 되풀이했다. 하루 일과가 끝나면 정 선생이 나를 찾아왔다. 다음 수업에서 공부를 해야 할 부분의 말을 읽고 쓰는 법을 배우기 위해서였다. 나는 체력이 허락하는 한 그녀의 수업에도 도움이 되고 싶었다. 나와 정 선생이 수업 준비를 하고 있으면 학교 안을 순찰하던 학부장이 교실을 다녀 가곤 했다.

집으로 돌아올 때면 목이 쉬어 소리가 제대로 나오지 않았다.

가을 학기에는 목화 수확을 위해 모든 학교가 휴교를 했다. 학생들이 밭으로 나가 목화를 따는 것으로 수업을 대신하는 일이었다. 오늘은 이 주 동안의 목화 방학이 끝나는 날이었다. 양쪽 반으로 육십 명도 넘는 학생들이 우르르 몰려들어왔다.

날씨가 흐린 탓에 여러 가지 소리들이 평소보다 선명하게 들려왔다. 선생들의 음성, 부산하게 자리를 옮겨 다니는 소리, 복도를 돌진하는 구두 굽 소리, 휴대전화의 벨 소리를 비롯한 갖가지 소리들이 내 말끝을 따라다녔다. 시장 한가운데서 좌판을 깔고 앉아 있는 기분이었다. 수업을 시작한 지 십오 분이나 지났는데도 아직 책을 펴지 않고 장난을 치고 있는 녀석도 보였다. 옆 반의 정 선생이 더듬거리며 문장을 읽는 소리가 들렸다. 말끝을 저렇게 올리는 게 아닌데…… 어제 몇 번이나 주의를 주었던 부분이었다. P의 어투로 T의 문장을 읽은 까닭에 어쩔 수 없이 일어날 수밖에 없는 현상이었다. 오늘따라 유난히 더 귀에 거슬렸다. 무조건 끝을 올려 발음하면 의문형이 돼버린다고 그렇게 강조를 했건만 아직도 그것을 고치지 못한 것 같았다. 쉽지는 않겠지만 선생의 입장이라면 그 부분은 기필코 구분해주어야 했다. 그것을 먼저 알아챈 우리 반 학생들이 철없이 웃었다.

같은 과목을 공부하는 우리 반과 옆 반의 학생들이 쓰는 말투가 판이하게 달랐다. 정 선생을 아무리 따로 불러 연습을 시켜도 혀에 익은 감각으로 자꾸 되돌아가는 것은 그녀도 어찌할 수 없는 모양이었다. 두 반 학생들이 전혀 다른 말을 하는 것 같아도 자세히 들어보면 같은 문장이었다. 그렇게 양쪽이 같은 문장을 읽는 때가 종종 있었다. 한쪽은 말끝이 주욱 내려가고, 다른 한쪽은 하늘을 향해 말을 뿜는 것처럼 쫙 올라갔다.

나는 한동안 아무 말도 없이 서 있다가 칠판의 글씨를 모조리 지워버렸다. 정 선생의 얼굴이 중간 문의 격자창에 매달렸다가 나와 눈이 마주치자 황급히 사라졌다. 딱히 이때를 위해 준비한 것은 아니었으나 생각나는 대로 적다보니 어느새 노래 가사를 적는 중이었다. 나는 컴퓨터의 전원을 켜고 스피커를 연결했다. 익숙한 노래의 전주가 들려오자 학생들이 환호했다. 흐트러지고 여기저기로 분산되었던 시선들이 단박에 칠판으로 고정되었다. 이곳에서 한참 인기 있는 T의 드라마에 나오는 노래였다. 몇 소절을 빼놓고는 대부분의 가사를 음으로만 따라하던 아이들의 눈이 반짝 빛났다. 어린 멧돼지들이 교실 안을 뛰어다니는 것 같은 소란이 일었다. 나는 어려운 가사 밑에는 따로 발음기호를 적어주었다. 신이 난 학생들의 목소리와 스피커에서 나오는 음악이 뒤섞였다. 나도 함께 어깨를 들썩이며 리듬을 탔다.

반쯤 열린 교실 문 바깥으로 다른 반 학생들이 잔뜩 몰려왔다. 정 선생이 나와 복도에 있는 학생들을 다시 교실로 들여보냈다. 상황을 수습하고 얼른 사과를 하려고 했지만 이미 그녀가 자기 교실로 돌아간 뒤였다. 한 번 들뜬 기분을 쉽사리 가라앉히지 못하는 아이들이었다. 소리 없이 놀면 되지 않느냐는 말들이 솟아올랐다. 나는 교실 밖으로 나가자고 제안했다.

무궁화 꽃을 피우고, 점심 빵 내기 묵찌빠도 했다. 너무 신나게 놀아버린 탓에 다음 수업에 늦은 학생들이 교실 쪽으로 급하게 뛰었다. 나도 얼른 교실로 돌아왔다. 문이 활짝 열려 있어 정 선생인가 싶어 들어와 보니 마리나였다. 늘 제가 앉던 자리에 창가의 화분처럼 가만히 앉아 있었다.

"왔……니?"

경쾌하게 인사를 하려고 했지만 목소리가 급격히 줄어들었다. 무궁화 꽃은 자꾸 피는데, 해가 질 때까지 꽃도 무궁하게 피는데…… 마리나의 왼손에 낀 반지에 햇빛이 가 닿았다. 그 빛이 내 쪽으로 되쏘아졌다. 나도 모르게 눈을 찌푸렸다. 어쩐지 오늘은 해가 지지 않을 것만 같았다.

No. 5

너의 연기가 활시위처럼 팽팽하게 당겨지다 퉁, 하고 잦아든다. 다시 일어나 몸 주위를 맴돌다 하늘로 솟구쳐 오르기를 반복하던 그것이 눈 더미 위로 흐르기 시작한다.

연기가 옆 사람의 검지가 놓여 있던 자리에 가 닿는다. 여태 네게 머물러 있던, 네 몸이 살아온 기억들이 흐드러진 곳이다. 연기가 조심스럽게 기억 쪽으로 다가간다. 그러자 몸이 살짝 뒤챈다. 기척을 느낀 연기가 뒤를 돌아본다. 같이 가자는 몸의 몸짓이다. 흰빛이 재빨리 손 쪽으로 바투 선다.

네가 현관문의 손잡이를 그러쥔다. 여섯 시간 연속으로 수업을 하고 온 날이다. 지친 얼굴로 집 안에 들어선 네가 형광등 스위치를 올린다. 전기가 들어오지 않는다. 종종 일어나는 일이긴 하지만 오늘은 왠지 더 짜증이 치민다. 소파 위에는 베개와 이불이 아침에 네가 빠져나간 그대로 구겨져 있다. 냉장고 안에는 생수와 먹다 남은 술병 몇 개가 들어 있을 뿐이다. 식료품 상점으로 가기 위해 집을 나선다. 자동차 불빛이 이따금씩 어두운 거리를 밝혀준다. 우유가 떨어졌다는 주인의 말을 뒤로하고 너는 과자 몇 봉지를 집는다. 주인은 다른 때보다 두 배나 비싼 가격을 요구한다. 춥고 배가 고프다 못해 아프고, 한 푼이라도 더 받아내려고 애를 쓰는 주인의 상술에 화가 난다. 외국인이 지나간다며 손가락질하는 꼬맹이들도 눈에 거슬린다. 추운 거리를 지나 네가 다시 집으로 돌아온다. 냉장고 안의 맥주를 꺼내 과자와 함께 밥 대신 먹는다. 휴대전화기를 집어 든다. 고향에 있는 가족들 목소리가 거실로 옮겨진다. 안녕과 무사한 말들 아래로 어쩐지 허전한 느낌이 스민다. 아비와 통화를 한 게 언제였던가. 일을 하러 나가셨으니 다음에 통화하라며 가족들이 서둘러 전화를 끊는다. 냉방에서 맥주를 마신 까닭에 네가 여러 날 앓아눕는다.

이러려고 온 게 아니었다는 마음에, 이미 지난 기억 속의 일들로 네 연기가 흔들린다. 병에서 막 따라낸 맥주 거품처럼 기억이 몸을 부풀린다. 기억에 기억이 부어진다.

땅이 흔들린다. 너는 한두 번 그러다 말 줄 알고 집 안에서 하던 일을 계속한다. 식탁의 네 다리가 부르르 떨리며 옆으로 옮겨 간다. 책장 위의 책이 바닥으로 떨어진다. 놀란 네가 식탁 밑으로 몸을 숨긴다. 현관문이 열린다. 방금 돌아간 마리나와 롤라다. 방학 중인데도 너를 찾아와 말을 배우고 있는 학생들이다. 마리나가 얼른 네 방으로 들어가 카메라와 비상금을 넣어둔 지갑을 가지고 나온다. 롤라가 너를 부축한다. 땅이 요란하게 흔들린다. 양쪽에서 팔짱을 낀 그녀들이 자꾸만 주저앉으려는 너를 떠밀어 간다.

그 후로 너는 집에 혼자 있기를 꺼린다. 같이 이곳으로 온 동료들과 너희 반 학생들이 번갈아가며 너를 돌보러 온다. 땅이 우는 소리를 들어버린 후로 너는 쉽게 잠들지 못한다. 그들이 어떻게 지갑과 카메라를 숨겨둔 곳을 알았는지 궁금하다. 선잠에 든 밤이면 네 몸이 갈라진 땅 속으로 꺼져 들어가는 꿈과 아는 이들에게 집 안의 물건들을 모조리 도둑맞는 환영에 시달린다. 아파트 한 채가 무너져 내렸다는 소리가 뒤늦게 전해진다. 몇 명이 실종되었다는 소문도 있지만, 말이란 원래 떠돌아다니며 제 몸을 스스로 부풀리는 것이라 여긴다. 깊게 잠들지 못하는 이국의 밤이다. 고향으로 돌아가고 싶다는 말은 애써 꺼내지 않기로 한다. 그렇게 시간이 지나간다.

연기가 부르르 떨리며 갑자기 땅으로 꺼졌다 몸 위로 다시 솟아오르기를 반복한다. 흰빛이 다시 몸을 파고든다. 얼어가던 네 몸에 일순간 더운 피가 고이는 듯하다.

이곳의 기억을 보려는 게 아닌 것 같다. 무엇을 찾는 건가. 장과 콩팥, 숨이 고인 채 얼고 있는 폐, 심장, 가슴 골짜기. 어느 한 곳에도 연기가 오래 머무르지 않는다. 허공에 뜬 채로 물끄러미 제 몸을 내려다본다. 그제야 몸속 어미의 기억이 일렁이는 흰빛을 향해 두 팔을 벌린다. 몸에 마지막으로 남아 있던 온기다. 깊게 닫힌 숨구멍들이 일제히 열리며 몸

안에 있던 공기가 폐부 깊숙한 곳에서부터 빠져나오기 시작
한다.

그리 오래 걸리지는 않을 것이다.

No. 6

T와 P, 양국 간의 축구 경기가 있는 날이었다. 방과 후에
모인 학생들과 함께 경기를 보기로 약속을 해두었다. 방학
을 시작하기 전에 내가 사비를 털어 교실에 들여놓은 텔레
비전을 켰다. P의 선수들을 응원하는 학생들의 우렁찬 목소
리가 복도로 흘러나왔다. 그때마다 교실 창문이 잠깐씩 흔
들렸다. 학부장이 교실까지 쫓아왔다. 짓궂은 학생들이 학
부장을 의자에 앉혔다. 나는 아직 퇴근을 하지 않은 옆 반의
정 선생을 찾아갔다. 문틈으로 누군가와 이야기를 나누는
게 보였다. 마리나였다. 나는 함께하자는 말을 건네지 못하
고 뒤돌아섰다. 불현듯 찾아와 얼굴을 보인 후로 몇 번이나
다시 만날 기회가 있었지만 내 쪽에서 번번이 약속을 미루었
다. 정규 수업이 끝나면 방과 후 수업이 이어졌다. 쉴 틈 없
이 잡다한 업무도 처리해야 했다. 미안했지만 조만간 볼 수
있으리라 여겼다.

"거기 가면, 무어를 하나요?"

이 년 전, 마리나가 내게 한 말이었다. 열심히 공부를 하고 있는 학생들의 모습에 내가 잔뜩 고무되어 있던 날이었다. 희망과 꿈이라는 단어를 적고 그것에 관하여 T의 말로 이야기를 하고 있을 무렵이었다. 내가 이곳으로 떠나왔듯, 이들에게도 꿈을 꿀 수 있는 것들이 있을 터였다. 단순히 다른 언어를 배우는 것이 희망이 될 수는 없었다. 하지만 지금 살고 있는 세계와는 다른 길을 열어준다는 것에 대해서는 의심하지 않았다. 그런 의미에서라면 내가 하는 일이 누군가에게는 희망이 될 수 있으리라 믿었다.

"꿈꾸어 가면, 살아집니까?"

나는 그저 가르치는 일에만 몰두하기도 벅찼다. 나를 잘 따르는 학생들을 보는 일이 즐거워 휴일이나 방학 때도 학교에 나갔다. 그렇게 살면 될 줄 알았다.

"우리가 T에 가면 공부 됩니까? 부자 되어 살아집니까?"

나는 끝내 답을 하지 못했다. 말을 배우기만 하는 것이 전부가 아니라는 뜻이었다. 이 말들이 우리들의 삶에 어떤 의미가 있는 것이냐는 물음이었다. 배우다 보면 저절로 길이 생길 거라고, 어느 순간 그것들이 우리에게 빛이 되는 때가 있을 거라는 뻔한 말로 위로를 할 수도 없었다. 나를 바라보는 아이들의 우묵한 눈이 한층 더 진지해졌다. 호기심에 시작한 일이라도 깊어지다 보면 고민이 되기 마련이었다. 나역시 그러한 질문들로 여기까지 와 있는 셈이었다. 그 마음이 너무나 공감이 가는 까닭에 나는 아무런 대답을 하지 못했다. 밝게 타오르는 하얀 빛만을 향해 무작정 그리로 가라 할 수도 없지 않은가 하는 내 안의 물음에 나 스스로도 확신하지 못했기 때문이었다. 무작정 사는 곳을 옮긴다고 해서 그 답을 찾을 수 있는 것이라면 지구 끝까지라도 가보라고 권하고 싶었다. 그러나 생각과 현실의 차이를 우리가 지금 함께 익히고 있는 몇 개의 단어들로 설명할 수 있는 것일까. 이곳에 와 선생 노릇을 하고 있는 나는, 그들을 위로하고 보듬어야 하는 처지의 나는 그 질문에 대답을 해줄 만한 사람인가. 아무런 말도 할 수 없던 그 순간에 도리어 나는 그들에게 위로를 받고 싶었는지도 모른다. 누군가의 질문에 답을 해주어야 하는 나의 말들에 관하여, 또 그 말로 누군가를 위로해주어야 하는 입장인 나 자신을.

학생들은 어디로든 떠나고 싶어 했다. 여기가 그리 못 살 곳은 아니었으나, 여러 나라들에 비해 경제적으로 뒤처져 있는 것은 사실이었다. 어느새 그들의 관심은 꿈과 희망을 넘어 돈을 벌어 윤택하게 사는 것으로 바뀌어 있었다. 그 문제를 해결해줄 수 있다고 믿는 곳 중의 하나가 T였다. 아니 딱히 그곳이 아니더라도 상관없어 보였다. 제가 있는 곳에 발붙이고 살기가 힘들다면 그곳이 어디인들 떠나고 싶지 않을까. 마음의 지진으로도 딛고 선 땅이 갈라질 수 있는 법이었다. 그러니 가야 하지 않을까. 일찍부터 현실적으로 변해버린 그들을 탓할 수 없는 노릇이었다. 다만 그것을 이루기 위해 지금 여기서 해야 하는 중요한 일들을 놓치지 말라고 격려해주는 수밖에 없었다. 그것만이 내가 할 수 있는 전부였다.

얼마 후 마리나가 T로 떠났고, 몇몇의 학생들이 그 뒤를 이었다. 진짜로 돈을 벌기 위해 길을 나선 이들도 있었다. 무엇으로든 계획을 가지고 어딘가로 떠난다는 것 자체가 큰 용기라고 박수를 쳐주었다. 나보다 더 좋은 선생을 만나 지금껏 알지 못했던 새로운 길을 찾아 돌아올 수도 있지 않을까. 그곳에 머물다 정말로 하고 싶은 일을 발견하게 될지도 모를 일이었다.

내가 이곳으로 와서 처음으로 했던 그 말들이 돌아온 셈이었다. 바쁘다는 이유로 약속을 미뤘던 것이 후회가 되었다. 자꾸 미루기만 하는 나의 마음을 굳이 따져보고 싶지 않았다.

축구 경기에 흥분한 학생들을 진정시키느라 음료수와 과자를 잔뜩 샀다. 중요한 장면이 나올 때마다 뜬금없는 물 광고, 신발 광고가 삼십 초가 넘도록 이어졌다. 그것이 끝나고 나면 꼭 어느 쪽으로든 골이 들어가 있었다. 경기가 무승부로 끝이 났다. 하지만 학생들의 천방지축은 쉽사리 가라앉을 기미를 보이지 않았다. 함께 즐거워하던 학부장에게서 열심히 일해주어 고맙다는 말을 들었다.

마리나는 더 이상 나에게 쪽지를 남겨두거나 전화를 걸어오지 않았다. 내가 알고 있는 번호는 이미 결번이었다. 수소문해서 전화를 해보았지만 그마저도 번호를 잘못 알아와 연락이 되지 않는 상태였다. 수업을 하러 교실에 들어갔더니 전보다 더 많은 학생들이 앉아 있었다. 무슨 일인가 싶어 반장인 구잘을 불러 세웠다. 나에게 수업을 받고 싶다고 찾아온 학생들이었다. 세 명 정도를 제외하고는 대부분 정 선생의 반에서 공부를 하는 이들이었다. 안 된다고 딱 잘라 말했다.

"우리도 여기, 싶어요?"

아아, 저 말투. 방과 후 수업에라도 참여하게 해달라는 청도 거절했다. 수업 시간이 훨씬 지났는데도 학생들이 돌아가지 않고 떼를 썼다. 정 선생이 우리 교실로 들어왔다. 그 얼굴을 똑바로 바라볼 수가 없어 나는 더욱 학생들을 내몰았다. 그들이 모두 교실을 나갈 때까지도 정 선생은 아랫입술을 지그시 깨문 채 내 얼굴을 오랫동안 바라보았다. 미안하다고 사과를 해야 하는지, 무엇인가 오해가 있는 거라고 변명을 해야 하는지 알 수 없었다. 어색한 분위기를 전환하기 위해 내가 얼른 교재를 펼쳤다. 거칠게 문 닫히는 소리와 복도에서 들려오는 정 선생의 호통이 마구잡이로 뒤섞였다. 정 선생의 수업이 시작되는 소리는 끝내 들려오지 않았다.

하루 종일 마음이 쓰였다. 수업을 하는 도중에도 계속 중간 문의 격자창을 바라보았다. 본의가 아니었다 하더라도 사과를 해야 옳았다. 방과 후 수업을 취소했다. 옆 반으로 가보니 정 선생 대신 다섯 명의 학생들이 모여 자습을 하고 있었다. 처음 보는 얼굴들이었다. 수업이 끝나면 따로 모여 정 선생에게 개인 지도를 받는 학생들이라고 했다.

T에서 따로 경제적인 지원을 받는 처지인 나와는 다른 입장이었다. 얼마 되지 않는 수업 수당으로는 생활을 하기 어려웠을 것이다. 조금 더 빨리 그것을 알았더라면 방과 후 수업 따위는 절대로 시작하지 않았을 거였다. 함께 일한 지 이년 가까이 되었어도 동료의 집 전화번호조차 모르고 있다는 사실에 내 자신이 참 한심하게 느껴졌다. 선잠 속에서 그동안 내가 이곳에서 한 일들이 두서없이 재생되었다. 끊임없이 이어지는 기억들 때문에 날이 밝아오는 것마저도 과거의 일처럼 느껴졌다. 목이 타 마실 것을 찾았다. 생수 대신 맥주에 손이 갔다. 내내 비어 있던 속이 알싸하게 시끄러워졌다.

정 선생의 수업이 폐강되었다. 그 사실을 알지 못한 채 등교를 한 학생들이 교실 앞에서 웅성거렸다. 개인적인 이유로 사직을 했다는 학부장의 말이 귓속에서 웅웅댔다. 당분간은 내가 대신 수업을 해야 했다. 거절을 할 수도, 그렇다고 나마저 수업을 그만둘 수도 없었다. 중간 문을 떼어냈다. 교실에 있는 컴퓨터와 텔레비전의 전원 코드가 잘려 있는 것을 청소를 하던 구잘이 발견했다. 다른 학생들이 보지 않게 내가 서둘러 전선을 거두었다. 나는 모두 돌아간 교실에 남아 날카롭게 잘린 전선의 단면을 날이 어두워질 때까지 들여다보았다.

No. 7

연기가 서서히 몸을 벗어난다. 마지막으로 네 몸에 남은 것은 여러 가지 소리들이다. 피가 멎는 소리, 근육이 경직되어가고 뼈가 바스러진 코가 마지막으로 모든 것을 내뿜는 소리, 몸속을 비집고 들어앉아 있던 비밀스런 말소리, 마지막 숨— 빗소리. 그러나 너의 목소리는 끝내 몸에서 빠져나오지 않으려고 버티다가 몸과 함께 얼어간다.

이제는 몸이 아니라 시신이다.

연기가 아니라 혼백이다.

너의 우주가 몸의 모든 문을 닫고 불을 끈다. 혼이 어디로, 어떻게 가야 하느냐며 빈 몸을 보챈다. 이대로 갈 수는 없다는 듯이 몸 위로 척척 내리꽂힌다.

누군가 교실 안으로 들어오려다 문 밖에 멈추어 서 있다. 정 선생인가 싶어 네가 얼른 나가본다. 아무도 없다. 방과 후 수업을 하지 않기로 한 지 사흘째다. 너는 몸에 밴 습관 탓에 일찍 집에 돌아가기를 주저한다. 너에 대한 무성한 말들과 따가운 시선을 뚫고 여전히 이 시간이면 교실로 오는 학생들이 있다. 고맙지만 당분간은 정규 수업 시간에만 만나기로 약속을 한다. 오후부터 한바탕 진눈깨비가 날리기 시작하더니 저녁 어스름이 되어서는 함박눈이 쏟아진다. 너는 문서 정리를 서두른다. 정 선생이 있었더라면 도움을 받았을 텐데. 이제는 여기 없는 사람, 많이 미안한 사람. 너는 발끝만 쳐다보며 교문 쪽으로 바쁘게 걷는다. 눈이 잔뜩 쌓인 도로 위에는 단 한 대의 차도 보이지 않는다. 한참을 기다려도 지나가는 사람 하나 없다. 학교 건물의 괴괴한 어둠이, 가로등 밑에 서 있는 너의 등 뒤를 가만히 떠받친다. 너는 허리를 더욱 꼿꼿하게 세운다.

자동차의 불빛이 보인다. 네가 손을 내뻗는다. 어깨뼈마디가 어긋나는 소리가 난다. 불빛이 천천히 속도를 줄인다. 먼저 태운 손님이 있는 까닭에 너는 뒷좌석에 올라탄다. 목적지를 말해주고는 그대로 고개를 숙여버린다. 한동안 차가 출발하지 않는다. 조수석에 탄 이가 무어라 지껄이는 소리가 들린다. 애써 단어를 꿰맞추어 뜻을 알아내는 일도 이제는 지겹다. 귀가 있어도 안 들리는 사람처럼 앉아 있다. 운전사가 뒤를 돌아보며 네 얼굴을 살핀다. 어디에서 왔느냐 묻는다. 네가 T라고 짧게 대답한다. 운전사와 조수석에 앉은

이가 잠깐 눈을 마주친다. 조수석에 앉은 남자가 재차 묻는다. 아무런 말도 하기 싫은 너는 무조건 고개를 끄덕인다. 그때 자동차 앞으로 익숙한 얼굴이 스친다. 깜짝 놀란 네가 앉은 자리에서 몸을 반쯤 일으킨다. 조금 더 자세히 보려 하지만 여의치 않다. 정 선생인가? 긴가민가하다. 내려가 확인이라도 해보고 싶다.

누군가 차 문을 연다. 머리 위에 잔뜩 눈이 쌓여 있는 여자다. 운전기사가 여자의 행선지로는 가지 않겠다고 버틴다. 여자는 돈을 더 주겠다며 기어이 자리를 비집고 앉는다. 기사는 여자와 돈을 흥정하느라 한참동안 실랑이를 벌인 다음에야 차를 출발시킨다. 창 쪽으로 돌린 네 얼굴이, 바깥처럼 굳어 있다.

"선생님!"

고개를 돌려 인사를 받아야 하는데, 너는 창문에 얼굴을 붙여놓기라도 한 듯 가만히 있다. 학교에서 너희 집까지는 그다지 멀지 않은 거리다. 그렇게 조금만, 조금만 더 가면 되는데…… 차가 익숙한 길을 벗어나 자작나무 숲을 가로지른다. 아마도 앞 사람을 내려주고 가려는가 보다. 무슨 말이라도 좀 해야 하는데, 잠깐 집에라도 들러 차나 한 잔 마시자고 해야 하는 건가. 쌓인 이야기가 너무나 많다. 하고 싶은 말들로 네 몸이 곧 허물어질 것만 같다.

"잘 지냈어요?"

존댓말을 해야 하는지, 편하게 말을 놓아야 하는지 몰라 네가 더 이상 말을 잇지 못한다. 아이의 얼굴이 많이 상해 있다. 너도 모르게 손을 뻗는다. 손 위에 손이 얹힌다. 홈집이 많이 난 반지가 보인다. 그곳에서 결혼을 했는가, 무슨 일로 그렇게 빨리 돌아왔는지 묻고 싶다. 거기서 뜻하지 않은 마음고생을 하지는 않았나. 그래, 우리가 이런 사이가 아니었지. 너는 순식간에 옛 마음으로 돌아가버린다. 아이의 모든 것을 보듬어주고 싶다. 네가 생각에 잠겨 있는 사이에 차가 멈춘다. 차 안의 공기가 조금 전과 많이 다르다. 앞 사람이 조수석 의자를 힘껏 뒤로 젖힌다. 겁먹은 마리나가 네 옆으로 바짝 다가앉는다. 손과 손이 깍지를 낀다. 반지와 반지가 걸린다.

너희는 순순히 가방을 내어준다. 그들이 두 개의 가방을 뒤져 지갑을 꺼내는 사이에 마리나가 제 휴대전화를 꺼내 전원을 끈다. 민첩한 손놀림으로 바지 속 허벅지 밑에 전화기를 감춰둔다. 아무 일도 없었다는 듯이 다시 맞잡은 두 사람의 손에 땀이 질척인다.

너의 외투를 뒤져 휴대전화를 가져간 그들이 마리나에게도 묻는다. 차 안에서 문을 열 수 있는 손잡이는 이미 떼어져 있다. 운전을 하던 이가 시동을 끄더니 전조등마저 꺼버린다.

차 문이 열린다. 네 개의 손과 두 몸이 실랑이를 벌이는 사이에 마리나의 바지가 뜯긴다. 은색 전화기가 떨어진다. 마리나가 호되게 얼굴을 맞는다. 그녀가 차 밖으로 끌려 나가지 않으려고 발버둥 친다. 운전석에 있던 이도 너를 향해 다가온다. 겁에 질린 네가 마리나의 몸을 꽉 껴안는다. 너의 목이 톱니바퀴처럼 마리나의 어깨에 맞물린다. 그러나 떼어내려는 힘이 더 세다. 마리나의 몸이 차 문을 빠져나가려는 그 순간에도 너희의 손은 떨어질 줄을 모른다. 팽팽하게 허공으로 떠오른 손들. 꽉 낀 반지들이 쇳소리를 내며 완강하게 버티고 있다. 화가 난 이들이 너와 마리나의 머리를 양쪽에서 붙잡은 채 맞부딪친다.

텅터엉.암전.다시텅텅퍽텅.쇠비린내.트특펑.마리나의주먹이풀어지는소리.끄으윽,네가그녀의반지낀손가락만잡고간신히버티는소리.살려,주세요.너의비명소리.빠,빠마기째?마리나가사력을다해외치는소리.살려빠마씨팔빠마저리가빠마이개새끼야기째. 텅, 터—엉, 터어엉.

뚝!

경쾌하게맥주병따는소리.

칼등이차창을스치는소리.

마리나를내팽개치는소리.

…………네손에…남은…,

………마리나의…검…지.

눈 더미 위에서 떨고 있는 작은 몸 위로 거대한 바위가 올라앉는다. 차 안의 네가 괴성을 지르며 차 밖을 빠져나오려 애를 쓴다. 너는 철창에 갇혀 사방에서 창을 맞는, 탈출에 실패한 맹수같이 울부짖는다. 거대한 바위들이 양쪽에서 굴러와 차 문을 바순다.

고치처럼 웅크린 네 몸 위로 그들의 발길질이 이어진다. 정신만은 잃지 않으려 네가 입을 벌린다. 입속에 고여 있던 피가 흘러내린다. 왼 주먹을 꽉 움켜쥐던 너는 그래도 아직 정신을 잃지 않아 다행이라 여긴다. 눈 위의 마리나가 움직이질 않는다. 누군가의 신발이 네 얼굴을 짓이긴다. 그래도 꽉 쥔 손만은 펴지 않는다. 대체 그들이 무엇 때문에 그리도 화가 난 것인지 너는 알지 못한다. 죽어서도 끝나지 않을 형벌처럼 신명나게 매를 맞는다. 살려달라는 말 한마디 하지 못한다.

네 몸이 눈 위에 처박힌다. 허리까지 쌓인 눈 더미에 네가 모종처럼 심어진다. 숨죽인 마리나의 옆이다.

눈 속으로 꺼져가던 기억들을 깔고 앉은 혼이 후드득 후드득 떨고 있다.

No. 8

나의 어린 양들이 생기를 잃은 초원 위에서 뛰놀았다. 한 무리의 새로운 양 떼가 다가왔으나 서로 편을 갈라 으르렁거렸다. 내 말소리는 거대한 교실 하나를 채우기에는 역부족이었다. 마이크를 사용해 수업을 시작했지만 전처럼 재미있게 놀이를 하거나 노래를 부르지는 않았다. 육십 명의 학생들을 일일이 지도해주고 나면 수업 시간이 훌쩍 지나 있었다. 어떻게든 정 선생을 찾아가야겠다는 생각을 하고 있을 때였다.

"썬생님."

정 선생 반의 학생이던 예나였다. 나에게 봉투를 하나 건넸다.

"저도 공부하고 싶어요. 보내줘요. 도와주세요."

나도 모르게 얼굴을 찌푸렸다. 예나의 말이 갑자기 빨라졌다.

"T에 가고 싶어요. 거기서 공부 많이 하고, 돈도 벌어요. 오래된 남편 좋아. 죽으면 여기 와서 사랑해요. 어디도 좋아. 나도 돈 많이 벌고 싶어요."

내가 할 수 있는 일이란 고작 말을 가르치는 것이었다. 네가 말한 그것이 아니라고 아무리 설명을 해도 그녀는 곧이듣지 않았다. 내가 그동안 학생들과 나누었던 말, 내가 하지도 않은 말들이 앞에 서 있는 조그마한 꽃노루 같은 아이의 입을 통해 흘러나왔다. T에 관한 일이라면 아주 사소한 것까지도 나와 연관이 되어 있다고 믿고 싶은 것 같았다. 나를 통해서라면 T로 가는 일이, 그곳에서 쉽게 돈을 버는 일이 가능하다고 했다. 기가 막혀 그냥 듣고만 있다가 봉투를 돌려줬다. 소문과는 달리 아무런 힘이 되어주지 못해 미안할 따름이었다. 하필이면 그때 격자창 위로 학부장의 얼굴이, 마리나의 얼굴이 순서대로 떠올랐다 사라졌다.

함께 이곳으로 온 동료들이 나를 불러내어 저녁을 사주었다. 나는 방금 들은 말인데, 소문은 이미 학교 담장을 넘어간 지 오래였다. 그들이 위로랍시고 전해오는 말 속의 나는 단순히 언어만을 다루는 사람이 아니었다. 학생들을 T에서 온 사람에게 소개하고 얼마간의 돈을 받아 챙기는 이였다. 취업, 공부, 결혼 그 어떤 것도 상관없이 모두 다 은밀히 이어주는 거간꾼이었다. 함께 밥을 먹고 있는 이들의 말 속에서도 무언가를 확인하고자 하는 의도가 보였다. 왜 나에게, 내 학생들에 관하여 그런 말을 해대는가. 그곳에 간 사람들이 모두 다 나를 통해서, 나에게만 말을 배워 간 것은 아니지 않느냐고 항변했다. 당신들도 여기에 나와 똑같은 일을 하러 온 것이 아니냐고 되받아쳤다. 나도 모르는 일들에 대해서는 말할 가치도 없었으나 이미 나는 동료들 사이에서도 외국인 선생들의 물을 흐리는 사람이었다. 대체 그 발화점은 어디일까.

반주로 맥주 두어 병을 곁들였다. 그것을 시작으로 밥 대신 술을 마셨고 급기야는 술이 술을 먹었다. 술병들이 여러 차례 치워졌고, 우리는 자리를 옮겼다. T에서 온 사람들이 자주 모인다는 술집이었다. 다른 때보다 도수가 높은 술을 주문했다. 화장실에 가려다 황급히 술집을 빠져나왔다. 집으로 돌아오던 내내 속엣 것들을 토해내느라 여러 번 걸음을 멈추었다. 화장실로 가는 도중에 나는 이상한 것을 보았다. 본 것을 다시 확인하러 가고 싶지 않았다.

출근을 해야 할 시간인 줄 알면서도 나는 계속 잠을 청했다. 열이 높고 근육통이 있다고 생각했다. 허리가 아파 돌아누울 때만 잠깐씩 일어났다가 다시 잠을 잤다. 주말이 지나고, 개교기념일도 지난 화요일이었다. 집 밖으로 단 한 발자국도 나가지 않았다.

여자 아이 하나가 침대 옆으로 자꾸 다가왔다. 술집 화장실에서 토하고 있던 우리 반의 반장인 구잘이었다. 다른 가게보다 비싼 값에 술과 안주를 팔면서 주로 외지인들을 상대로 하고 있는 곳이었다. 거기에 나의 학생들이 있었다. 내 말투로, 내가 가르친 단어로 남자들을 향해 웃고 있는 학생들이 감은 눈 속에까지 찾아왔다. 그들의 사생활을 모두 다 알 수는 없을 테지만 그동안의 나는 무엇을 하고 있던 것인가. 대체 어떤 것을, 무슨 말을 가르치며 살고 있었나. 학생들의 생활에 관하여 함부로 판단을 내릴 수는 없었다. 하지만 내 안에 있는 누군가가 이건 아니지 않느냐며 물끄러미 나를 주시했다. 더 이상 그 눈을 쳐다보고 싶지 않았다.

어느 틈에 중간 문이 다시 세워져 있었다. 학부장이 찾아와 새로운 선생이 오게 되었다는 말을 전해주었다. 다시 내 시간표가 변경이 되었다. 나에 관한 말들이 조금 잠잠해질 때까지 가외의 수업이나 학생들과 함께하는 취미 활동을 잠시 중단하라는 지시도 덧붙였다. 그게 아니라고 말해보려 했지만 이미 학부장의 눈빛은 차가웠다. 중간 문을 타고 넘어오는 목소리만으로도 나는 그녀가 누구인지 알 수 있었다.

마리나의 수업은 아침부터 저녁까지 이어졌다. 그녀는 방과 후의 특별 수업까지 도맡았다. 나는 절반도 넘게 줄어든 학생들과 수업을 했다. 전과 다른 시선이 내 등 뒤로 내리꽂히는 것도 고스란히 받아들였다. 나는 묵묵히 수업 시간을 채웠다.

말의 말들.

선생님, 우리 같이 해요.

입을 거치면 복리로 계산된 이자같이 불어나 있는 말들.

공부하면, 여기를 떠날 수 있나요? 이대로는 싫어요.

잡으려 할수록 더 커지는 말의 몸통.

어디든 갈 거예요. 돈 더 벌어요. 선생님, 나도 보내주세요.

빌화자도 알 수 없는, 의욕적으로 부푼 몸만 떠다니는.

선생님이니까…… 해줄 수 있잖아요! 도와주세요.

나에게로 가장 늦게 돌아온.

저…… 왔어요.

줄어든 학생들 대부분이 마리나의 반으로 옮겨가 있었다. 전과는 조금 다르게 반복되고 있는 일이었다. 갑자기 정 선생이 보고 싶었다.

　성실하게 출석을 하던 학생들도 내 수업에 대한 불신을 드러내기 시작했다. 마리나 말고도 T에 갔다 돌아온 아이들이 많았다. 누군가는 임신을 한 채 버려졌고, 누군가는 실컷 매를 맞고 돌아왔다. 공부를 하러 간다며 나에게 추천서를 받아 떠난 뒤 늙은 남자들의 꽃 같은 신부가 되었다가 머지않아 다시 돌아왔다. 잘 지내고 있는 학생들은 대부분 이쪽과 연락을 끊고 간간이 얼마간의 돈을 집에 부쳐오는 것으로 안부를 대신했다. 내 학생들이 외지에서 겪은 일들이 무용담과 풍문을 가장해 쏟아졌고, 그 일은 지금도 진행 중이었다. 모르던 일들은 아니었다. 간혹 제가 원하던 일을 하게 되었다는 소식을 전해오는 녀석들도 있었다. 자리가 잡히면 또 연락을 하겠다며 신나게 전화를 끊었다. 좋은 일보다는 나쁜 말들이 더 오래 기억되고 더 멀리 나아갔다. 과연 이 모든 일들에 관하여 나에게는 책임이 없다고 할 수 있는 것인가.

갈증이 나서 집에서 가져온 물통을 꺼냈다. 김 빠진 맥주는 미지근한 보리차 같았다. 순식간에 물통의 것이 없어졌다. 혀끝에 쓴맛이 오래 남았다. 약간의 현기증이 일며 한결 편안한 기분이 들었다. 조금 더 가져올 걸 그랬나. 교실 안의 창문들이 모두 사선으로 기울었다. 창틀이 어긋나자 유리가 빠직빠직 금이 갔다.

나는 학교를 나왔다.

No. 9

바람이 멎는다. 몸 주위를 서성이던 너의 혼이 자작나무 숲의 어둠을 파고든다. 눈 쌓인 둥지 위로 사뿐히 올라선다. 둥지 위의 눈이 후루룩 떨어진다. 잔에 넘친 맥주 거품이다. 쏴아르륵한 소리와 함께 여러 말들이 솟아오른다. 말의 말들이 거품에 뒤섞인다. 거품이 한껏 부풀어 오른다. 혼이 허리를 숙여 둥지 위에 입을 갖다 댄다. 둥지 한가운데서 톡톡톡톡 기포가 터지며 눈 쌓이는 소리가 된다. 죽은 기억들이 되살아난다. 말 거품이 꼬리에 꼬리를 물고 땅으로 쏟아져 내린다. 자작나무 숲은 여전히 어둡고 차게 울렁인다. 눈에 취한 혼이 하늘에서 쏟아지는 거품을 타고 제 몸 쪽으로 흘러내린다. 그와 동시에 어둠을 찢는 요란한 소리가 들려온다. 혼이 불쾌한 얼굴로 소리 나는 쪽을 돌아본다.

서로 다른 그림자가 앞다투어 오고 있다. 사람의 그림자 하나, 자그마한 꽃노루 그림자 하나. 대가리가 곧 목에서 떨어질 것처럼 들렁이는 녀석이다. 아비보다 먼저 그것이 너에게 달려든다. 노루 이빨이 네 혼에 박힌다. 서둘러 다가온 아비가 죽은 힘으로 그것을 쳐낸다. 여기까지 오는 동안 노루에 뜯겨 너덜너덜해진 아비의 혼이다. 꽃노루가 옆 사람의 몸 위로 떨어진다. 꿈에 취한 듯 아비를 따르며 물 만난 수초같이 덩실거리는 너의 혼.

와하하하하, 학생들이 너를 보고 웃는다. 네가 자꾸 P의 말을 틀린다.

아비가 어서 가자는 손짓을 한다.

네가 다시 뒤를 돌아본다. 눈 쌓인 자그마한 둔덕 두 개가 보인다. 누구에게랄 것도 없이 미안한 마음이 든다. 그 마음을 어디에 두고 떠나야 할지 모른다.

학생들이 너의 말을 따라 하는 소리가 눈발처럼 흩뿌려진다. 네가 그린 양 떼가 너를 찾는다. 정 선생의 말소리와 마리나의 얼굴이 뒤섞인다. 그건 아니지, 하며 네가 웃는다. 그 지경인데도 틀린 말은 교정해주고 싶다. 둔덕 위로 내려앉은 네 목소리가 서둘러 흰빛을 좇는다. 뒤늦게 너를 따르던 양 떼가 운다. 말에 취한 양들이 제 목소리를 잃는다. 어두운 칠판이 숲처럼 흔들린다.

혼이 가는 소리가, 숨—빗소리로 허공에 떠오른다.

살사댄서의 냉풍욕

갱도를 타고 바람이 올라왔다. 갱도 입구에 서 있던 지루박이 천천히 허리를 곧추세우며 두 손으로 허공을 짚었다. 그것은 폐광의 오래된 바람과 지루박만 아는 음악이었다. 지루박이 한 일 자로 두 발을 모으고 허리를 비틀자 윤 씨의 눈에 날이 섰다가 사라졌다. 눈 흘길 짬도 없이 손님들이 몰아닥쳤기 때문이었다.

냉풍욕장 안으로 들어온 사람들이 냉기를 맞이하기 위해 두 팔을 번쩍 쳐들었다. 갱도 쪽으로 몸을 돌리니 자연스레 지루박과 마주 선 꼴이 되었다. 마치 혼신의 힘을 다해 춤을 추는 지루박에 대한 헌사같이 보이는 손들이었다. 그와 동시에 전대로 뱃살을 감춘 상인들이 일제히 일어나 손님을 부르는 소리가 욕장 입구를 뒤흔들었다. 불씨가 뜨겁게 살아 있는 화로를 하나씩 앞에 차고 앉은 상인들이었다. 찬바람에 한껏 달떠 있던 사람들이 그 소리에 홀려 좌판에 주저앉았다. 야바위판 앞에도 사람들이 몰려들었지만 지루박은 춤에 몰입하느라 제 좌판은 거들떠보지도 않았다. 윤 씨의 좌판에서 경쟁적으로 파전을 욱여넣던 사람들이 지루박의 독무를 지그시 바라보며 도토리묵 무침도 시켜 먹었다. 윤 씨는 더욱 바빠졌고, 지루박의 스텝은 폭풍처럼 현란해졌다.

이곳에서 장사가 가장 잘되는 곳은 흐엉의 쌀국수 좌판이었다. 매일 아침마다 술 덜 깬 인근의 공장 인부들부터 시작해 냉기에 바짝 몸이 언 손님들까지 모두 쌀국수 국물을 찾아댔던 것이다. 냉풍욕장은 드넓은 해수욕장을 끼고 있는 후미진 산 중턱에 위치한 곳이었다. 그래도 열쇠 꽂고 시동만 걸면 차가 데려다주는 곳이니 음주 운전 혹은 해장 운전이라도 해서 달려들 왔다. 젊은 여자 혼자 장사를 한다는 소문이 퍼지자 하루에 꼭 한두 명씩은 수작을 걸어왔다. 속풀이를 핑계 대고 국물에 해장술을 걸친 이들이었다. 등에 업은 애기는 몇 개월이냐, 애 아빠는 뭐 하는 사람이냐, 어디서 왔느냐, 거기는 또 어디 옆이냐. 질문의 건전한 내용과는 달리 손은 꼭 흐엉의 손등에 얹거나 등에 업힌 아기의 머리에 올라가 있었다. 흐엉은 웬만한 것은 그냥 넘기곤 했지만, 술꾼들이 제 아기에게 하는 장난은 절대로 그냥 두지 않았다.

엉겁결에 뜨거운 육수 한 국자를 뒤집어쓴 손이 곧바로 욕장의 천장 쪽으로 치켜 올라갔다. 칠 테면 쳐보라는 듯이 흐엉이 눈에 힘을 주었다. 한껏 올린 손 내릴 곳이 마땅찮은 술꾼들이었다. 엎어진 탁자 위로 갖은 욕설들이 국수 고명처럼 올라 앉았다.

흐엉은 끝내 그들에게서 국수값을 받아냈다. 발라당 뒤집어진 탁자와 여기저기 널브러진 의자를 정리하는 것은 어느새 야바위 좌판으로 돌아와 이쪽을 예의주시하던 지루박의 몫이었다. 지루박은 떨어진 물건을 주워준답시고 슬쩍슬쩍 흐엉의 손을 스쳤다. 자리가 어느 정도 정리가 되자 흐엉은 탁자 아래 놓아두었던 베트남 커피 한 봉지를 컵에 따른 뒤 뜨거운 물을 부었다. 다른 때 같았으면 한 잔 청했을 다른 상인들이 상황이 상황인지라 아무 말도 못하고 흐엉이 사라진 쪽을 향해 코를 벌름댔다. 지루박은 쓰레기를 버려야 한다고 수선을 떨며 채 반도 차지 않은 쓰레기봉투를 집어 들고 그녀의 뒤를 따라 나갔다.

흐엉은 주차장 한가운데 있는 개가죽나무 밑에 앉아 있었다. 쓰레기장은 그 나무를 가로질러 가야 했다. 지루박은 룸바를 추듯이 아주 느리게 걸었다. 흐엉이 나무 그늘에서 아기에게 젖을 주고 있던 사이에도 갱도는 끊임없이 바람을 밀어 올렸다. 찬바람이 아기에게 좋을 리 없다는 것은 흐엉도 잘 알고 있었다. 감기를 달고 사는 아기를 볼 때마다 가슴이 미어져 소리 없이 운 적이 많았다. 오늘은 아침부터 몰아닥치는 손님을 받다 보니 제때 젖을 짜내지 못해 등허리가 다 아팠다. 쌍둥이 중에 남은 한 녀석은 다행히 먹성이 좋고 건강한 편이었다. 흐엉은 한숨을 쉬며 젖을 빠는 아기의 얼굴을 가만히 내려다보다가 습관처럼 커피 잔에 손을 가져갔다. 카페인이 젖먹이에게 좋네 안 좋네 하는 소리들이 간간이 들려왔지만, 흐엉은 이 커피라도 마시지 않으면 도무지 지금의 생활을 견딜 수가 없을 것만 같았다. 지루박은 쓰레기장 옆에서 정염에 휩싸인 눈으로 흐엉을 주시했다. 욕장의 문이 열리고 야바위 주인 어디 있냐는 소리가 났지만, 갱도 앞에서 춤을 출 때와 같이 그는 아무 소리도 듣지 못했다.

욕장의 상인들은 종종 바람의 눈을 만났다. 폐광 깊숙한 곳에 오래 갇혀 있던 검은 눈빛들이 바람을 타고 올라온 것이었다. 녹슨 갱도를 훑느라 허기가 졌던지 그곳에서 전을 부치고 수육을 써는 이들에게 찰싹 달라붙었다. 할 말 많아 보이는 눈들이 술잔에 담겨 애처롭게 흔들렸다. 그것이 몇몇 상인들과 윤 씨의 노구를 지탱하는 힘이 되었다. 간혹 윤 씨가 담배 한 대를 피워 물 적에는 갱도 사고로 죽은 남편과 아들의 눈빛을 담아 온 바람, 남의 자식이라도 이제는 내 피붙이처럼 애처로운 눈빛이 슬슬 다가와 담뱃갑 속의 돗대에 들러붙었다. 그것이 바로 윤 씨가 줄담배를 태우는 이유였다.

윤 씨는 어느 해인가 남편이 광산 일 끝나고 도리짓고땡을 해서 딴 돈으로 사다 주었던 모직코트를 걸치고 있었다. 이곳 탄광에서 일하던 남편과 아들은 기일이 같았다. '같다'는 것이 이렇게 모진 뜻이었을까. 무너진 갱도에 낀 이끼도 썩어 먼지가 될 만큼의 시간이 지났다. 그 모진 힘으로라도 다시 일어나려 했지만 윤 씨의 무릎과 몸의 관절은 이미 상한 뒤였다. 유족들에게는 폐광 입구의 권리금을 받지 않는다는 문서가 윤 씨 앞으로 날아온 것도 그즈음이었다. 다른 것에 비해 좌판 장사는 몸을 크게 쓰지 않아도 되는 일이었다. 몇 번이나 고사하던 그녀도 결국 목도리로 얼굴과 머리를 가리고 눈만 내놓은 채 욕장으로 들어왔다. 어둠 속에서 웅크리고 있던 맑은 눈빛이 녹슨 갱도를 타고 올라와 입구를 막아놓은 쇠창살에 걸렸다. 장사를 시작한 첫날, 윤 씨는 그 쇠창살 앞에 오래 서 있었다. 어둠을 뚫고 온 바람에 제 눈을 맞추고, 그 바람을 타고 온 눈빛들에게는 촛농 같은 눈물을 꺼내주었다.

먼 친척이라는 윤 씨의 조카 지루박이 그녀를 찾아온 것은 갱도 입구에 앉아 바람을 맞은 지 십 년도 훌쩍 지난 다음의 일이었다. 이십 년 만에 고향에 돌아온 지루박은 가물가물 꺼져가는 기억을 헤집은 끝에 외당숙모인 윤 씨를 기억해냈다. 아들이 살아온 것처럼 윤 씨가 지루박을 반겨주었고, 곧 그녀의 좌판 옆에 새로운 좌판의 개업식이 열렸다. 지루박은 컵 세 개와 주사위 하나만을 가지고도 사람을 홀리는 야바위 상인이 되었다. 춤으로 표출하지 못하는 그의 끼가 야바위 좌판 위에서 새롭게 피어났다. 크지 않은 판돈을 가지고 재미삼아 좌판에 끼는 족족 지갑을 털리는 손님들이 늘어났다. 열 받은 사람들이 시켜 먹은 동동주 값을 계산하는 것은 윤 씨의 몫이었다.

지루박과 윤 씨는, 어쨌거나 외로운 처지끼리 서로 의지해 살아보자며 팔고 남은 동동주 찌꺼기까지 진하게 긁어 마셨다. 지루박이 냉풍욕장에 오고 나서부터 욕장 안에는 구성지고 한스럽다가 애교로 눙치고 넘어가는 성인 가요들이 흐르기 시작했다. 아무나 사랑을 하기도 하고, 네 박자에 맞춰 서울과 대전 그리고 대구와 부산까지 다녀오기도 했다. 한반도는 너무 좁아 태평양과 대서양, 인도양을 건너서라도 무조건 달려오겠다는 범지구적인 가사도 있었다. 지루박은 시시때때로 몸 안에 고이는 예술혼을 어쩌지 못하고 갱도 입구로 가서 혼자 춤을 추었다. 꼭 한번 배워보고 싶던 살사는 교본을 샅샅이 훑으며 독학을 했다. 좋은 사람이 생기면 파트너가 되어달라고 청하려는 마음에 꼭 독무로 추었다. 찬바람 솟구치는 어두컴컴한 갱도 입구에서 쇠창살들을 배경으로 신들린 사람처럼 손을 올리고 허리를 꼬아대는 지루박을 볼 때마다 윤 씨의 눈이 곱지 않게 찌그러졌다.

처음에는 정신 사납다고 타박하던 상인들도 지루박이 만

면에 웃음을 머금고 다가와 손을 잡고 허리를 휘감아주면 언제 그랬냐는 듯이 함빡 웃어 보였다. 손이라도 좀 잡아달라며 먼저 들이대는 여자도 많았다. 지루박은 재림한 예수처럼 손을 뻗어 그들의 갈급함에 응답을 해주었다. 현란한 춤과 노래에 흠뻑 젖은 일일 교인들이 몸은 지루박에게, 지갑은 통째로 야바위판에 내던졌다. 그러나 지루박은 뒤탈 없게 수위를 조절할 줄 아는 프로 중의 프로였다. 그런 그의 눈에 말없이 제 할 일만 착실하게 하고 사는 흐엉이 들어왔던 것이다. 그가 살던 세계에서는 볼 수 없는 참하고 맑은 여자였다. 더군다나 지루박과는 특별한 인연이 있는 여인이 아니던가.

흐엉은 막 빨간 고무 다라이 안에 잠든 아기를 눕히는 중이었다. 그때 누군가 욕장의 문을 여는 기척이 났다. 상인들의 눈이 한꺼번에 그리로 쏠렸다. 그중에서도 흐엉이 가장 먼저 얼굴을 돌렸다. 알코올 중독 증세가 심각한 안경쟁이였다. 오십대 초중반쯤 되었을까. 술에 절어 있어 더 늙어 보이는 것인지도, 세파를 외면한 것 같은 눈빛이라 더 젊어 보이는 것인지 모를 애매한 사람이었다. 막 닫히려는 욕장 문 사이로 발 하나가 쑥 들어왔다. 모두의 눈에 익은 신발이었다. 이번에는 흐엉이 가장 늦게 고개를 돌렸고, 지루박은 신발을 보자마자 갱도 쪽으로 아예 몸을 틀었다. 흐엉 앞으로 성큼성큼 다가온 두용이 국수 한 그릇을 청했다. 지루박은 탁자 위로 거칠게 손을 뻗어 시디플레이어의 볼륨을 크게 높였다.

두용은 연신 국물만 들이켰다. 그러나 절반도 채 먹지 못하고 젓가락을 내려놓았다. 무슨 일인가 싶은 흐엉이 두용에게 말을 건네려 했지만 아기가 우는 바람에 기회를 놓쳤다. 두용이 사천 원을 탁자에 올려놓고 욕장을 빠져나갔다. 흐엉은 그런 두용이 걱정되었지만 우는 아기 때문에 선뜻 따라나서지 못했다. 윤 씨에게서 애 우는 소리 안 들리느냐고 타박을 들은 지루박이 그제야 음악을 껐다.

두용은 멀리 가지 못했다. 밤새 고민을 하던 뒤끝이라 술 먹은 다음 날처럼 누렇게 얼굴이 떠 있었다. 굳게 다짐을 하고 왔지만 흐엉의 얼굴을 보자 다짐은 오간 데 없고 목이 메어 제대로 앉아 있을 수가 없었다. 두용은 주차장에 세워둔 용달차 안으로 들어가 운전대에 머리를 박았다. 연신 생목이 올라왔다. 그가 목에 힘을 주자 눈물이 쑥 뿜어져 나왔다. 담배 한 대 태운답시고 욕장 밖으로 나온 지루박의 레이더망에 두용의 용달차가 포착되었다.

"왜 그래?"

두용은 차라리 귀를 닫아걸고 싶었지만, 어차피 오지랖 넓은 인간이니 한 번 더 물어올 것이라 짐작했다. 그러면 못 이기는 척 모두 다 말해버릴 작정이었다. 하지만 지루박은 더 묻지 않았다. 두용이 그만 울음을 터뜨렸다. 지루박은 당황했다. 딱히 위로할 마음은 아니기 때문이었다. 지루박은 우는 두용을 피해 서둘러 욕장 안으로 들어가버렸다. 아기를 어르던 흐엉이 눈짓으로 물어왔으나 그는 그녀의 눈을 피했다. 용달차 안의 두용은 몸을 한껏 움츠린 채 다시 깊은 고민 속으로 빠져들어갔다.

"(꼬르륵) 지금 전파를 찾고 있는 중입니다."

밤늦게 태운 손님이 산 중턱의 저수지까지 가자는 말에 두용은 갈까 말까 주저했다. 그러다 몇 차례의 흥정 끝에 돈을 조금 더 받기로 하고는 열심히 택시를 몰았다. 저수지 옆집에 손님을 내려준 뒤에도 휴대전화는 제대로 작동되었고, 고장 난 지 일주일도 더 지난 내비게이션은 여전히 'GPS를 탐색'하는 중이었다. 왔던 길로 되짚어 내려가다 그만 샛길로 들어선 두용이 한참 지나서야 혹시 잘못 온 건 아닌가 하는 생각을 하던 때였다. 신기하게도 내비게이션이 작동을 하기 시작한 게 아닌가. 이번엔 잘 터지던 휴대전화가 '전파를 찾기 시작'했다.

두용은 내비게이션이 친절하게 알려주는 대로 길을 따라갔다. 그러다 산속 더 깊은 곳까지 들어가버리고 말았다.

"거참, 허…… 거참!"

두 눈을 슴벅이던 두용이 끝내 혀를 찼다. 이제 믿을 거라곤 오로지 두용의 동물적인 방향 감각뿐이었다. 하지만 그것이 야생 호랑이의 번뜩이는 밤눈인지, 집토끼의 졸린 밤눈인지는 도통 감을 잡을 수가 없었다. 며칠 전에 내린 눈이 아직도 녹지 않은 산골의 구불구불한 길을 굳건히 달려 내려오던 두용은 저녁 먹을 때 물에 담가놓고 온, 빨간 고무 다라이 안의 알밤 한 자루를 생각했다. 내일 아침 차례상에 올라갈 밤이었다.

두용의 택시는 급경사 길을 만났지만 개의치 않고 용감하게 시속 20킬로미터로 내려갔다. 무조건 아래로 내려가면 아는 길이 나올 것이라는 판단에서였다. 그런데 급경사가 끝나는 지점에 용달차 한 대가 발라당 뒤집어져 있는 게 아닌가. 아직 꺼지지 않은 헤드라이트가 어두운 산속을 향해 애처롭게 빛을 내뿜고 있었다. 용달차 앞에는 사람으로 보이는 형체가 꾸물대는 것이 보였다. 택시 안에서 두용이 총알처럼 튀어나왔지만 말은 그보다 좀 늦게 나왔다.

"사, 사사산…… 규? 이, 이이봐유!"

엎어져 뒹굴고 있는 사람은 다름 아닌 여자였다. 게다가 여자는 핏덩이, 말 그대로 피와 양수를 뒤집어쓰고 아직 눈도 제대로 뜨지 못한 갓난아기를 안고 있었다. 두용은 다급히 점퍼를 벗었다. 아침에 지퍼를 올리다 내복이 맞물렸지만 빼기 귀찮아 그냥 올려버린 바람에 점퍼와 내복이 하루종일 붙어 있었는데, 그가 서두른 탓에 내복이 찢어졌다. 두용은 점퍼로 둘둘 싼 핏덩이를 택시의 조수석에 올려놓았다. 신음하고 있는 산모도 질질 끌어다 차 뒷좌석에 태웠다. 숨 돌릴 틈도 없이 두용은 용달차 안을 살피러 뛰어갔다. 들어간 길도 찾지 못하고 제자리를 뱅뱅 돌 때와는 달리 민첩한 두용이었다. 그러나 그가 아무리 이곳저곳을 살펴봐도 여인과 같이 있었을 거라 짐작되는 사람이 없었다. 다급해진 두용이 차 안을 뒤져 여인의 것으로 보이는 가방을 들고 타시 택시로 왔다.

"이제 아무 걱정하지 마류. 지가 뱅언까지 델다 줄규. 아, 아가, 쪼끔만 참아라잉!"

그때까지만 해도 두용은 알지 못했다. 신음하며 쓰러져 있던 산모가 또 하나의 생명을 세상 밖으로 내어놓으려 하고 있다는 사실을.

"아아, 워쩜 좋데유! 쫌만, 쫌만 더 차머봐유!"

산모의 비명과 핏덩이의 애처로운 들숨과 날숨이 두용을 한꺼번에 짓눌렀다. 산모를 택시에 태울 때의 비장함과는 다르게 두용은 차라리 울고 싶었다. 그래도 우선은 자신의 차에 실린 생명들을 살리고 봐야 하는 것이 아닌가. 두용은 차 안의 히터를 최대치로 높였다.

"(띠리링) 전파를 수신하였습니다."

하느님을 만난다면 이렇게 반가울까. 두용이 한 손으로는 운전대를 잡고, 다른 한 손으로는 휴대전화의 폴더를 밀어 올렸다.

"있쥬, 아, 여기 있잖유! 지가 산모를 태웠는디유, 워디루 가믄 좋아유? 아니, 지금 내가 뺑언 가는 걸 몰라서 묻는 거 가튜? 에, 근디…… 여가 어디냐믄, 아뉴, 잘 모르겄구유…… 차가 뒤집어 졌는디, 길에서 애기를 봤슈. 지가 지나가다 실었슈. 근디 배 속에 애기가 하나 더 있구먼유. 지금 막 나올라 그류. 아뉴, 애기 하나는 조수석에 있구유, 거 말 좀 똑바로 알아드류, 쫌!"

그 순간 산모와 두용이 동시에 비명을 질렀다. 산모에게 머리채를 잡힌 채 운전을 하면서도 두용은 119 구조대와 끊임없이 전화 통화를 한 덕분에 응급실이 있는 시내 중소 병원을 찾을 수 있었다.

응급실에 도착하기 직전에 산모가 비명을 내지르며 뒤로 나가떨어졌고, 택시가 큰 S자로 휘청거렸다. 두용은 뽑힌 머리가 아파서 우는 것인지, 방금 나온 아기가 울어 자신도 울고 있는 것인지 모를 눈물을 흘렸다. 점퍼에 싸인 아기를 데려간 간호사가 보호자 대기실에 앉아 있는 두용에게 다가왔다. 다행히 모두 무사하다고 했다. 그런데 산모가 외국 여자라는 말을 전해주었다. 두용은 자신이 데려온 산모의 얼굴을 머릿속에 찬찬히 그려보며 자판기 앞으로 다가갔다.

마음이 한결 가벼워진 두용은 자판기가 막 뿜어낸 뜨거운 커피를 단숨에 털어 넣었다. 제자리에서 훌쩍 뛰어오른 두용은 데인 혀끝을 윗니에 문지르며 주차장에 세워둔 자신의 택시로 걸어왔다. 택시 안에 있던 지폐와 동전을 잡히는 대로 집어 들고 다시 병원으로 들어갔다. 응급실의 간호사에게 산모가 깨어나면 전해달라는 말과 함께 돈을 건네주었다. 지폐와 동전을 한 움큼 받아든 간호사를 뒤로하고 두용이 어깨를 으쓱하며 돌아섰다. 산모가 잡아 뜯어 원형 탈모증에 걸린 사람처럼 정수리가 뻥 뚫린 두용의 머리 위로 자정을 알리는 라디오 소리가 내려앉았다.

흐엉과 두용은 새해 벽두에 그런 기막힌 인연을 쌓은 사이였다. 운전대를 부여잡고 울던 두용은 자기도 모르게 잠들었다 아무도 깨우지 않았는데 화들짝 놀라며 깨어났다. 잠시 눈 감고 고민만 한 것 같았는데 어느새 노을이 지고 있었다. 게다가 꿈인 듯 바로 눈앞에 흐엉의 얼굴이 떠 있는 것이 아닌가. 흐엉은 두용이 워낙 곤하게 잠든 것처럼 보여 내심 마음을 놓고 있던 시간이었다. 두용이 흐엉의 손을 끌고 개가죽나무 밑으로 갔다. 이제는 이야기를 해야 할 때라는 것을 알았지만 그녀의 손을 잡았다는 감격에 다시 말문이 막혔다. 답답하기로는 흐엉도 마찬가지였다. 어차피 두용이 하는 말의 절반도 이해하지 못하는 처지였다. 두 사람은 아무 말도 못 하고 손을 맞댄 채 가만히 서 있었다. 냉풍욕장 지척에 있는 해수욕장의 짠바람이 다가와 말없이 서 있는 두 사람을 끈끈하게 에워쌌다.

욕장 안에서는 윤 씨가 아기를 달래는 중이었다. 엄마가 나가 돌아오지 않으니 젖을 물릴 수도 없고, 그렇다고 막 물이 끓는 화로 옆을 떠날 수도 없었다. 찬바람 맞고 배부르게 음식을 먹은 다음에 지루박의 야바위 좌판에서 놀던 손님들이 자리를 떴다. 윤 씨의 품에서 엄마 찾아 우는 아기를 지루박이 받아 안았다. 그러다 갑자기 떠오른 다른 아기 생각에 지루박은 괜히 안아보았다는 듯한 기분에 휩싸여 아기를 윤 씨에게 돌려주었다. 대취해 졸고 있는 안경쟁이의 술잔을 정리하던 윤 씨가 변덕 부리는 지루박을 못마땅한 표정으로 바라보았다. 지루박은 좌판 정리를 하다가 느닷없이 노래를 바꿔야 한답시고 소란을 피웠다. 그러면서도 자꾸 욕장 입구 쪽을 흘깃거렸다.

지루박이 도와 시의 경계를 자유롭게 넘나들며 사모님, 이 양 김 양들과 지르지르 턴턴, 자자 차차차 하던 때였다. 지루박은 세상에서 부러울 게 없는 사람이었다. 앉은자리에서 손만 올리면 온몸으로 돌진해 오던 여자들이 있었기 때문이었다. 그들은 지루박이 필요한 걸 말하기도 전에 이미 그에게 여러 가지 것들을 가져다주었다. 지루박이 손을 한 번 잡아 끌어주면 여자들은 입고 있던 속옷을 벗어주거나, 당장에 집문서라도 넘겨줄 것처럼 황홀해했다. 그러나 지루박에게는 누구에게도 말 못할 고통스러운 고민이 하나 있었다.

어느 순간부터 발기가 되지 않았던 것이다. 곁에 있는 여자들의 어깨와 허리를 부둥켜안고 춤을 추다 보면 원치 않는 순간에도 존재 증명을 하고 있던 그것이 그만 '임뽀우텐츠'가 된 것이 아닌가. 그는 아무도 모르게 오래 앓았다. 온갖 좋다는 약재나 시술들을 다 동원해보았지만 소용이 없었다. 날이 갈수록 고민은 깊어졌으나, 그에 반비례하듯이 여자를 이끄는 손과 다리의 유연성은 날로 신묘해져갔다. 지루박이 한번 떴다 하면 전국에서 모여든 수많은 여자들이 줄을 섰다. 그러나 춤이 끝난 다음의 환상적인 밤을 고대하던 그녀들은 금방 지루박의 상태를 알아차렸다. 그가 채워주지 못한 여자들의 결핍은 곧 은밀한 소문으로 표출되었다. 지루박은 환장할 것 같은 마음으로 그 자리에서 오 개월을 더 버텼다.

그를 향해 모여 있던 사람들이 흩어지는 데 그다지 많은 시간이 걸리지 않았다. 가장 큰 물주였던 사모님들을 필두로 그의 곁에 모여 있던 여인들이 민들레 홀씨보다 빠르게 날아갔다. 지루박은 그만 물러서야 할 때임을 직감했다. 밤의 제왕, 밀고 당기기의 황제에서 이름 없는 촌부가 되기로 했던 것이다. 평생의 숙원이었던 살사 댄서의 꿈은 마음속 깊은 곳에 묻어두었다. 겉으로야 최고의 자리에 있을 때 사교계를 은퇴한다는 명분이었지만 알 만한 사람들은 이미 알고 있는 지루박의 급소였다. 떠들기 좋아하는 것들이야 자기들 뒤가 구리거나 말거나 잘됐다 싶은 마음에 이미 커다란 확성기를 구입해 말들을 쏘아대는 와중이었다. 그는 미련 없이 댄스화를 벗었다.

지루박이 어릴 적에 살던 곳은 이미 다른 이의 집이 된 지 오래였다. 혼자된 외국인 여자가 아기를 키우며 산다고 했다. 외당숙모의 집에서 며칠 동안 아무것도 하지 않고 밥만 축내던 그가 처음으로 마을 산책을 나선 날이었다. 걷다 보니 어느새 그가 살던 옛집 앞이었다. 많이 변한 집의 외양을 보고 울적해진 마음으로 돌아서는 지루박의 귀에 아기 울음소리가 들려왔다. 지루박은 잠시 멈춰 서서 제가 살던 방에서 새어 나오는 소리에 몸을 기울였다. 그도 아버지가 되고 싶던 적이 있었다. 그러나 이제는 그럴 수가 없게 된 몸이었다. 착잡한 표정으로 뒤돌아서는 지루박의 귀에 아기 우는 소리가 줄기차게 달라붙었다. 단순히 칭얼대는 소리가 아니었다. 불길한 예감이 든 지루박이 어렵사리 대문 안으로 발을 들여놓았고, 다시 두어 번쯤 망설인 끝에 방문의 손잡이를 잡아당겼다.

열린 문틈으로 고약한 냄새가 튀어나왔다. 그는 숨을 참고 방으로 들어갔다. 지루박은 방 안의 상황을 단박에 꿰뚫었다. 울고 있는 아기를 들어 마당에 내놓고 재빨리 방으로 뛰어갔다. 어미로 보이는 여자도 밖으로 끌어냈다. 부엌 쪽에 얼굴을 돌리고 늘어져 있던 아기는 이미 숨이 끊어진 뒤였다.

　지루박은 경찰서에 불려가 세 시간 동안 조사를 받고 나왔다. 외당숙모의 말에 의하면 아기와 엄마는 쉽게 퇴원을 할 수가 없는 상황이라고 했다. 죽은 아기는 곧바로 화장을 해서 바다에 뿌려주었단다. 동네 이장이 오래간만에 이장다운 일을 했다며 윤 씨가 이죽거렸다. 지루박을 향해서는 등짝을 있는 힘껏 두들기며 장한 일을 했다고 치켜세웠다. 지루박은 병원에 한번 가봐야 하는 것은 아닌가 싶었다. 그런데 아기들 엄마의 얼굴을 보고 딱히 할 말이 생각나지 않았다. 더군다나 말도 제대로 통하지 않을 게 아닌가. 지루박은 마을 사람들과 함께 병문안 가는 윤 씨 편에 오렌지 주스 한 박스를 사 보내는 것으로 인사를 대신했다.

　병원에서 돌아온 흐엉은 아들이 누워 있던 자리에 널브러진 채 사 년 전, 처음 이 방에 들어오던 때를 생각했다. 오십도 훌쩍 넘은 남자에게 시집을 온 스물한 살의 처녀였다. 밤이면 밤마다 어린 흐엉을 이리저리 앉혔다 눕혔다 하며 몸을 탐하기에만 바쁘던 남편이었다. 그런 그가 흐엉의 등 뒤에서 심장마비를 일으킨 것은 그녀의 잘못이 아니었다. 그러나 어린 아들의 죽음 앞에서 그녀는 이미 죄인이었다. 낯설고 먼 길을 혼자 가야 하는 어린 아들 생각에 가슴이 타들어 갔다. 죽은 남편을 꿈에서라도 만나게 된다면 뺨이라도 한 대 후려치고 싶은 심정이었다.

남편을 만난 것도 아닌데. 가만히 누워 있던 흐엉이 갑자기 부엌으로 달려가서 가스 배관을 잡아 뜯었다. 터진 고무 배관 곳곳에 쥐 이빨 자국이 선연했다. 맨손으로 잡아 뜯은 고무관을 마당 한가운데로 내던졌다. 부엌 옆에 묶여 있던 가스통도 마당 쪽으로 굴려버렸다. 때마침 집으로 찾아왔던 윤 씨와 지루박이 고무 배관에 성냥불을 긋고 있는 그녀를 진정시켰다. 흐엉은 윤 씨의 품에 안겨 오래 울었다. 머쓱하게 서 있던 지루박은 가만히 잘 놀고 있는 아기를 안아 올렸다. 그래도 병문안은 한번 가야 하는 게 아니냐는 윤 씨의 말에 마지못해 나선 길이었다.

흐엉에게 그냥 베트남으로 돌아가라고 생각 없이 말을 하는 사람도 있었다. 혼자된 젊은 여자가 어쩌고 지내는지 괜히 궁금해하는 치들도 많았다. 그래도 생면부지인 마을 여자들이 밥을 챙겨다 주었고, 누군가는 병구완을 해주러 오기도 했다. 고향 음식이 그리울 거라며 시장에서 베트남산 건어물들을 사다 주는 손도 있었다. 기운을 차린 흐엉은 맨 먼저 생명의 은인인 지루박을 찾아가 허리를 깊게 숙이며 고맙다는 마음을 전했다. 방에서 혼자 열심히 살사를 연습하던 지루박은 귀신처럼 머리를 풀어 헤치고 찾아온 외국 여자가 정말 귀신인가 싶어 허공에 손을 올린 채 얼어붙었다.

늙은 남편의 소유였던 용달차는 아이들을 낳던 날 밤에 인연이 닿았던 택시 기사가 맡아주었다. 스페어 택시 기사, 두용은 열과 성을 다해 찌그러진 용달차를 고쳐왔다. 간혹 집 울타리 안의 이곳저곳을 손봐주러 오기도 했다. 흐엉은 그냥 고향으로 돌아가버릴까 여러 번 생각해보았지만 당장은 비행기표 살 돈도 없었다. 게다가 이 상태로 돌아가는 일은 죽기보다도 싫었다. 어떻게 떠나온 고향인가 싶었고 또 그곳에 가더라도 별 뾰족한 수가 있는 것도 아닌 까닭이었다.

흐엉은 다시 '이장다운 일'을 하러 찾아온 마을 이장과 윤 씨의 주선으로 냉풍욕장 맨 끝에 자리를 잡았다. 흐엉은 다행히 손맛이 좋았다. 때마침 이 작은 바닷가 마을에까지 베트남 쌀국수 열풍이 불었다. 고향에서 먹던 맛보다는 조금 싱겁게 간을 하고, 술 먹은 다음 날 속 풀기 좋게 돼지 잡뼈와 닭발로 국물을 내었다. 아기를 그대로 집에 둘 수가 없어 고민하던 차에 두용이 아기 목욕이나 시키라고 선물해준 빨간 다라이가 생각났다. 산후 조리 기간에 쓰던 두꺼운 이불도 준비했다. 그래도 피할 수 없는 찬바람은 이 어미가 온몸으로라도 막아주리라는 다짐도 빠뜨리지 않았다.

냉풍욕장에 아기가 나타나자 그곳의 상인들은 욕장 안에서 담배를 피우는 이들을 바깥으로 내쫓아주었다. 지루박의 좌판도 자리를 잡아가고 있던 시기였다. 지루박은 자신과 특별한 인연이 있는 아기의 정서를 위해 간혹 클래식 음악을 틀어주었다. 그러나 클래식을 듣다가 몇 번이나 조는 바람에 윤 씨에게 이제 여기서 잠까지 처자냐는 통박을 먹었다. 그래도 지루박은 흐엉 모녀를 위해 성의껏 배려했다. 아기가 잘 때는 음악 소리를 조그맣게 줄이기, 흐엉이 자신을 바라봐준다고 느낄 때마다 함박웃음을 지어주기, 흐엉이 없을 때 우는 아기를 들어다 윤 씨에게 맡기기, 언젠가는 흐엉과 살사를 추는 날이 올 테니 그때를 위해 연습을 게을리하지 않기!

지루박은 나름대로 무척 바빴다.

장사를 시작한 지 얼마 되지 않아 흐엉은 이 동네 사람들이 밥보다 더 즐겨 먹는 것이 있다는 것을 알게 되었다. 밥을 먹자마자 타 먹는 봉지 커피 한 잔은 마치 경건한 식후 의식을 치르는 것처럼 느껴졌다. 한참을 궁리하던 끝에 흐엉은 얼마간의 돈을 친정에 부친 다음 베트남 커피를 공수해 왔다. 처음에는 그 맛이 느끼할 정도로 진하다던 사람들이 쌀국수 먹은 다음엔 베트남 커피가 제격이라며 한 잔에 천 원이나 하는 커피를 사 먹고 갔다. 쌀국수보다 커피가 더 많이 팔리는 날도 생겼다. 찬바람 찾아 욕장에 들어 왔던 이들이 순식간에 냉동된 몸을 녹이려고 뜨거운 커피를 찾아댔던 것이다.

두용도 매일 점심을 먹으러 욕장으로 왔다. 처음에는 한 그릇이라도 더 팔아주려는 심산이었지만 이제는 습관이 된 일이었다. 자주 들르다 보니 지루박이 흐엉에게 야한 농담을 하는 장면도 목격했다. 흐엉이 잘 알아듣지 못하자 지루박은 직접 시범을 보여주겠다며 자리에서 일어나다 두용의 매서운 눈빛을 받았다. 그날부터 두용은 몹시 불안해졌다. 점심 먹고 돌아간 지 얼마 되지도 않았는데 새참을 먹겠다는 핑계로 시도 때도 없이 욕장에 들렀다. 그러나 두용에 대한 지루박의 경계 또한 만만치 않았다. 둘은 서로의 구역을 침범하지 않으면서도 여차하면 붙을 기세로 상대방을 곁눈질했다.

하필 이렇게 중요한 시기에 두용이 몰고 다니던 용달차가 경매에 넘어가게 생긴 것이었다. 흐엉의 죽은 남편의 명의로 된 차였다. 알아본 바에 의하면 흐엉의 남편은 죽기 전에 이미 파산하여 신용불량자가 된 사람이었다. 글자를 읽기는 해도 제대로 이해할 수가 없었던 흐엉이 마침 점심을 먹으러 온 두용에게 이것 좀 봐달라며 봉투를 내밀었던 것이다. 차압 문서를 가지고 돌아갔던 두용은 흐엉에게 그 사실을 전하지 못하고 혼자 속만 끓였다. 당장 넘어가게 생긴 용달차는 물론이고 그녀의 앞으로도 천 3백만 원이 넘는 큰돈이 채무로 남아 있다는 말을 대체 어떻게 꺼낸단 말인가.

두용은 우선 혼자서 해결해보기로 작정했다. 그렇게 해서라도 저 신산한 삶을 사는 여자의 짐을 덜어주고 싶었던 것이다. 그런데 신산하기로는 두용도 만만치 않았다. 둘이 힘을 합한다면…… 옷깃만 스쳐도 인연이라지 않았나?

생각만 했을 따름인데 마치 복잡한 일들이 모두 해결된 것만 같았다. 지루박의 눈빛이 좀 걸리긴 했지만 두용은 자신의 패기 또한 그에 뒤지지 않는다고 굳게 믿었다.

잔뜩 술에 취한 안경쟁이가 좌판에 앉은 채 잠들어 있었다. 코밑까지 흘러내려온 안경을 추켜올려주던 윤 씨가 그만 멈칫했다. 가만히 안경쟁이의 얼굴을 들여다보던 윤 씨의 코끝이 빨갛게 물들었다. 살아 있었더라면 자신의 아들도 요런 얼굴에다가 이렇게 생긴 주름을 만들었을까 생각하니 갑자기 술 생각이 간절했다. 아침에 일 시작하기 전에 한 병 따서 홀짝홀짝 마시던 동동주 병이 홀랑 비어 있었다. 열심히 춤을 추던 지루박이 갈증 난다고 병째 마셔버린 까닭이었다. 새로 한 병 딸까 했지만 오늘은 그럴 수가 없었다. 미처 해두지 못한 일들 투성이였다. 윤 씨는 눈을 돌려 지루박을 찾았다. 얼근하게 취한 지루박은 손님 셋을 모아두고 야바위판에서 신나게 컵을 돌리느라 바빴다. 발은 이미 음악 소리에 맞춰 리듬을 타는 중이었다. 그러면서도 눈은 흐엉을 바라보았다. 윤 씨는 문득 혀를 차는 시간도, 한숨을 쉬는 것도 아깝게 느껴졌다.

윤 씨는 전을 부치고 정성스럽게 과일을 깎았다. 어제 밤새 밥솥에 넣고 삭힌 식혜를 거르고, 오징어와 명태포를 잘랐다. 손님 받는 간간이 나물도 무쳤다. 상이 다 차려지면 갈아입으려고 검은 정장 바지까지 챙겨두었다.

　시끌벅적하게 손님을 상대하던 지루박이 여자 하나를 홀려 같이 춤을 추기 시작했다. 그 소란에 잠깐 깨서 멍하니 주변을 둘러보던 안경쟁이가 다시 술을 청했다. 윤 씨는 안경쟁이가 몇 번이나 술 달라고 주정하는 것을 못 들은 척했다. 오늘은 그의 주정을 받아줄 여력이 없는 탓이었다. 그녀는 지금 올 때가 되었는데 오지 않는 사람들을 기다리는 중이었다. 상이야 어떻게든 차려질 테니 시간만 가면 되는 것이고, 와야 할 이들이 오지 않으니 더 목이 탔다. 사고가 난 뒤로 한 해도 거르지 않고 찾아오던 아들의 친구들이었다. 어버이날이 되면 으레 걸어오던 전화도, 제사는 몇 시에 지내실 예정이냐며 넌지시 물어오던 안부 전화도 올해는 없었다.

　깊은 데서부터 녹슨 갱도를 훑고 온 바람이 오로지 윤 씨 쪽으로만 몰려오는 것 같았다. 안 그래도 굽은 허리가 더욱 오그라들게 차고 습한 바람이었다.

　지루박은 흐엉의 탁자를 둘러싸고 있는 사람들 때문에 그쪽으로 쉽게 다가설 수가 없었다. 흐엉은 고향 가까이에서 왔다는 사람들을 만나 이야기를 나누는 중이었다. 처음 만났지만 생김새가 같고, 똑같은 말을 할 수 있다는 것만으로도 피붙이를 만난 것처럼 반가웠다. 신이 난 흐엉은 푸짐하게 말아놓은 쌀국수에 고기 고명을 듬뿍 얹었다. 맥주잔에 베트남 커피를 두 봉지나 넣어 한가득 타 주기도 했다. 욕장에 놀러온 옆 동네 공장의 외국인 노동자들이었다. 친정집과 가까운 곳에 살았다는 사람에게는 혹시 제 동생을 아느냐, 같은 학교 나오지 않았느냐며 재차 물어보았다. 물론 욕장 상인들은 흐엉의 말을 알아들을 수가 없었다. 금쪽같이 아끼는 커피를 돈도 안 받고 타 주는 것을 보며 지레짐작해 볼 따름이었다.

지루박은 내내 좌불안석이었다. 갱도 입구까지 갔다가, 아기에게 사탕을 준답시고 흐엉의 좌판 쪽으로 가서는 말도 못 붙여보고 돌아오기도 했다. 춤이라도 출까 했지만 마음에 드는 음악이 없어 썩 내키지 않는다는 표정으로 시디플레이어만 노려볼 뿐이었다. 새참 먹으러 왔던 두용도 다른 사람 보듯이 그녀를 쳐다봤다. 그러다 그들의 틈에 끼어 국수 한 그릇을 그냥 마시다시피 했다. 두용은 떨어지지 않는 발걸음으로 주차장까지 걸어왔다. 먼저 개가죽나무 밑으로 와 있던 지루박에게서 흐엉이 오후 내내 저러고 있다는 말을 전해 들었다.

"……그려, 외론 겨. 암만! ……외로웠을 겨."

두 사람이 하나의 주제를 가지고 그렇게 심각한 표정으로 대화를 나누는 것도 처음 있는 일이었다. 내친김에 담뱃불도 서로 주고받았다. 그러다 보니 옆에 서 있는 인간이 내편인지 연적인지 구분이 되질 않았다. 그러나 한자리에서 담배 빼물고 있는 처지가 같으니 '우선은 내 편'이 아닌가 하는 결론을 내렸다. 그렇다손 치더라도 서로 마주 보고 담배 연기를 내뿜을 수는 없었다. 둘은 함께 몸을 돌려 해수욕장 쪽을 바라보았다.

나란히 서 있는 처지지만 둘은 각기 다른 생각으로 속이 복잡했다. 흐엉에게 용달차가 넘어가게 생겼다는 말을 드디어 해보기로 결심했던 두용은 예상치 못한 상황에 다시 할 말을 잃었다. 지루박도 갑갑하기는 마찬가지였다. 나름 열심히 추파를 던졌으나 저 여자가 자신의 마음을 알아주는 것 같지 않아 심란하던 차였다. 지금까지 알게 모르게 욕장 안에서 그녀에게 들인 공이 얼마던가. 저 여자라면 자신의 약점을 보완해줄 수도 있을 것 같았다. 아기 하나가 딸려 있으니 살림을 차리더라도 훨씬 수월하게 가족의 모양새를 만들 수 있지 않을까 하는 계산도 끝냈다. 이제 좀 안정적인 삶을 살고 싶은 마음에서였다. 댄스 교습소라도 차리면 밥벌이 정도는 거뜬하게 해결할 수 있다는 데까지 생각이 미쳤다.

욕장을 빠져나온 바람이 흐엉의 목소리를 나무 그늘로 옮겨다 주었다. 오늘 그녀는 유쾌하고 명랑한 이십대의 아가씨로 돌아간 듯했다. 서둘러 담뱃불을 끈 지루박이 욕장 안으로 들어갔고, 두용은 어디선가 걸려온 전화를 받고는 급히 차에 올라타 시동을 걸었다.

외국말 하던 인간들이 자리를 막 뜨고 있었다. 그 와중에도 지루박은 재빠르게 누가 흐엉에게 눈을 주고 있는가를 파악했다. 지금 흐엉에게 꽂히고 있는, 은밀하게 다가와 산 채로 먹이를 포박하는 거미줄 같은 끈끈한 눈빛은 지루박이 그간 그녀에게 꾸준히 보내던 것이었다. 지루박은 저치들이 다음에 다시 오면 어떻게든 시비를 걸어 내쫓겠다는 다짐을 했다. 오늘따라 찾아오는 손님도 별로 없었다. 지루박은 그래도 긴장의 끈을 놓지 않았다. 그의 생각으로는 '그 인간들 간 지 얼마 되지도 않았고, 밥 처먹고 간 지 몇 시간도 안 지난' 오후 네 시. 또 두용이 왔다. 안 그래도 심기 불편한데 볼썽사나운 인간까지 자꾸 들어오자 지루박은 아예 이 냉풍욕장의 출입구를 봉쇄해버리고 싶었다.

갱도가 잠깐 숨을 멈추었다. 일순간 욕장 안의 모든 소리들이 잠잠해졌다. 윤 씨가 바쁘게 움직이며 상을 차리는 소리만이 그 정적을 밀어내었다.

시비의 발단은 두용이 가져온 바나나였다. 두용은 백화수복 4홉들이 한 병과 바나나를 가져와 술은 윤 씨에게, 바나나는 흐엉에게 건네주었다. 흐엉을 향해 드디어 오래 고민하던 말을 꺼내려던 찰나, 지루박에게 기습을 당했다. 지루박이 몰던 음식물 쓰레기를 가득 실은 리어카 바퀴가 두용의 바나나를 짓뭉갰던 것이다. 두 사나이는 드디어 싸워야 할 이유를 발견한 사람들처럼 곧바로 엉겨 붙었다. 처음부터 마음에 안 들었다느니, 뭔가 흑심을 품고 다가온 거 다 안다느니, 흑심을 품다니 내가 무슨 연필이냐, 탄광이냐고 맞받아쳤다. 중간에 낀 흐엉이 말려보려고 했지만 역부족이었다. 흐엉은 저도 모르게 베트남 말을 하고 있었다. 보다 못한 상인들이 나섰다. 한동안 여러 사람이 엉겼다 풀어지고 또 붙었다 저절로 흩어졌다.

욕장 이쪽과 저쪽에 같은 극의 자석들처럼 떨어진 두용과 지루박이 쓰레빠도 짝이 있고 양재기도 손잡이가 있다느니, 네 짝을 왜 여기서 찾느냐며 쉬지 않고 되받아 치는 사이에도 찬바람이 올라와 사람들의 뼛속 깊은 곳까지 스며들었다. 흐엉은 얼른 아기와 함께 집으로 돌아가고 싶은 마음이었다. 그녀의 입장에서는 아기와 자신의 목숨을 구해주고, 여기까지 올 수 있도록 도와주었던 고마운 사람들이었다. 겉으로 내색을 하지는 않았지만 외롭고 힘들 때마다 그들에게서 위로를 받으며 힘을 낸 적도 많았다. 게다가 오늘은 말 잘 통하는 고향 사람들을 만난 까닭에 모처럼 마음이 풀린 날이었다.

"젓가락도 짝이 있고, 개구리도 짝이 있어 알을 낳는 겨. 저 여잔 내 거야!"

결국 지루박의 입에서 이 말이 튀어나왔다.

"니는 젓가락이 아니라 구멍 난 수저여, 부러진 국자여,

무정란이여, 이 고자 새끼야!"

두용의 말에 지루박은 순식간에 모든 것을 들켜버린 듯한 심정으로 제자리에 우뚝 멈춰 섰다. 그도 잠시, 둘은 또다시 찰싹 붙었다. 온갖 욕설은 물론이거니와 이성을 잃은 지루박에게서 '저 애기는 내꺼다!'까지 나왔을 때에서야 비로소 흐엉이 비명에 가까운 소리로 울부짖었다.

"크만!"

뒤집어진 리어카와 곤죽이 된 바나나, 두 사내가 실컷 깔아뭉갠 도토리묵 한 판이 욕장 입구에 널렸다. 잠시 멈췄던 바람이 다시 솔솔 올라와 싸움꾼들의 뜨거운 이마를 식혀주었다. 당사자들이야 창피하다 못해 죽처럼 변해버린 도토리묵 속에라도 파고들어가고픈 심정이었다. 제가 깔아뭉갠 바나나와 도토리묵을 떼어내며 두용이 윤 씨에게 동동주 한 사발을 청했다. 지루박은 고자라는 소리를 듣고 나서 아직 마음을 진정시키지 못하고 앉았다 일어섰다, 두용을 쩨려봤다 갱도를 노려보았다를 반복했다. 별스럽지 않게 던진 나무젓가락에 아물어가던 상처를 깊숙이 찔린 수컷이었다. 그러나 지루박은 이렇게 계속 화를 내다 간 그 소리가 다른 사람들에게 '진짜 그런 것'처럼 느껴지는 계기를 제공하게 될까 봐 간신히 정신을 차렸다. 억지춘향 격으로 자리에 앉으면서도 둘은 여차하면 다시 들러붙을 기세로 서로를 노려보았다.

"지는 맨몸밖엔 없지만서두 열심히 살 자신은 있는 사람이어유. 그동안 여 와서 고생허신 거 지가 살면서 다 보상할규. 애기헌티두 좋은 아빠가 될 수 있구먼유. 암 생각허지 마시구, 걍 저한디루 오셔유."

마지막 말을 하는 두용의 얼굴에서 지금까지 들러붙어 있던 도토리묵 한 조각이 떨어져 내렸다. 멀리서 보니 마치 청혼하는 남자의 굳은 결심을 담은 눈물로 보였다. 그러나 쉽게 물러설 지루박이 아니었다.

"이봐, 나도 당신보다 못할 게 뭐가 있나? 내가 춤만 다시 시작해봐. 흐엉 씨 친정 사람들도 다 먹여 살릴 수 있어요. 나도 좀 봐줘요! 여기를 좀 보란 말예욧!"

"즈 인간 말뽄새 좀 봐? 춤이 워쩌고 워쩌?"

두용의 말이 채 끝나기도 전에 지루박이 먼저 두용의 멱살을 잡으려고 돌진했다. 잽싸게 피한 두용이 흐엉의 손목을 낚아챘다. 두용은 흐엉을 데리고 지체 없이 냉풍욕장을 빠져나갔다. 고무 다라이 안의 이불 속에서 혼자 놀고 있던 아기가 엄마가 사라진 쪽을 향해 손을 뻗고 울어댔다. 졸지에 싸움 상대가 없어지자 지루박은 이러지도 저러지도 못하고 선 채로 비틀거렸다.

그 와중에도 상차림을 마친 윤 씨가 욕장의 입구로 갔다. 문을 활짝 열어젖혔다. 갱도의 바람이 곧장 밖으로 빠져나 갔다. 화로의 불땀이 일제히 솟아올라 문 쪽으로 날아갔다. 윤 씨는 주차장까지 걸어갔다 돌아왔다. 그들은 끝내 오지 않으려는 모양이었다. 체념한 눈으로 돌아온 윤 씨는 상인들의 도움을 받아 교자상을 갱도의 입구까지 옮겨놓았다. 지루박이 목놓아 울다가 옷 갈아입으러 화장실에 갔다는 소리도 누군가의 친절한 입을 통해 윤 씨의 귀에 들어왔다. 술에 취한 안경쟁이는 옆으로 고꾸라지기 일보 직전이었다.

"……자남? 쯧. 그렇게 술만 처먹다간 몸 베리기 십상이유. 대체 뭔 놈의 웬수를 졌간디 술만 그렇게 퍼먹는 거여."

몸이 거의 사선으로 기울어진 안경쟁이에게 반말과 존대를 섞어 말하던 윤 씨는 동동주 주전자를 기울여 물컵으로 쓰던 플라스틱 잔에 가득 따라 마셨다.

"아덜만은 차라리 저 넓디넓은 바다에라도 나가 지 맘껏 돌아댕기다 죽었음 내 원이 없겠소. 아들은 아직 시신도 못 봤슈. 거기도 보아 허니 우리 아덜 또래 같은디, 여서 맨날 이러지 말구 세상으로 나서유. 술이야 언제든지 내가 내줄 텡게 돈 벌어 애먼 년 구녕에다 쑤셔 박지 말고 살다 지치먼 열루와유. 그짝먼큼 나도 마시지는 모더지만 나넌 술 빚고 전 지지는 건 잘해유. 그러니 인자 지발 여기 와서 매일 술타령 허지 마유. 어차피 한 번 사는 거 아니겠슈."

"음…… 마."

입만 달싹이던 안경쟁이가 실눈을 뜨고 앞에 앉은 윤 씨를 물끄러미 바라보았다. 윤 씨가 다시 술잔을 집어 들었다. 오늘은 아무래도 맨정신으로 버티기 어려운 날이었다. 그도 그럴 것이, 아들과 남편의 젯상 앞이 아닌가.

덜렁대던 갱도 입구의 쇠창살 하나가 유난히 몸 떠는 소리를 냈다. 안경쟁이가 바람이 오는 곳을 물끄러미 바라보았다. 윤 씨가 애써 모르는 척하고 일어섰다. 두 눈이 퉁퉁 부어 얼굴까지 달라 보이는 지루박이 말끔한 정장 차림으로 제상 앞에 섰다. 모르는 사람이 본다면 영락없이 애석한 마음으로 기일을 기리는 핏줄의 행색이었다. 애도도 이렇게 진솔한 애도가 있을까 싶을 정도로 눈두덩이 숙연하게 부어 올랐다. 윤 씨는 제상 앞에서까지 혀를 찼다. 지루박이 사진들을 싸고 있던 흰 보자기를 벗겨 상에 올려놓았다. 일반적인 술잔 대신 커다란 스댕 사발 두 개가 상에 놓였다. 술 좋아했던 남편과 아들 생각에 윤 씨는 두 손으로 눈자위를 꾹꾹 눌렀다. 지루박이 절을 마치자 윤 씨가 갱도 쪽에 대고 말했다.

"잡슈. 후년에 또 차릴랑가는 모르겠네유. 술잔도 큰 거 준비했구먼유. 그거 자시고 인쟈 꿈에는 오들 마유. 영환아 잉, 너도 인저는 엄마헌티 오지 말고 멀리 가야지. 좋은 디루. 엄마 인저는 니 젯상 못 봐줄랑가 벼. ……다덜 안 오네. 어째 연락들도 읎구먼. 그려, 잊으야지. 허긴, 인저는 잊어뿌러야지."

작정한 듯 말을 하다 넋두리로 끝을 맺은 윤 씨가 모질게 발길을 돌려 좌판으로 돌아갔다. 갱도 입구에 놓인 제상에서 욕장 입구까지는 백 미터도 안 되는 거리였으나, 윤 씨는 모래사장 한가운데를 가로지르는 것만 같았다. 잠시 잠잠하던 바람이 매섭게 치고 올라왔다. 제상 위의 촛불이 훅 꺼지고 향이 빠르게 타들어갔다. 지루박은 빈 촛대처럼 제상 옆에 쓸쓸하게 서 있었다.

바람을 따라 올라온 것들이 서로 주거니 받거니 술잔을 받아드느라 바쁜 시간이었다. 맑은 눈빛 하나가 올해도 제 엄마 솜씨가 변함없다는 것을 확인하고 있던 참이라 바람이 상위에 머무는 시간이 길었다. 지루박과 윤 씨가 음복으로 주고받은 술이 열 잔을 훌쩍 넘어섰다. 갱도 입구에서 쇠창살 떨리는 소리가 유난히 크게 들렸다. 맑은 눈 하나가 냉풍에 풍화된 엄마의 얼굴 주름 사이사이를 짚었다. 그때까지도 윤 씨의 탁자에 앉아 있던 안경쟁이가 그 눈빛을 주시했다.

그때 두용과 흐엉이 돌아왔다. 주뼛거리는 흐엉과 달리 두용은 조금 당당하게 걸어왔다. 다라이 안에서 잘 자고 있던 아기를 굳이 안아 올린 두용이 사람들을 향해 큰 소리로 말했다.

"있잔유, 저기…… 즈이가 인저 살림을 합허기로 했슈. 지가 애기 아빠가 되기로 했단 말이유. 추, 축복 해줘유. 함 잘 살아볼 티유."

들어올 때만 해도 조금 혼란스러운 눈빛이던 흐엉은 옆에서 힘주어 말을 하고 있는 두용의 손을 꼭 잡았다. 천장에 매달아놓은 전구의 빛을 받은 흐엉의 손에서 자그마한 것이 반짝 빛났다. 급히 반지를 사러 가던 차 안에서 흐엉에게 지금 타고 있는 용달차 이야기도, 그녀 앞으로 남은 빚에 관한 말들도 모두 다 속 시원하게 말했다. 들어야 할 것들 모두 가감 없이 들은 흐엉이 그제야 두용의 손을 맞잡았고, 용달차 콘솔박스 안에 꽁꽁 숨겨두었던 비상금으로 흐엉에게 반지를 사서 끼워주고 돌아온 길이었다. 연달아 충격을 받은 지루박이 자리에서 일어났다. 이럴 줄 알았지만, 그게 꼭 오늘이어야 했냐는 원망과 그럼 그렇지 하는 체념이 섞인 두 볼 위로 다시 눈물이 흘러내렸다. 제상 옆에 서 있는 동안 어느 정도 마음의 정리를 했다고 여기던 지루박이었다. 그는 습관처럼 손을 뻗어 야바위 좌판 위에 매달린 시디플레이어의 재생 버튼을 눌렀다. 한번 들으면 아무나 사랑을 할 것 같은 애절한 노래가 흘러나왔다. 오늘 처음 만난 당신이지만, 아니 이미 여러 번 만났지만 당신은 내 사랑이니 모든 것을 다 주겠다는 태도로 두용이 흐엉을 덮쳤다. 흐엉이 놀라서 뒤로 물러서려다 두용을 바투 안은 꼴이 되었다. 여느 때와는 달리 적극적으로 다가드는 두용의 모습에 드디어 흐엉도 굳게 쳐놓았던 마지막 마음의 빗장을 풀었다. 상처 난 곳에 자꾸만 칼질을 해대는 두 사람의 모습에 지루박은 삼연속 다운당한 권투선수처럼 넋이 나갔다. 괜히 자신의 아랫도리만 원망스럽다는 듯이 내려다보았다. 그러다 역시 마음을 달래는 길은 춤밖에 없어 지금껏 몸에 익힌 모든 춤들을 추기 시작했다. 재즈와 룸바, 차차차는 물론이고 혼자 익힌 살사까지 한때 밤 황제의 몸에서 두서없이 뿜어져 나왔다. 여인에게 품었던 연정을 거두어들이니 예전의 그 신묘했던 손짓과 발짓이 되살아나는 느낌이었다. 몸짓만 되살아나지 말고 '그것'도 좀 정상으로 돌아왔으면 하는 바람으로 지루박은 춤사위를 이어갔다. 이제 어디로 가야 하나, 여기 계속 있어야 하나. 지루박의 마음속은 혼란 그 자체였다. 그 옆에서 두용이 무어라 이름을 붙일 수 없는 춤을 추며 깝죽대다가 포효와 같은 괴성을 내질렀다.

흐엉을 안고 몸을 뒤흔들며 "이것이 지루 저 인간이 그렇게 자랑하던 살수여, 살수" 하다가 "얼쑤, 조오타!"고 연이어 소리쳤다. 그 와중에도 흐엉의 손에 끼워준 반지를 한번 쳐다보는 일은 잊지 않았다. 그녀는 새 반지가 부끄러워 연신 등 뒤로 손을 감추었다. 그러다 두용과 눈을 마주쳤다. 이제는 누군가의 진술한 사랑을 받는 여자로 살아도 되지 않을까. 쓸모없이 망가져버렸다고 여기던 내 삶에도 이런 날이 오는구나 싶어 흐엉은 마음껏 울고 싶어졌다. 고향에 있는 사람들의 얼굴과 늙다리 남편, 먼저 간 아기가 바람을 타고 머릿속에 다녀갔다. 제아무리 두 아이의 엄마였다고 해봤자 이제 겨우 스물여섯 살이었다. 거기까지 생각이 미치자 자신을 안고 서서 춤을 추는 두용이 다시 보였다. 두용이 흐엉을 부둥켜안고 덩실덩실 춤을 추었다. 지루박은 윤 씨 곁으로 살사 스텝을 밟으며 다가섰다.

함께 장단을 맞춰주면서 입으로는 웃고 눈으로는 울고 있던 윤 씨가 취기를 이기지 못해 주저앉으려던 찰나, 지루박이 윤 씨의 두 손을 잡아 일으켰다. 다른 때 같았으면 손사래를 쳤을 텐데 이번만은 거부하지 않았다. 관절염 걸린 양쪽무릎이 삐걱거려 몇 번이나 넘어지려 할 때마다 지루박이 잡아주었다. 역시 왕년에 여럿 잡아 이끌던 손이라 들어서 그런지 두용처럼 우악스럽지도, 흐엉처럼 서툴지도 않게 끌려가도록 하는 느낌이 있었다. 함께 구경하며 즐거워하던 사람들도 코가 빨개지도록 먹고 마시고 춤을 추었다. 애절하고 신나는 노래들은 끊임없이 반복되었고, 어느새 당신의꽃이 되겠다는 노래를 흐엉의 목소리로 들은 두용이 때 아닌만세를 불렀다. 막 욕장 안으로 들어서서 두 팔을 올려 바람을 맞던 손님 하나가 두용을 보며 같이 만세 삼창을 하려다가 윤 씨가 모두 조용하라고 술병을 높이 든 것을 발견한 다른 상인들에게 제지당했다. 윤 씨가 두용과 흐엉을 불러 세웠다. 음복하던 잔을 어느새 깨끗하게 씻어 들고 있는 주례였다.

"잘들 살으야는 겨."

두용이 새신랑이 되어 잔을 받았고, 흐엉이 뒤이어 술을받았다. 결혼식 피로연 음식은 낮에 윤 씨가 마련해둔 교자상 위의 것들로 대신했다. 지켜보던 사람들이 모두 몰려와 그들을 에워쌌다. 아예 정신줄을 놓고 싶은 심정인 지루박은 실연의 아픔을 살사를 추며 잊어보려는 듯이 욕장 한가운데로 홀로 나가 스텝을 밟았다. 춤판의 한가운데에서 두용이 가장 신나게 몸을 흔들었다. 난생처음 무대에 올라온 팔순의 촌로처럼 몸과 다리, 두 팔이 제각각 따로 놀았지만 요란한 추임새만큼은 단연 으뜸이었다. 흐엉은 막 잠에서 깬 아기에게 아버지가 누구인지 손가락으로 가르쳐주었다. 그러나 아기는 엄마 손가락에 매달려 있는 반짝이는 것에 더 관심을 두었다.

욕장 안의 바람 소리와 술 취한 사람들이 웃는 소리, 그리고 기쁜 마음도, 상한 영혼도 모두 다 어루만지는 성인 가요의 노랫말이 욕장 가득 울려 퍼지는 사이에 안경쟁이가 사라졌다. 윤 씨만 그 사실을 알고 있었다. 바람이 올 때마다 덜컹거리며 상인들의 귀를 거슬리게 하던 쇠창살 소리가 사라진 것도, 그 틈이 사람 하나 들어갈 정도로 벌어졌으리란 것도 모두 직접 눈으로 보고 있는 것처럼 생생하게 윤 씨의 눈앞에 그려졌다. 그러자 온몸에 힘이 쭉 빠졌다. 주저앉으려는 윤 씨에게 두용이 다가갔다. 하지만 이번에는 지루박이 한발 빨랐다. 드디어 제대로 된 살사 파트너를 만났다는 듯이, 파트너쯤이야 이제 아무래도 상관없다는 듯이 지루박이 윤 씨의 허리를 꼭 감쌌다. 수십 년을 꼬부라져 있던 윤 씨의 허리가 곧게 펴진 채 앞으로 쏠리며 두 손으로 지루박의 어깨를 짚었다. 남우세스러워할 틈도 없이 살산지 살풀인지 하는 춤을 추자는 지루박의 설레발에 넘어갔다. 윤 씨는 두 눈에서 흘러내리는 눈물을 주체하지 못하면서도 입은 히죽 웃었다. 제대로 웃지도, 목 놓아 울지도 못하는 윤 씨를 서로 먼저 안겠다며 한동안 지루박과 두용이 또 실랑이를 벌였다. 그러나 이제 두용은 임자가 생긴 몸이었다. 두용은 욕장 한쪽으로 비켜 서 있는 흐엉을 잡아끌어 살사를 추자며 까불었다. 이국의 살사가 두용과 흐엉을 만나 순수 토종의 살풀이 혹은 두용표 창작 춤인 살수가 되는 순간이었다. 그들의 춤과 노래는 한동안 계속 되었다.

갱도가 어김없이 바람을 끌어올려 욕장 안을 시원하게 감싸주었다.

붉은 코끼리

할머니가 사라졌다. 노인정과 공판장을 지나 경찰서로 뛰어가던 엄마가 내게 전화를 걸어왔다. 뭐라고? 할머니, 어디? 엄마, 잘 안 들려요!

모퉁이를 돌아서자 팀장이 걸어오는 것이 보였다. 얼결에 여자 화장실로 들어가 재빨리 칸막이를 닫았다. 어느새 전화가 끊어져 있었다. 아침 식사 시간 전부터 기숙사에 와 잔소리를 해대는 팀장과 이러저러한 일들이 겹쳐 오후 두 시가 다 되도록 한 번도 자리에 앉지 못했다. 내친김에 변기 위에 걸터앉아 엄마에게 전화를 걸려는데, 옆구리에 차고 있던 무전기가 울렸다. 곧 리허설을 시작하겠다는 팀장의 목소리였다. 그건 안 됩니다. 코끼리들 상태가 좋지 않아요. 오늘은 무조건 쉬게 해야 합니다. 내가 대답했다. 팀장은 무전기에서 금방이라도 튀어나올 것처럼 소리를 지르기 시작했다. 당장 달려오라고 했지만 '당장'은 가기 싫었다. 무전기의 전원을 끄고 화장실 바닥에 내려놓았다. 그런데 할머니가 어딜 가셨다는 거지? 몸도 안 좋으시면서.

엄마는 전화를 받지 않았다.

두 시간이 지나서야 삼촌의 이름이 전광판에 떴다. 울고 있던 가족들이 황망히 수골실로 내달렸다. 나는 천천히 의자에서 몸을 일으켰다. 삼촌의 유골은 대리석 탁자 위에 새카맣게 탄 못들과 뒤엉켜 있었다. 유골은 '냉각'을 거쳤다고는 하지만 아직 열기가 식지 않은 채였다. 할머니가 탁자 모서리에 가슴을 짓찧었다. 망연히 서 있던 아버지가 서둘러 할머니를 일으켜 세우려 했을 때, 나는 할머니가 작은 뼛조각 하나를 움켜쥐는 것을 보았다. 탁자 옆에 서 있던 나도 얼른 새카맣게 탄 못 하나를 집어 들었다. 아무도 못 본 건가. 주위를 둘러보니 고모들은 아예 주저앉아 울고 있었다. 내내 울음을 참던 아버지도 할머니를 부둥켜안은 채 통곡했다. 나는 손에 들고 있던 못을 내 몸에 박아두기라도 할 것처럼 그러쥐었다.

출장에서 돌아온 나는 공항에서 곧바로 장례식장으로 향했다. 나를 데리러 온 사촌 동생의 차를 탈 때부터 알고 있던 사실이었는데도 어쩐지 집으로 가는 것처럼 느껴졌다. 장례식장 앞에서 선뜻 안으로 들어서지 못해 머뭇거리던 나에게 둘째 고모가 내가 입을 상복을 내밀었다. 장례식장 안팎에 삼삼오오 모인 가족들은 삼촌의 사인을 두고 긴 이야기를 했고, 삼촌의 동료와 친구들은 경찰서를 오가는 중이었다. 무당이라도 불러 알아볼 수 없을까? 육개장 국물에 연신 소주잔을 비우던 사촌 동생의 말이었다. 삼촌의 방에 널브러진 술병들, 불에 탄 이부자리, 종류가 다른 담배꽁초들은 충분히 어떤 증거가 될 만했지만 그것에 대해서 정확히 언급하는 사람은 없는 모양이었다. 사건 현장에 신속하게 달려오지 않았던 경찰의 무성의함과 동료들의 하나같은 발뺌 속에서 삼촌은 몇 번씩 다르게 죽었다. 어떤 추측은 가능할 테지만 진실은 끝내 입 밖에 나오지 않았다. 그날 밤 대체 어떤 일들이 일어난 것일까. 효원 장례식장 국화실에 놓인 영정 사진 속 삼촌은 너무나 밝게 미소 짓고 있었다. 무릎에 올려놓은 상복이 자꾸 무겁게 느껴졌다.

할머니는 삼촌의 죽음을 인정하지 않으려 들었다. 바로 눈앞에서 삼촌의 시신을 보았다는데도. 아버지가 거의 녹아내린 새카만 못과 유골을 분리하는 일을 도맡았다. 뼈가 상하지 않게 조심하는 아버지의 손이 부들부들 떨렸다. 누군가 내게 다가와 그만 잠에서 좀 깨어나라고 흔들어주었으면 하고 바랐다. 그런데 나는 어쩌자고 못을 집어든 것일까. 할머니가 두 주먹을 옹골차게 쥐고 있는 것이 보였다. 덩달아 나도 주먹에 힘을 주었다. 내 손이 못과 함께 타들어가는 것 같았다.

이하설 조장님, 본부 운영실로 와주시기 바랍니다. 원내방송이 들려왔다. 잠깐 눈만 감고 있었던 것 같은데…… 재빨리 손목의 시계를 확인했다. 그 순간 내가 시계를 거꾸로 보고 있는 건 아닌가 생각했다. 득달같이 문을 박차고 뛰기 시작했다. 그 와중에도 "이하설 조장님, 본부 운영실로 와"달라는 방송은 계속되고 있었다. 운영실이 가까워질수록 방송은 더 자주 들리는 듯했고, 느려터진 두 발은 점점 더 내 것이 아닌 것만 같았다. 내가 도착하기만 하면 저 초식동물 같은 팀장의 말투는 야수처럼 나에게 돌진할 것이었다.

그때 가로수 사이로 한 여자가 지나가는 것이 보였다. 남색 기지바지와 연두색 스웨터, 복고풍의 파마머리까지. 혹시 할머니인가 싶어 가던 방향을 바꿔 전속력으로 달려갔다가 죄송하다는 말을 하고 뒤돌아섰다.

팀장이 의자를 발로 걷어찼다. 책상 위에 놓여 있던 두루마리 휴지가 창문 쪽으로 날아갔고, 내 가슴팍에 내리꽂혔던 전화기는 바닥에 떨어지면서 박살이 났다. 나는 아무 생각도 하지 말자는 말을 자꾸 되뇌었다. 원내 방송 담당 아나운서가 시디 데크를 만지는 것이 보였다. 팀장이 잠시 숨을 고르는 사이에 사무실 안을 둘러보니 악단장의 얼굴이 눈에 들어왔다. 악단장의 발치에는 그의 트레이드마크인 노란색 나비넥타이가 떨어져 있었다. 기어이 팀장과 한바탕 한 것 같았다. 밤새 하혈을 하다 오전에 병원으로 실려 간 러시아 무용수는 개복 수술을 해야 한다고 했다. 악단장과 팀장의 관계를 가장 잘 알고, 더듬거리긴 하지만 그래도 조금이나마 러시아 말을 할 줄 아는 내가 그 '중요한' 시기에 사라졌다는 것이 팀장이 화를 내는 이유였다. 앞으로 바짝 다가온 팀장의 손이 내 뺨을 향해 날아왔다.

태국인 조련사 푸앙이 운영실 안으로 들어왔다. 푸앙은 코끼리들의 상태가 좋지 않으니 퍼레이드를 취소해달라고 애원했다. 그러나 코끼리의 설사 따위는 팀장에게 먹혀들 만한 이유가 되지 못했다. 나는 푸앙의 손을 잡아끌고 코끼리 우리로 갔다. 쏘냐는 계속 설사를 했고, 아프리카산 일 년생 코끼리 튀라는 쏘냐의 엉덩이 쪽에 대가리를 박고 누워 있었다. 제때 검사를 하며 건강을 돌보아주었더라면 이런 일은 일어나지 않았을 것이다. 야생과는 달리 동물원 우리 안에 갇혀 있는 동물들은 잔병치레가 잦았다. 그래서 예방접종, 먹이, 변의 상태 등을 확인하여 제때 사료 혹은 건초 더미를 바꾸어주는 것들은 무척이나 세심한 주의를 요하는 일들이었다. 해야 할 일이 한두 가지가 아니었지만 팀장은 번번이 동물원의 재정 상태를 운운하며 우리가 올리는 건의사항들을 묵살했다. 이하설, 오늘 제대로 못하면 너부터 짜를 줄 알아! 나는 허리춤에 차고 있던 무전기를 꺼내 들었다. 팀장님, 직접 오셔서 코끼리들을 살펴보시란 말이에요! 무조건 데리고 나가는 일만이 능사가 아니란 말입니다. 뭐야?

코끼리 나가지 마, 나 죽어. 푸앙, 그러기 전에 내가 먼저 어떻게 되겠어. 쉴 새 없이 눈물을 흘리던 푸앙이 아예 내 팔꿈치를 붙들고 늘어졌다. 삼촌이라면 이런 때 어떻게 했을까? 내가 아는 한 삼촌은 아픈 동물을 퍼레이드에 내보내는 사람이 절대 아니었다. 외국인 조련사들의 고충을 누구보다도 잘 이해해주었고, 윗사람들에게도 최선을 다했다. 타인이 원하는 선에 몸을 맞출 줄도 아는 사람이었다. 나는 주머니에 손을 찔러 넣고 못을 만졌다. 잠깐이지만 마음이 안정되는 느낌이었다. 그러나 울고 있는 푸앙과 다시 눈이 마주치자 또 혼란스러워졌다. 오늘은 이틀 앞으로 다가온 퍼레이드의 리허설을 하기로 한 날이었다. '우리를 나온 동물들의 행진'이라는 이름으로 한 달 전부터 신문 및 지역 방송에 광고를 내보내고 있었다. 나날이 쇠락해가는 테마랜드의 혁신을 위해 팀장이 삼 개월 넘게 심혈을 기울인 행사였다. 실패라는 말은 떠올리기조차 싫었다.

삼촌은 일급 코끼리 조련사이자 동물 쇼의 사회자였다. 공휴일이나 특별한 행사가 있기 한 달 전이면 삼촌의 얼굴이 실린 포스터가 동네 곳곳에 나붙었다. 지역 방송국에서는 매일 테마랜드에서 어떤 일들이 일어났고 또 무슨 쇼가 진행 중인지 보도해주었다. 삼촌은 방송에도 자주 나왔다. 나도 삼촌에게 꽃을 건네는 어린이 중 한 명으로 텔레비전에 나온 적이 있었다.

십 년이 지나 스무 살이 된 나도 테마랜드에 조련사 보조로 들어왔다. 머지않아 정식 조련사가 되었지만 그 삼촌에 그 조카라는 말은 듣지 못했다. 내내 업무에 허덕이다 시간이 되면 퇴근하기에만 급급한 나날이었다. 삼촌처럼 되기를 원했지만 그를 뛰어넘을 재간이 있는 것도 아니었다. 내가 동물 구입차 태국과 러시아에 출장을 간 사이, 삼촌은 직원 기숙사에서 목을 맸다. 유서는 발견되지 않았다. 할머니는 삼촌의 시신이 병원으로 옮겨지고 하루가 지난 뒤 실신한 채 삼촌이 있는 병원으로 실려 왔다. 어린이날 행사를 며칠 앞두고 일어난 일이었다. 바쁘게 행사 준비를 하면서 이래저래 악단장과 팀장 사이에서 생긴 일들을 조율하고, 동물원 곳곳의 문제들을 해결하며 별 탈 없이 생활을 했다는 진술들이 이어졌다. 내가 아는 바와 다를 것이 없었다. 나는 장례식장에서 슬그머니 빠져나와 삼촌이 행사를 할 때마다 입었던 붉은색 조련복을 내 옷장에 가져다 두었다.

팀장은 동물원에 사람들이 오지 않는 이유가 사육사들이 동물 관리를 잘하지 못한 탓이라고 말했다. 그는 동물 구입 명목으로 예산을 타갔지만, 그 돈이 어디에 쓰였는지는 도

통 알 수가 없었다. 단란주점에서 여자애들과 놀아났다는 소리가 들려왔고, 어느 날에는 실내 경마장에서 누군가와 게임을 했다는 말도 들렸다. 건의서를 제출하면 가지고 있는 동물 관리나 잘하라며 번번이 우리의 의견을 무시했다. 그는 한 달에 한 번씩 동물이 죽었다는 보고서를 제출한 후 사체 처리비로 외유를 떠났다. 이사장이 바뀌고 줄을 잘 섰다는 소문이 돌았다. 얼마 후, 악단의 인원이 대폭 감소되었다. 게다가 이러저러한 꼬투리를 잡아 악단장의 연봉도 삼십 퍼센트나 감봉시켰다. 대부분이 계약직인 연주자들은 불만을 표할 수가 없었다. 곧 재계약 기간이 다가오기 때문이었다. 하나둘씩 동물원을 떠나는 연주자들이 늘자 참다못한 악단장이 팀장에게 항의했지만, 그는 대수롭지 않은 일로 여기는 것 같았다. 악단장은 내게 불만을 털어놓았다. 나는 그들 사이에서 갈팡질팡하며 소주를 마시고, 매일 두 갑의 담배를 피웠다.

테마랜드는 죽을 날만 기다리는 병든 짐승들과 관리되지 않은 채 잡풀이 번다한 식물원, 날만 흐리면 전기가 오르는 범퍼카, 제대로 돌아가지 않는 놀이기구만 모아놓은 부상 랜드였다. 게다가 사육조장에게선 늘 술냄새가 났다. 비가 오면 비가 온다는 이유로, 날이 더우면 덥다는 핑계로, 동물들이 발정이 나면 수컷이 없다는 애석함에 젖어 술을 찾곤 했다. 나도 간간이 그와 함께했지만 어쩐지 흐트러진 모습을 보이기는 싫었다. 그는 술만 취하면 내게 삼촌의 이야기를 하려고 들었다. 삼촌의 성격과 그와의 관계, 동물들을 아끼던 마음, 은밀하게 나누곤 했던 농담들이 시도 때도 없이 내 쪽으로 다가들었다. 사육조장은 반쯤 마신 매실 주스에 소주를 타먹곤 하는 버릇이 있었다. 오늘도 그는 코끼리 우리를 나오면서 빈 매실 주스 병 두 개를 쓰레기통에 넣었다.

엄마의 목소리는 처음보다 많이 진정돼 있었다. 할머니는 아직도 집에 돌아오지 않았지만 그렇다고 집에서 없어진 할머니를 이곳에 있는 내가 어찌해볼 도리는 없었다. 엄마, 내가 나중에 전화할게요. 지금 좀 바빠! 통화를 끝내자마자 다시 전화벨이 울렸다. 조장님, 홍학 우리에 고양이가 들어와 새끼들을 물어뜯고 난동을 부렸어요. 뭐라고? 홍학 한 마리가 다리를 크게 다쳤어요. 알았어, 곧 갈게. 그러잖아도 홍학들은 행사 준비 때문에 무척이나 신경이 곤두서 있는 상태였다. 허겁지겁 바쁘게 뛰어가다 보니 남색 기지바지가 또 눈에 띄었다. 오늘은 동물원에 남색 바지들이 유난히 많았다. 그 바지들은 여기도 나타났고 저기로도 지나갔다. 동물원에 온 할머니들은 대부분 남색 기지바지 혹은 검정색 바지들을 입고 있었다. 상의는 빨갛고 노랗거나 파랗고 하였지만 하의는 모두 비슷했다. 게다가 모두 엇비슷한 파마머리를 한 채 손차양으로 햇빛을 가리고 느릿느릿 걷거나 그늘에 앉아 김밥을 먹었다.

납골당은 노인들이 게이트볼을 치고 있는 공원을 지나 한참 더 올라가는 산 중턱의 후미진 곳이었다. 한적한 공터인 줄 알았던 공원도 지나가며 살펴보니 있어야 할 것들은 모두 다 있었다. 그물이 벗겨진 하나밖에 없는 축구 골대, 녹슨 시소, 줄 끊어진 그네, 곳곳에 놓인 페인트칠이 벗겨진 벤치와 그곳에 누워 있는 사람들. 공원을 지나 한참을 걸었는데도 납골당이 나오질 않아 잘못 찾았나 하고 두리번거리는 나와는 달리 할머니는 천천히 발걸음을 옮기고 있을 따름이었다. 차 한 대가 간신히 지나갈 수 있을 것으로 보이는 산길을 따라 삼십여 분쯤 더 걸어가다 보니 자그마한 분지 위에 지어놓은 건물이 하나 보였다. 우리는 곧장 유골 안치실로 들어갔다.

삼촌의 위패에 쓰여 있는 이름이 낯설었다. 이선빈이 아닌 고(故) 이선빈은 내가 아무리 들여다보아도 알 수 없는 수학 공식 같았다. 그렇다면 그것은 저쪽 세계의 난해한 질문 같은 것인가. 마음대로 들어갔으나 그 질문에 대답하기 전에는 되돌아올 수 없다는 낙인? 오늘만큼은 할머니가 글을 읽을 수 없다는 사실이 퍽이나 다행스럽게 느껴졌다. 그러나 할머니는 귀신같이 아들 있는 곳을 찾아냈다. 가져간 술과 포를 놓고 준비되어 있는 향을 피웠다. 등 뒤에서 들려오는 훌쩍이는 소리에 혹시나 싶어 뒤돌아보니 할머니는 대뜸

한 두 눈을 습벅이며 먼지 낀 창틀을 바라보던 참이었다. 의자에 앉아 계시라 해도 한사코 일어서서 창문 쪽으로 얼굴을 돌린 채였다. 술이 넘치지 않도록 조심스럽게 잔을 쥐고 향위에서 세 번을 돌린 후 상 위에 올렸다. 두 뺨이 경련이 이는 것처럼 제멋대로 움직였다. 옆 칸에서 제를 지내던 사람들이 담배에 불을 붙여 젯상 위에 놓아두는 것이 보였다. 분향실의 향내에 짓눌려 있던 나는 생담배 타는 매캐한 냄새가차라리 반가웠다. 우리도 한 대 피울까, 삼촌?

부검 결과 타살이 의심될 만한 흔적은 발견되지 않았다. 악단장과 몇 몇의 연주자들, 팀장과 이사장에 대한 조사가차례대로 이루어졌다. 그 과정에서 가족들은 알지 못하던 우울증이 새로 생겨났으며, 사육조장과 함께 술을 마셨다는 이유로 알코올 중독이란 말이 덧붙여졌다. 추측성 발언들이었지만 조서에 쓰인 것들은 그대로 사인(死因)이 되었다. 분개한 가족들이 사건의 수사를 계속해줄 것을 요청했지만 그것은 끝내 받아들여지지 않았다. 가족들은 형식적으로만 느껴지는 경찰 조사에 반발하면서도 딱히 어찌 해볼 방법을 찾지 못했다. 경찰서에서 돌아와 뜬눈으로 밤을 지새우던 아버지가 새벽이 지나갈 무렵에 다른 가족들과 장례 일정을 상의하기 시작했다. 할머니에게는 발인 날짜를 알려주지 않기로 말을 맞추었다. 그러나 할머니는 발인 전날 신발도 신지못하고 영안실로 달려왔다.

집으로 돌아가는 할머니의 발걸음이 눈이 띄게 느려졌다. 납골당 쪽을 다시 돌아보지는 않았지만 쉽게 걸음이 떨어지지 않는 건 나도 마찬가지였다. 할머니가 저쪽의 삼촌을 아직 내려놓지 못하고 있기 때문일까. 할머니의 어깨가 잔뜩 내려앉아 있었다. 듬성듬성하던 머리칼은 그 사이 더 빠졌는지 머릿밑이 훤히 다 보일 지경이었다. 올라오는 길을 잘 찾았던 할머니가 돌아가는 길을 헷갈려했다. 납골당에 들어서는 길은 우리가 걸어온 곳 하나밖에 없는데도 할머니는 분향실에서부터 출구를 찾지 못해 이리저리 헤맸다. 내가 앞장서서 걸을 수도 있었지만 갈피를 잡지 못하는 할머니의 마음이 그렇게 이끌고 있는 것만 같아 가만히 뒤를 따랐다. 그렇게 한참을 걸어 우리는 집으로 돌아왔다. 그것이 지난 주말에 할머니와 내가 한 일이었다. 아버지는 할머니가 납골당에 가는 것을 병적으로 싫어했다. 내가 만약 그곳에 할머니를 모셔간 것을 알면 크게 혼이 날지도 모를 일이었다. 아버지의 기억에는 할머니가 한 번도 삼촌에게 다녀온 적이 없다는데, 처음이라는 할머니는 삼촌의 자리를 잘도 찾았다.

내가 도착했을 때는 이미 홍학 우리 안의 소동이 잠잠해진 뒤였다. 고양이에게 물려 다리를 다친 홍학은 다행히 퍼레이드에 나갈 녀석이 아니라 두 달 전에 알에서 깬 새끼였다. 놀란 홍학들을 진정시키느라 껍질 깐 호두와 아몬드를 두 자루나 뿌려주었다. 어느샌가 팀장도 홍학 우리 앞에 와 있었다. 그는 퍼레이드에 나갈 녀석들을 좀더 밝은 빨간색 형광 안료로 칠하라며 조련사를 다그쳤다. 나는 홍학에게는 빨간 안료가 어울리지 않는다고 말해보았지만 팀장은 내 말을 귓등으로도 듣지 않았다. 나는 물끄러미 팀장과 조련사들을 바라보다 문득 이제 여기를 떠나야겠다는 생각을 했다. 삼촌을 보내고도 꿋꿋하게 나오던 곳이고, 그가 하던 일만은 내 손으로 이어받고 싶었다. 하지만 지금의 나는 이도저도 아니었다. 조련사들이 빨간 형광 안료통을 들고 사육실 안으로 들어갔다.

퍼레이드는 예정대로 진행되었다. 나는 옷장에서 삼촌의 조련복을 꺼내 입었다. 오랫동안 묵혀둔 것이라 혹시 곰팡이가 슬었으면 어쩌나 했지만 아무래도 상관없었다. 내가 의자 위에 놓아둔 전기 총을 집어 들자 푸앙이 비명을 질렀다. 날더러 더이상 어쩌라고. ……미안해, 푸앙. 우리 얼른 끝내버리자. 나는 입을 앙다문 채 쏘냐의 뒷다리에 총을 쏘았다. 쏘냐가 움찔하며 왼쪽 다리를 들었다. 재빨리 엉덩이에도 총을 갖다 댔다. 한참만에 쏘냐가 일어섰다. 푸앙이 제자리에서 펄쩍펄쩍 뛰다 울부짖으며 내 허리를 부여잡았다. 쏘냐의 몸에 멋을 내느라 발라놓았던 노란색 형광 안료가 설사에 섞여 줄줄 흘러내렸다. 바닥에 형광 선을 긋는 것만 같았다. 무전기에서는 팀장의 목소리가 쉴 새 없이 들려왔다. 무전기 소리를 무시하니 그 뜻 없는 말들은 점차 행진곡 풍으로 변해갔다. 나는 천천히 걸음을 옮겼다. 괜찮다고, 얼른 끝내면 된다고 생각했지만 한 걸음씩 내디딜 때마다 진흙탕 속으로 빠져드는 것 같았다.

호두를 쪼아 먹고 있던 홍학들이 코끼리 우리 앞에 나와 있었다. 온몸에 빨간색 형광 안료를 잔뜩 바른 채였다. 등에 홍학을 둘씩 태운 코끼리들이 정문으로 출발했다. 붉고 노란 머리들이 허공에다 콩콩 점을 찍었다. 휴대폰과 무전기에서 팀장과 사육조장의 목소리가 번갈아가며 들려왔다. 어차피 코끼리들이 도착하지 않으면 행렬을 완성할 수가 없고 또 사회자인 내가 없으니 시작조차 할 수 없는 상황이었다. 하지만 동물들의 건강을 살피는 것 역시 내가 해야 하는 일이었다. 나는 허리에 차고 있던 무전기를 뺐다. 팀장님, 지금이라도 리허설을 취소해주세요. 뭐, 뭐야? 이대로 가단 코끼리들이 죽습니다. 지금 무슨 헛소리를 하는 거야, 얼른 데리고 와! 시에서 사람들이 나와서 지켜보고 있단 말이야. ……그런데 지금, 니가 나한테, 대든 거냐?

쏘냐와 튀라는 절뚝이고 비틀거리면서도 앞만 보고 걸었다. 푸앙이 코끼리 배에 손을 얹고 함께 걸었다. 저렇게라도 끝까지 가주기만 한다면 크게 문제되는 일은 없을 것이다. 하지만 여전히 쏘냐는 설사를 갈겨댔다. 코끼리, 죽어. 나,

죽어. 푸앙이 날이 선 어투로 한 자 한 자 똑바로 말을 했다. 푸앙, 나도 어쩔 수가 없잖아. ……미안해. 니가 살려! 푸앙, 아픈 것들을 일으켜 세우고 이미 죽은 것도 살려낼 수 있다면야 오죽 좋겠니. 푸앙이 이를 앙다물며 우는 소리와 코끼리들의 거친 숨소리가 한 덩어리로 뭉쳐졌다.

정문 쪽에 노란 나비넥타이를 한 악단장의 모습이 보였다. 전보다는 풀이 죽은 모습이었지만 잘 다려진 연미복을 입고 있는 것을 보니 왠지 모르게 마음이 놓였다. 심벌즈 연주자가 그만두는 바람에 탬버린을 담당했던 사람이 심벌즈를 잡았다. 다섯 명이던 작은 북 담당 연주자들은 둘밖에 없었고, 심지어 트럼펫 연주자는 보이지도 않았다. 음악은 녹음해둔 것으로 대체하더라도 행렬은 완성해야 한다는 팀장의 고집 때문이었다. 연주자들이 항의했지만 오늘은 '리허설' 날이니 그렇게 해도 된다는 악단장의 말에 조금 누그러지는 듯했다. 하지만 연주자들의 얼굴 표정은 괜찮아진 것 같지 않았다. 안 그래도 불안한 처지인데 악단장마저 번번이 자신들 앞에서 팀장에게 무시당하는 모습을 지켜보는 것도 편하지는 않았을 것이다. 손에 익지도 않은 악기를 든 사람들의 얼굴이 굳어갔다. 악단장은 연신 나비넥타이만 고쳐 맸다.

동물원 곳곳에 흩어져 있던 사람들이 하나둘씩 정문으로 모여들었다. 사람들은 카메라를 꺼내들고 환호성을 지르거나 동물들을 직접 만져보기 위해 이쪽으로 바짝 다가들었다. 놀란 사육사들이 그들을 말리는 틈에 나는 어둑한 하늘을 올려다보았다. 금방이라도 비가 쏟아질 것 같은 날이었다. 눅눅한 공기와 사람들이 웅성대는 소리, 동물들의 우는 소리들이 마구잡이로 내 가슴에 맺혔다.

그 사이 '시'에서 나왔다는 사람들이 정문 쪽으로 다가왔다. 행사를 하는 날도 아닌데 무슨 일로 온 거지? 팀장은 '시' 사람들에게 허리를 깊숙이 숙여 인사했다. 팀장이 마저 허리를 펴기도 전에 그를 지나친 '시' 사람들이 이번에는 악단장 쪽으로 다가갔다. 얼결에 성큼 다가온 팀장이 활짝 웃으며 악단장의 오른팔을 잡아끌었다. 팀장에게 이끌린 악단장이 지휘봉을 잡고 있지 않은 손으로 엉거주춤하게 그들과 악수를 했다. 허리를 제대로 굽히지 않은 채 인사를 하는 악단장을 바라보는 팀장의 얼굴이 일그러졌다. 팀장은 악단장에게 당장 연주를 시작하라고 지시했다. 악단장은 시디를 틀기로 되어 있지 않느냐고 반문했다. 빨리 하라니까! 팀장 자신도 모르게 나온 큰 소리에 본인이 더 놀라고 있던 사이에 악단장이 뒤돌아섰다. 그러나 내내 굽실거리거나 팀장에게 할 말 다 못하고 돌아서던 악단장의 얼굴이 아니었다. 악단장은 맨 앞줄의 연주자가 들고 있던 바이올린을 넘겨받았다. 지휘봉을 연미복 허리춤에 찔러 넣은 악단장이 바이올린을 연주하기 시작했다. 「축배의 노래」였다. 혼 빠진 팀장이 잠시 주춤하는 사이, 악단장의 바이올린 선율에 맞춰 다른 연주자들의 악기도 조금씩 리듬을 탔다.

때마침 비가 내렸다. 당황한 팀장이 재빨리 '시'에서 나온 사람들을 이끌고 자리를 벗어나는 와중에 악단이 연주하는 「축배의 노래」는 점점 절정으로 치달았다. 어느새 굵어진 빗방울들이 그곳에 모인 사람들과 원숭이와 코알라, 나뭇가지에 걸쳐놓은 채 들고 나온 나무늘보들을 적셨다. 문제는 코끼리 등 위에 빨간 형광 안료를 덕지덕지 바르고 올라가 있는 홍학들이었다. 진회색의 코끼리 등에 붉은 물이 들었고, 악단이 연주하는 「축배의 노래」는 점점 더 크게 울려 퍼졌다. 나는 열심히 연주를 하는 악단장과 '시' 사람들을 서둘러 본관으로 끌고 가는 팀장의 뒷모습을 바라보았다. 비바람이 거세지자 동물들 주변에 모여 있던 사람들이 뿔뿔이 흩어지며 작은 소란이 일었다.

그때 푸앙이 코끼리 등에 앉아 있던 홍학의 다리를 잡아챘다. 푸덕, 푸흐드덕! 홍학이 거센 날갯짓을 했지만 푸앙의 손아귀를 벗어나지는 못했다. 푸앙이 정문과 반대쪽을 향해 뛰었다. 마치 홍학 연을 타기라도 한 것처럼 재빠른 속도였다. 홍학 한 마리가 사라지자 코끼리 등에 앉아 있던 다른 홍학 네 마리도 푸앙이 사라진 쪽을 향해 날아갔다. 푸앙은 홍학의 습성도 잘 알았다. 아마도 어미를 데려갔을 거였다. 홍학이 날아가면 코끼리들은 그 자리에 앉아 무릎을 굽혀 반쯤 앉거나 선 채 왼발을 들어 쇼의 시작을 알리게끔 훈련되어 있었다. 내가 말려볼 틈도 없이 정문에서가 아니라 정문으로 가는 도중에 코끼리 퍼레이드가 시작되었다. 붉은 꽃 한 송이를 등에 얹은 코끼리들이 추는 군무가 악단이 연주하는 「축배의 노래」와 함께 어우러졌다. 그때까지도 정문 앞을 떠나지 않았던 사람들이 박수를 치거나 사진을 찍어댔다. 쏘냐와 튀라는 설사를 좍좍 갈기면서도 춤을 추었다. 코를 양 옆으로 흔들면서 왼발과 오른발을 차례대로 접고 자리에 앉았다 일어나며 엉덩이춤을 추었다. 코를 하늘 위로 높게 치켜세웠다가 쿵쿵 땅을 울리며 앞으로 나아갔다. 다시 왼쪽 오른쪽으로 두 차례씩 긴 코를 하늘로 들어올렸다. 빗줄기를 쏟아붓는 하늘을 향해 코를 쏘아 올리는 것 같은 모습이었다.

코끼리들은 한번 쇼를 시작하면 끝이 날 때까지 절대로 멈추지 않게 훈련되었다. 홍학과 함께 한 군무가 오 분, 코끼리만 하는 쇼가 십오 분이었다. 나는 음악에 맞춰 몸을 흔드는 코끼리들 옆에 전기 총을 든 채 무력하게 서 있었다. 코끼리의 군무가 점점 더 활기를 띠기 시작할 때쯤 다시 「축배의 노래」가 들려왔다. 악단장은 마치 무한 반복이라도 할 것 같은 완강한 모습이었다. 코끼리들은 덜렁 덜렁 코를 흔들며 리듬에 맞춰 춤을 추었다. 차례대로 앉았다 일어나기를 반복한 후 푸앙이 쏘냐의 어깨 위에 올라가 커다란 횃불을 치켜세우는 것으로 끝이 날 것이었다. 그러나 지금은 푸앙이 없다. 그는 어디로 간 것일까. 홍학들은 왜 하나도 돌아오지 않는 거지? 본관으로 갔던 팀장이 호루라기를 불며 이쪽으로 뛰어왔다. 정문을 가로지르는 팀장의 뒤쪽으로 익숙한 남색 기지바지가 지나갔다.

……할머니?「축배의 노래」에 맞춰 자박자박 발걸음을 옮기는 사람은 다름 아닌 우리 할머니였다. 나는 재빨리 할머니를 향해 뛰었다. 할머니, 할머니이! 그러나 할머니는 멈춰서지 않았다. 내 등 뒤에서 악단장이 연주하던 바이올린이 바닥에 내팽개쳐지는 둔탁한 소리가 났다. 전기 총을 쏘는 소리도, 코끼리들이 거세게 날뛰며 질러대는 울음과 구경하던 사람들의 비명이 뒤섞였다. 돌아서서 잠시 주춤하던 나는 다시 있는 힘껏 할머니 쪽을 향해 뛰어갔다. 빗물이 자꾸 눈 속에 모였다.

삼촌의 뼛조각을 손에 쥔 할머니를 바라보고 있어서인가. 내 손은 자꾸만 할머니의 몸을 움켜쥐려고 했다. 아버지가 못을 골라내자 화장장 직원은 가족들이 보는 앞에서 바로 삼촌의 뼈를 유골함에 넣어주었다. 고모들은 자신의 혈육이 그렇게 되었다는 사실이 기막힌 듯 바닥에 주저앉아 통곡했다. 촉망받던 조련사였으며, 사람 좋던 막내 삼촌은 그렇게 몇 줌의 가루가 되었다. 옥색 유골함 위에는 삼촌의 이름이 새겨져 있었다. 이제 삼촌은 옥함 겉면의 금박 이름으로만 남게 될 모양이었다.

할머니가 움켜쥐고 있던 손을 입으로 가져갔다. 크게 우시려는가 싶어 나는 고개를 돌려 유골함 쪽을 쳐다보았다. 할머니의 울음소리가 들려오지 않았다. 나는 다시 할머니를 쳐다보았다. 단단히 쥐고 있던 두 주먹이 텅 비어 있었다. 나는 할머니의 두 손을 자세히 살폈다. 그러는 사이 할머니는 천천히 입을 우물거렸다. 수골실의 모든 것이 잠깐 멈춘 것 같았다. 할머니는 나와 눈이 마주쳤는데도 하던 행동을 멈추지 않았다. 할머니가 갑자기 상체를 숙였다. 입속의 것이 제대로 넘어가지 않는가. 나는 의자에 걸터앉아 오랫동안 할머니 뒤쪽의 흰 벽을 바라보았다.

집으로 돌아온 할머니는 잘 움직이지도, 무엇을 먹으려고도 하지 않았다. 아버지가 할머니를 병원으로 모셔가려고 했지만 완곡히 거절했다. 그러지 말구, 동물원에 가보자. 집으로 돌아온 후에 할머니가 우리들에게 처음으로 한 부탁이었다. 나는 내가 잘못 들었나 했지만 그것은 분명 동물원이라는 말이었다. 아버지가 동물원에 데려다주지 않자 할머니는 살아 있는 사람들이 해야 하는 모든 행위들을 다시 거부하기 시작했다. 아버지의 기세와 할머니의 고집 사이에서 가족들은 이러지도 저러지도 못했다. 나는 밤마다 할머니 방으로 가서 할머니의 몸을 쓰다듬었다. 여기 어디쯤 삼촌이 있을 거라는 생각을 하니 갑자기 할머니의 몸이 무척 단단하게 느껴졌다. 한밤중이면 삼촌은 할머니의 쇄골 위에 얹혀 있었다. 할머니가 들이쉬고 내쉬는 숨 속에서도 삼촌의 냄새가 났다. 어느 날엔가 삼촌은 할머니의 팔목을 그러쥔 채 죽이 담긴 숟가락을 할머니의 입속으로 밀어 올려주기도 했다. 먹은 음식이 어쩌다 얹히기라도 하면 조용히 할머니의 등을 쓸어주었다. 나는 삼촌이 그렇게라도 여기서 할머니와 함께 있다는 것이 퍽이나 다행스럽게 느껴졌다. 삼촌, 좋아? 나는 탄 못과 할머니의 무릎을 번갈아가며 만졌다.

그렇게 자식을 잃은 어미는 오래 울었다. 가족들 모두 마음을 진정시키고 일상으로 돌아간 다음에도 할머니는 울음을 멈추지 않았다. 새벽에 홀로 깨어 화장실에 다녀올 때도, 물에 만 밥 한 그릇을 다 먹고 난 뒤에도 삼촌의 베개를 쓰다듬으며 울었다. 어쩌다 밥상에 삼촌이 좋아하던 창난젓이라도 올라오면 그걸 바라보며 오랫동안 통곡했다. 눕거나 앉거나 간신히 일어서거나 벽에 등을 기대거나 할 때마다 새로운 울음들이 할머니의 몸 밖으로 빠져나왔다. 언제 어디서 어떤 자세로든 울고 있는 어미의 목울대에 삼킨 뼈가 덜걱덜걱 걸려드는 듯했다. 울다 지쳐 몸을 짚으면 어디서든 만져지는 아들이 걸려 한시라도 마른 숨을 쉴 수 없는 것 같았다. 살아 있는 유골함이 되는 일은 무척 힘겨운 일이었다. 그래도 할머니는 식구들 앞에서 아무런 내색도 하지 않았고, 몸 밖으로 울음소리를 내보내지도 않았다. 그렇게 일 년이 지난 오늘 할머니는 혼자서 동물원에 온 것이었다.

우리가 걸음을 멈춘 곳은 식물원 입구였다. 할머니를 막
따라잡으려다가 도대체 왜 동물원에 왔고 또 어디로 가려는
것인지 궁금해 뒤를 따랐다. 할머니의 남색 기지바지 속에서
끊임없이 휴대폰 벨소리가 들려왔다. 다시 원내 방송이 나왔
다. 이하설 조장님, 운영실로 와주시기 바랍니다.

식물원 뒤쪽에는 고사한 나무들이 즐비했다. 희귀한 꽃이
나 과실수들은 이미 다른 곳으로 팔려가거나 누군가 빼돌린
뒤였다. 테마랜드를 재정비한다면 가장 먼저 손을 대야 할
곳도 여기였다. 할머니는 왜 하필 이곳으로 온 것일까. 마침
내 할머니가 걸음을 멈추고 단풍나무 둥치에 기대앉았다.
집에서 동물원까지 걸어왔다면 꽤 오랜 시간이 걸렸을 텐
데…… 나는 천천히 할머니 쪽으로 다가갔다. 내가 집으로
모셔다 드릴 작정이었다. 그때 할머니가 손을 뻗어 땅바닥
에 흩어져 있는 나뭇조각 하나를 집어 들었다. 내 새끼손가
락만 한 나뭇조각이었다. 주저할 새도 없이 할머니는 그것
을 입에 넣은 후 가슴을 쳤다. 그러면서 소리내어 울었다. 크
으흑, 으흑. 그것은 그동안 가슴에 쌓였던 울음들이 한꺼번
에 터져 나오는 듯한 소리였다. 나는 다가가 말리지 않았다.
할머니도 얼마간은 큰 소리로 울어야 하는 시간이 필요했기
때문이었다. 할머니는 주먹으로 툭툭 땅을 쳤고, 나무 둥치

에 등을 짓찧었다. 돌로 만든 조형물에 얼굴을 갖다 박았고, 두 손으로 머리채를 쥐어뜯었다. 할머니는 그동안 속으로 잦아들었던 울음들을 모조리 뱉어내는 중이었다.

그때 식물원 어디선가 커다란 새의 날갯짓 소리가 들려왔다. 혹시, 푸앙? 그는 나에게 다른 한국 사람들과 구별되는 나만의 향기가 있다고 말하곤 했다. 내가 자기를 찾는 거라 여기고 또 달아나버리면 어떡하지? 푸드덕거리는 새소리와 할머니의 울음이 식물원 안을 가득 메웠다. 죽은 나무들도 잔잔한 바람을 타며 울음소리와 박자를 맞췄다. 나는 할머니가 울고, 푸앙이 새들과 함께 마음을 삭이고 있는 여기가 아주 잠깐 동안만이라도 누군가에게 아무런 방해를 받지 않기를 바랐다.

통곡을 그친 할머니가 다시 걸었다. 나는 할머니 뒤를 바짝 따라붙었다. 할머니는 몸에 남아 있는 울음을 마저 내보내느라 뒤에 있는 나를 여전히 알아차리지 못했다. 한참 동안 동물원 곳곳을 걷던 할머니는 코닥 사진관 앞에서 멈춰섰다. 우두커니 서서 문 닫힌 사진관의 창을 한참동안 들여다보았다. 거기에는 코끼리 등에 올라탄 삼촌이 붉은 조련복을 입고 활짝 웃는 사진이 붙어 있었다. 테마랜드 30년의 모습을 한꺼번에 볼 수 있도록 전시된 사진들이었다. 오래되어 빛이 바랬을 뿐, 사진 속의 모든 것들은 충분히 식별이 가능했다. 할머니는 손을 뻗은 채로 창 쪽으로 다가섰다. 삼촌의 사진이 왜 아직도 저곳에 걸려 있는 것일까. 테마랜드의 사정을 잘 아는 사람이라면 저 사진을 계속 걸어놓을 생각은 하지 못했을 것이다. 할머니! 그제야 내가 큰 소리로 할머니를 불렀지만 할머니는 뒤돌아보지 않았다. 나는 멀찍이 떨어져서 코끼리 등에 앉아 밝게 웃고 있는 삼촌과 그것을 향해 말없이 손을 뻗는 여인을 찍은 한 장의 사진을 쓸쓸히 바라보았다. 내가 보고 있는 이 사진 속으로도 빗방울들이 쏟아져 내렸다.

정적을 깬 것은 다름 아닌 푸앙이 우는 소리였다. 푸앙은 팀장에게 먹살을 잡힌 채로 끌려왔다. 여전히 홍학 한 마리를 품에 안고 있었다. 야, 이하설! 나는 갑작스런 그들의 등장에 놀라 나도 모르게 할머니! 하고 한 번 더 외쳤다. 내내 그렇게 멈춰 서 있을 것만 같던 사진 속 초로의 여인이 나를 향해 몸을 돌렸다. 그러나 여인의 핏발 선 두 눈이 멈춘 곳은 내가 입고 있는 삼촌의 조련복이었다. 자신의 손으로 직접 단추를 달고 솔기를 여며준 이 옷을 할머니는 단박에 알아차린 것 같았다. 어느새 창틀에서 떼어낸 삼촌의 사진을 안은 할머니가 다른 한 손으로 내 옷을 가리키며 다가왔다. 팀장과 푸앙도 이쪽으로 바짝 다가섰다. 나에게로 향해 오는 이들의 발자국 소리가 코끼리 울음보다 더 크게 느껴졌다. 쏘냐와 튀라는 우리로 돌아갔을까.

어찌할 바를 몰라 나는 조련복 속에 있던 못을 꺼내 쥐었다. 나는 어느 쪽으로도 가지 못했다. 누군가 먼저 잡아당기지 않는다면 나는 언제까지라도 그렇게 서 있을 것만 같았다.

분나

나는 이무의 신발을 신고 뛰었다. 발보다 큰 신이 심장처럼 헐떡였다. 불티가 터져 오르는 곳으로 가는 중이었다. 발끝이 뜨거워 신발이 벗겨진 것조차 알지 못했다. 밭둑 위에서 새카맣게 그을린 어깨에 그보다 더 검게 탄 염소들을 들쳐 메는 이무가 보였다. 외팔이라 다소 불안해 보였지만 그에 아랑곳하지 않는 힘이 실린 다부진 몸이었다. 표정 없는 이무의 얼굴과 타 죽은 염소들이 내 쪽으로 다가왔다. 밭을 태운 잿더미 속에서 아직 죽지 않은 불씨들이 언제든 다시 일렁일 기회를 엿보고 있었다. 뿌리째 뽑힌 나무들이 불타고 있는 자리에 염소 똥 같은 분나 열매들이 따닥따닥 떨어졌다. 뜬금없이 노랫소리가 들려 뒤를 돌아보니 아지자였

다. 불타버린 밭과 검게 그을린 염소 똥 위로 아지자의 노래
가 흠뻑 쏟아졌다.

벗겨진 신발을 찾아오느라 한참이 지나서야 집으로 돌아
왔다. 살점이 녹아내린 채 서로 바짝 뒤엉켜 있는 염소 두 마
리가 마당 한쪽의 툇마루 옆에 부려져 있었다. 이무가 염소
들 사이에 긴 칼을 넣고 휘저을 때마다 한 손만으로는 어림
도 없어 보이는 부위들이 껍질처럼 잘려 나갔다. 내가 그쪽
으로 바투 섰지만 대놓고 언짢아하는 이무에게 질려 부엌으
로 도망을 쳤다. 마당과 부엌 사이를 안절부절 못 하고 돌아
다니던 아지자가 염소, 염소 하는 말이 분나, 분나 하는 소리
로 들렸다. 노을이 지는 때였다.

벽에 걸린 선반에서 돌확을 내리자 아지자가 부리나케 내
쪽으로 달려들었다. 불에 놀라 정신을 잃고 노래를 하던 얼
굴과는 사뭇 달랐다. 아지자의 허락 없이는 돌확을 건드리
면 안 된다는 사실을 잠시 잊고 있었다. 황황히 돌확을 끼고
도는 그녀를 위해 엊그제 새로 볶아둔 분나를 꺼내 왔다. 두
주먹쯤 쥐어 돌확에 넣어주니 아지자의 입에서 쉴 새 없이
풀려나오던 이무와 불에 대한 저주는 사라지고 자그락자그
락 분나가 으깨지는 소리만 났다. 타다 만 염소의 살이 베이
는 소리와 분나가 갈라 터지는 소리가 맞물렸다. 나는 두 손
으로 눈두덩을 짚고 돌아섰다. 아지자는 늘 예고 없이 정신
을 놓곤 했지만 분나는 그녀가 평생 만져온 일이었고, 그 지

경이 되어서도 놓지 않는 유일한 기억이었다. 아지자는 아직도 전과 다름없이 분나를 잘 다룰 수 있다고 믿었다. 그러나 오늘은 평생 허리가 굽고 지문이 닳도록 열매를 따던 분나 밭이 잿더미가 된 날이었다.

방금 갈아둔 것을 다시 돌확에 쓸어넣고 또 갈아버린 검은 콩들이 분진처럼 날렸다. 자욱하고 매캐한 분나 향과 염소 탄내가 마당을 가득 메웠다. 뜨거운 분나가 잔에 담겨 툇마루에 놓였다. 누구도 손대지 않는 그릇들 속의 어두운 화기가 더 태울 것도 없는 아지자의 기억을 까맣게 녹여가는 것을 나는 저녁 내내 지켜보았다. 집집마다 분나를 끓이는지, 동네 여기저기를 휘돌아온 바람에는 쓰고 단 향이 묻어 있었다.

이무와 나의 첫날밤이었다. 여러 번 씻었는데도 몸에서 자꾸만 불내가 나는 것 같아 마음이 쓰였다. 겨드랑이에서는 생콩 비린내도 났다. 불을 본 아지자의 상태가 심상치 않아 미뤄야 하나 내내 고민했다. 그러나 이무가 그렇게 돌아온 후로 지금까지 미뤄둔 일이었다. 꼭 이렇게까지 해야 하나 싶다가도, 이러지 않으면 또 어쩌겠다는 건가 하는 생각도 컸다. 얼마 전에 이무가 분나 밭의 일을 아지자와 상의했고, 차트 이야기가 나오자 아지자가 서둘러 우리의 합방 문제로 매듭을 지어 정해진 시간이었다. 나 역시 마냥 피할 수만은 없다는 것을 알고 있었다.

　이무는 큰물로 일을 하러 떠났다. 그런 그가 때에 전 붕대를 한 팔에 친친 감고 돌아온 날부터 아지자는 종종 정신을 놓았다. 마침 마을의 분나 밭들이 하나둘씩 없어져가던 참이었다. 실종된 이무가 나타나기 전까지 아지자와 나는 그런대로 사이좋은 엄마와 딸처럼 지냈다. 간간이 분나를 마시러 왔던 손님들이 우리가 서로 닮았다며 혹시 모녀가 아닌가 하고 물어올 때면 나는 괜히 기분이 좋아 아지자 옆에 더 찰싹 달라붙곤 했다. 그런 우리 기억 속의 이무는 바짝 마르고 강해보이는 외형과는 달리 쾌활하게 농담을 잘하던 사람이었다. 그러나 큰물 위에서 몇 년을 살다 온 그는 거의 말을 하지 않거나 같이 일을 하러 나갔던 사람들과 어울려 차트를 씹는 일로만 시간을 보내려 들었다. 그가 차트에 취해 눈이 풀려 있는 것을 볼 때마다 아지자는 세상을, 자꾸 이무를 현혹시키는 친구들을, 그리고 그를 제대로 단속하지 못하는 나를 원망했다. 마을 전체에 돈과 환몽에 홀린 사람들이 늘어갔다. 대부분 이무처럼 밖에 나갔던 친구들이었고, 그들은 늘 차트 잎을 입에 한가득 넣고 질겅댔다. 아침에 눈을 뜨면 습관처럼 분나를 찾아 마시면서도 돈 안 되는 농사는 이제 그만 지어야 한다며 목소리를 높였다. 내가 분나 밭으로 일하러 가는 것을 본 이무가 하루는 한 팔 가득 돈을 안고 오더니 더 이상 밭에 나가지 않아도 된다며 큰소리쳤다. 그가 때 탄 헝겊으로 잘린 팔을 감싸고 서서 내뿜은 입찬소리들이 방 안에 가득 퍼졌다. 한참이 지나도 이무의 말들은 사라지지 않고 고스란히 내 가슴에 쌓였다. 나는 화로에 철판을 올리고 생콩을 볶기 시작했다.

큰물에 오래 떠 있던 이무, 아지자가 기른 이무, 부러진 가지 같은 팔뚝 위에 녹색 이파리를 잔뜩 심어놓은 이무, 차라리 돌아오지 않아도 좋았을 것 같은 병신.

오랜 시간을 두고 몇 번이나 돌아누웠는데도 이무가 방으로 들어오지 않았다. 사람의 기척으로 느껴지지 않는 어렴풋한 소리들이 바람을 타고 방문 앞을 서성댔다. 딱히 바라던 것은 아니었지만 어차피 아무래도 상관없는 불면의 밤이었다. 살그머니 일어나 화로에 불을 지폈다. 밖으로 나가 저녁에 아지자가 끓인 분나를 한 잔 가지고 들어왔다. 손에 쥐고 있는 검은 물이 내 마음을 따라 출렁거렸다. 막 솟아오른 불길이 화로 위에 올려둔 주전자 주변을 어슬렁댔다.

온다, 나무둥치가.
운다, 소녀가.
여린 손으로는 어림도 없어 보이는 나무줄기를 소녀가 혼신의 힘을 다해 자른다. 소녀로부터 대여섯 걸음 정도 떨어진 곳에 나무 한 그루가 불타고 있다. 소녀가 가지치기하듯 잘라낸 줄기들을 불에 던져 넣는다. 소녀는 재게 손을 놀려 돌확에 넣어둔 나뭇조각들을 빨기 시작한다. 이제 벌레처럼 제 몸을 뒤덮던 나뭇잎들도, 온몸 구석구석 찔러대던 나무 줄기들도 모두 불태워질 것이다. 검불을 인 나무 이파리들이 파스슥 타들어간다. 나무의 맨몸이, 우뚝 솟은 굵은 가지를 불이 집어 삼킨다. 소녀가 아예 자리에서 일어나 두 발로 나무줄기들을 짓이긴다. 으깨진 줄기에서 붉은 진액이 흘러나와 불에 바짝 졸여진다. 거침없이 몸속으로 파고들던 나뭇가지들을 바수는데도 소녀가 견딜 수 없어 하는 것은 어느새 그 망할 놈의 줄기들에 익숙해진 자신의 몸이다. 거칠고 무딘 가지가 집요하게 파고들던 제 몸의 구멍들. 소녀는 할 수만 있다면 제 몸뚱이도 같이 태워버리고만 싶다. 빌어먹을! 증오하다 그리워져버린 소녀의 마음에까지 불이 붙는다. 불 위에 불을 얹어 이곳을 모조리 태워도 시원찮을 것 같다. 더 볼 테면 보고, 또 올 테면 와보라는 심정으로 소녀는 뜨거운 공기에 맞선다. 촤륵, 눈물이 고인 소녀의 동공에 불이 잡힌다. 그래도 나무가 다 타는 것은 끝까지 보고야 말겠다는 의지가 눈물이 되어 떨어진다. 불길이 절정으로 치닫자 나무둥치가 불을 따라 벌떡 일어서는 환영이 인다. 언제 나무의 숨이 끊어졌는지, 어디쯤에서 허리가 꺾였는지 모른다. 어느새 바짝 다가온 불길이 소녀의 발치께에서 어른거린다. 이만하면 됐다 싶었던 그때 소녀의 몸이 덜렁 솟구친다. 제 뱃구레를 억세게 감아쥔 손을 벗어나려 발버둥을 쳐도 소용이 없다. 소녀는 불보라를 벗어났다는 기쁨보다 살았다는 데에 더 깊이 절망한다. 소녀가 불 밖으로, 저 멀리 들려 간다.

살고싶지않은마음이검은연기로심장에고인다.

자세히 보려 하면 멀찍이 달아나버리고, 보고 싶지 않아도 기어이 보여주고야 마는 그림의 기억이다. 불면과 잠 사이는 늘 뜻 모를 그림을 이해하는 일로 분주했다. 대체 언제부터 그 그림들이 나를 쫓아왔는지 기억나지 않는다. 그림과 선잠 사이를 오가느라 목이 탔다. 손을 더듬어 머리맡에 두었던 분나를 찾았지만 어느새 잔이 텅 비어 있었다. 빈 잔 너머로 이무가 보였다. 나도 모르게 잔을 힘주어 내려놓았다. 그는 네모반듯한 새 모자 위에 무딘 몽둥이 같은 팔을 함부로 부려둔 채였다. 나는 치밀어 오르는 화를 간신히 억누르며 문을 닫았다. 마당가의 툇마루 쪽에서 아지자의 목소리가 들려왔다.

그릇에 물을 떠서 툇마루로 갔다. 아지자는 흰옷을 입은 한 무리의 사람들에게 둘러싸인 채 막 화로 위에서 끓고 있는 주전자 뚜껑을 여는 중이었다. 손님들이 입고 있는 흰옷이 햇살처럼 눈을 파고 들어와 잠깐 중심을 잃었다. 요동치는 물이 쏟아질세라 조심스럽게 그릇을 내려놓고 마루 끝으로 가 앉았다. 손님들이 일제히 분나 잔을 입에 가져다대는 것을 본 아지자가 다른 주머니에서 새로운 분나를 꺼내 갈기 시작했다. 빻는 순간부터 시큼한 냄새가 나는 것을 보니 높은 고원에서 따온 분나를 바순 것 같았다. 아지자와 함께 지낸 지 오 년쯤 되었나. 나는 냄새만으로도 그것이 어느 지역에서 수확한 것인지 알 수 있게 되었다. 이제야 내가 조금씩 분나를 가려내는데, 아직 배워야 할 것들이 수두룩한데 아지자의 몸과 마음에는 조금씩 검은 물이 들고 있었다. 잔을 든 사람들은 그녀가 새로이 피워올리는 냄새와 자신들이 들고 있는 뜨거운 분나의 향이 섞이는 것에 흠뻑 취해 달뜬 얼굴이 되어갔다. 그중에서 흰 사각모자를 눌러쓴 사람 하나가 유독 나를 빤히 쳐다보았다. 눈이 몇 번 마주쳤지만 아예 내가 먼 산 쪽으로 고개를 돌려버리는 바람에 그가 뜻하는 바를 알 수는 없었다. 아지자는 분나를 끓일 때 자신에게 집중하지 않는 손님을 견디지 못했다. 그녀가 다급히 심부름을 시키며 나를 내몰았다. 밖으로 나가 대체 무엇을 어떻게 하라는 것인지 제대로 듣지 못했지만 나는 되묻지 않았다. 마당을 가로지르다가 대문 쪽에서 펄럭이는 흰 천을 보았다. 그것을 따라 나오니 문 앞에 고여 있던 분나 향이 한꺼번에 내게 달려들었다. 거대한 꽃술에 머리를 한 방 맞은 것 같았다. 달고 쓴 냄새가 나는 것으로 보아 나흘 전에 볶아둔 평지에서 나는 열매였다. 대문을 등지고 연못 쪽으로 걷기 시작했다. 밖에서 몰아쉰, 막혔던 숨이 한꺼번에 풀어지는 소리가 안에서도 들렸을까.

  마을의 분나 밭에서는 개간을 반대하는 노인들과 가차 없이 뽑아버린 나무를 들어 나르려는 젊은 남자들의 싸움이 연일 계속되는 중이었다. 우리 집이나 저 밭이나 사정은 별반 다를 게 없어 지나가다 잠시 스친 것만으로도 그들의 말이 짐작되었다. 공중에 떠 있는 말들을 더 듣고 싶지 않아 아지자처럼 뜻 모를 음을 노래랍시고 입속에서 궁굴렸다. 그 소리들이 두 발에 힘을 주었다. 아지자도 어제 이렇게 버텨낸 건가. 눈 돌리는 곳 어디나 분나가 심겨 있는 마을이었다. 하나둘씩 밭을 뒤엎고 차트를 심는 것을 보면서도 '우리'는 괜찮을 거라고 믿고들 있었다. 매일 싸움이 터졌고, 몇몇은 머리와 가슴을 움켜쥔 채 쓰러졌다. 사람이 넘어져 있는데도 그 위로 나무가 뽑히고 새로운 묘목들이 심겼다. 마을에 남아 있던 노인들로서는 대처의 물을 마시고 돌아온 젊은이의 현란한 언변을 이길 재간이 없었다. 여기저기서 서둘러 처분하고 남은 분나 열매들이 연못에 버려졌다. 마을에 있는 유일한 물 웅덩이였다.

  물속에서 어둡게 썩어가던 분나 열매가 어느 순간 싹을 틔우고 잎을 수면 위로 올리기 시작한 것은 그로부터 두 계절이 지난 다음이었다. 오래 묵은 화를 한꺼번에 토해내듯, 푸른 잎들이 솟구친 웅덩이는 마치 못다 한 분나의 말들을 전하고 있는 것만 같았다. 오래전부터 분나 잎으로 하루의 운

세를 점치던 노인들이 하나같이 입을 모아 분나의 뜻을 읽었다. 그들의 이야기 속에는 내가 도무지 가닿을 수 없는 어떤 '지혜' 같은 것들이 담겨 있었다. 하지만 그도 이제는 밭과 함께 운명을 같이하게 될 오래된 말들이었다. 연못 밖으로 빠져나가지 못하고 동심원처럼 둥글게 모여든 지혜들이 종내에는 연못 한가운데 있는 너럭바위에까지 흘러왔다. 그 원(圓)을 보고 듣는 사람은 항상 나 혼자였다. 바위에 오도카니 앉아 있던 나는 미처 읽히지 못한 마음을 가만히 어루만지듯이 동심원의 한가운데에 손을 대었다.

우기가 왔어도 비가 올 조짐은 보이지 않았다. 얼마 남지 않은 연못의 물을 끌어다 쓰는 데에도 한계가 있어 분나 농사를 포기하는 사람들이 늘어났다. 한두 번 겪는 가뭄이 아니었으나 새로 물꼬를 트는 어려움보다는 차트를 심는 간편함을 택한 집들이었다. 차트 묘목은 물 없이도 재배가 가능한 작물이었다. 몇몇의 노인들이 새로운 이파리 점을 친답시고 차트에 손을 댔다. 그래놓고 스스로도 겸연쩍었던지 이게 모두 다 가뭄 탓이라고, 분나가 돈이 되지 않아 우리가 이렇게 가난해졌다는 엉뚱한 소리를 지껄였다. 그나마 끝까지 버티고 서서 입바른 소리를 하던 또 다른 노인들은 그날 먹은 것을 다 게워내다가 뒷목을 잡고 쓰러졌다. 몇 남지 않은 집들에서 피어오르는 분나 향만이 유일하게 그 무엇도 원망하지 않던 어느 날, 크나큰 적선처럼 찔끔찔끔 비가 내렸다. 나는 비바람을 타고 있는 묘목들을 두 손으로 헤치며 연못 한가운데로 텀벙텀벙 걸어 들어갔다. 순식간에 사람 무릎께까지 자라난 것들이 밖에서 보는 것보다 더 빼곡히 들어차 못 가운데 있는 너럭바위에 올라가는 데도 한참 애를 먹어야 했다.

바람이 방향을 바꾸어 불어오기 시작했다. 분나 묘목들이 바람을 따라 일시에 허리를 굽혔다. 다른 때 같았으면 내 머리도 같이 흩날렸을 테지만, 길게 땋아 내린 머리를 틀어올려 귀 뒤로 단단히 고정을 시켜둔 까닭에 바람이 스치는 것을 그저 무심히 바라만 보았다. 첫날밤을 치렀다는 표식이었다. 어김없이 찾아온 그림 속을 헤매던 나는 이제 더 이상 허리 아래로 길게 땋은 머리를 하고 다닐 수 없다는 데까지 생각이 미쳤다. 막상 머리에 손을 얹으니 알 수 없는 감정들이 성큼성큼 다가왔다. 이리저리 뒤척이다 결국 일어나 앉아 머리를 옆으로 올려둔 새벽. 이무 역시 첫날을 의식했던지 어른들이 쓰고 다니는 네모반듯한 모자를 곁에 두고 쪽잠을 자고 있었다. 어찌되었든 밤은 지나갔고 우리는 서둘러 어른이 되었다.

사망이 아닌 실종이 어디냐며 누군가 우리를 위로했고, 아지자는 그 말에라도 희망을 걸고 싶어 했다. 그러나 매일 아침 일어나 이무의 물건들을 붙잡고 우는 아지자를 다독이는 일은 아무리 오랜 시간이 지나도 익숙해지지 않았다. 그로부터 머지않아 나는 그녀의 기억이 흐려지고 있다는 것을 알게 되었다. 목 놓아 울다 본인이 대체 왜 울고 있는지 모르겠다는 말끔한 표정으로 돌확을 닦거나 툇마루를 쓸었다. 의붓아들이라 저렇게 빨리 잊는 거냐는 가시 돋친 말들을 하는 손님도 있었다. 그 말을 들었는가 싶어 내가 자세히 아지자를 살폈지만 그녀는 어느 때보다 태연한 모습으로 화로의 불을 지피는 중이었다. 다른 손님들에게 나를 딸이라 소개하며 좋은 혼처를 부탁한 적도 있었다. 서서히 방향을 잃어가는 기억과는 달리 아지자의 분나 맛은 점점 더 깊어져갔다. 뜨거운 것도 아랑곳하지 않고 맨손으로 화로를 조절해가며 끓고 있는 주전자의 김을 빼고 갈린 분나를 넣는 그녀의 손은 절도 있는 군인의 걸음처럼 한 치의 흐트러짐이 없었다. 일견 단순해 보이는 동작 속에서 누구도 쉽게 따라할 수 없는 맛이 배어 나왔다. 분나는 애초에 아무나 맛을 내기 어려운 까다로운 열매였다. 손님들은 분나의 향에 취하고, 분나를 다루는 아지자의 능란한 손놀림에 홀렸다. 아지자가 끓인 분나는 차갑게 식어도 그 맛이 변하지 않았다. 뜨거운 것은 뜨거운 것대로, 차가운 것은 또 그만의 맛과 향이 났다. 그것을 한 잔 청해 마시려는 손님은 끊이지 않았지만 이 일만으로 생활을 하는 데는 무리가 따랐다. 나는 거의 매일 다른 밭으로 가서 이런저런 일을 돕고 일당을 받았다. 하지만 이제는 그마저도 점점 줄어들고 있었다.

아지자에게 몇 번이나 혼쭐이 나고 나서야 나는 어떤 것이 제대로 된 단물인지를 알게 되었다. 분나를 끓이는 단물이 고인 곳까지는 새벽같이 일어나야 다녀올 수 있을 만큼 멀었다. 잠시라도 주춤했다가는 밤새 산 쪽에서 내려와 고인 물이 동나기 일쑤였다. 일찍 일어나 물을 긷고 연못으로 출발하려던 그때 이무의 소식을 전하기 위해 누군가 우리 집을 찾아왔다. 어눌한 음성으로 이무의 실종을 전하는 그의 말을 우리는 반만 믿었다. 머지않아 이무의 물건들이 너덜너덜해진 종이 박스에 담긴 채 집에 도착했다. 그것은 내가 밭에 나가 해야 할 일들이 더 많아졌다는 것을 의미했다. 나는 전보다 더 일찍 일어나 우리 밭으로 가서 풀을 뽑거나 밭둑을 살핀 후에 물을 뜨러 갔다. 부엌의 항아리에 물을 가득 채워둔 다음에는 남의 밭으로 가서 모종을 고르고 열매를 따고, 마른 분나 열매 중에서 썩거나 생김이 고르지 않은 것들을 하루 종일 추려내는 일에 파묻혔다. 해야 하는 일들에 짓눌린 내게 더 이상 이무의 실종을 의심할 여유는 없었다.

화구의 불이 너무 세 철판에 올려둔 생콩들이 겉만 타고 속은 익지 않고 있을 때였다. 콩이 타는 연기가 두서없이 피어올라 앞이 제대로 보이지 않았다. 나는 매콤한 숨을 뱉으며 허공에 대고 양손을 휘저었다. 흰 연기들이 내 손을 피해 더 먼 곳으로 간신히 흩어지면 곧바로 아래에서 뿜어올린 연기들이 손을 가렸다. 내가 아예 자리에서 일어나 연기를 몰아내려던 그때 희붐한 것들 사이로 이무의 얼굴이 떠올랐다. 그는 오랫동안 잠을 자지 못해 핏발이 선 눈으로 마른기침을 하는 나를 내려다보았다. 몸이 천장으로 쭉 빨려 올라가는 느낌이었다. 실종에서 귀가로 바뀌긴 했지만 그의 왼쪽 손은 끝내 집으로 돌아오지 않던 오후였다. 손이 있던 자리에 몸을 떠돌던 온기가 닿을 때쯤이면 이무는 말을 붙이기 어려울 정도로 강퍅해졌고, 차트를 먹으면서도 불안한 듯이 온몸을 발발 떨었다. 나는 이무의 손이 있던 자리를 홀긋거리다 무서운 마음이 들 때면 한달음에 연못으로 도망을 갔다.

　모르는집이지만익숙한방이다.
　왜 피가 나는 걸까. 참을 수 없을 만큼 배도 아프다. 아마도 죽을병에 걸린 것 같다고 소녀는 스스로 진단한다. 텅 빈 방을 둘러보며 제가 가져온 것들을 생각한다. 잘 말린 분나 열 자루는 지금 어느 방에 쌓여 있을까. 소녀는 먹고 싶다는 말을 하기 전에 미리 알아서 분나를 끓여주던 부지런한 엄마를 생각한다. 엄마는 제법 눈치가 빠른 사람이었지만, 그런 엄마도 소녀가 지금 흘리는 피에 대해 제대로 설명을 해준 적이 없다. 난생처음 겪는 몸의 변화에 놀란 소녀는 그만 중병에 걸린 사람처럼 꼼짝 않고 누워만 있다. 거듭되는 혼자만의 진단에 지친 소녀는 이제 그만 누군가 자신을 거둬주기를, 이 더럽고 냄새나는 골방에서 제 혼을 꺼내주기만을 기다린다. 하지만 생각대로 쉽게 죽어지지도 않는다. 며칠이 지나서야 겨우 피가 멈춘다. 기분이 한결 나아진 것 같기도 하다. 매일 차례대로 소녀의 방에 들어오는 것은 이곳에 온 첫날, 방 안에 들어와 앉아 있던 닮은 얼굴들이다. 어느 한 사람도 소녀에게 호의적이지 않다. 선뜻 콩 볶은 물을 건네는 손도 없다. 소녀가 나고 자란 집에서는 상상도 할 수 없는 일이다. 손님이 오면 기본으로 석 잔, 기분이 좋으면 열 잔도 더 마시고 가는 흔한 물이 여기서는 저들끼리만 달여 먹는 귀한 음료다. 생각도 해보지 못한 일은 매일 밤 일어난다. 그때마다 소녀는 엄마를 생각한다. 대체 어쩌자고 나를 이런 곳으로 보낸 거야. 이럴 거면 글씨라도 가르쳐줬어야지, 여기서 어떻게 집으로 가는지라도 알려줬어야지. 이제 진짜 죽어버릴지도 모르는데! 원통한 소녀는 죽기 전에 자신의 손이 누군가를 해칠 수 있다면 그것의 처음은 바로 엄마일 것이라 굳게 생각한다. 소녀의 가슴에 화가 덧대어 쌓인다. 상처받은 가슴을 비집고 들어선 화가 부풀대로 부풀어 폭발하기 직전에 이르러서야 염소 새끼 같은 까만 아이를 낳는 소녀. 입은 옷을 발기발기 쥐어뜯으며 후산까지 모두 혼자 해낸다. 아무도 소녀의 아이를 거두지 않는다. 울지도 못하고 숨만 몰아쉬던 아이는 탯줄을 감은 채 그대로 어디론가 사라진다. 모두 다 병에 걸린 몸이어서, 엄마가 나를 이 상태로 버렸기 때문에 일어난 일 같다. 엄마를 죽이러 갈 힘도 없어진 소녀는 그만 정신을 놓는다. 막 새끼를 낳은 어미의 몸 위로 고추를 곧추세운 얼굴들이 돌진한다. 아이가 밖으로 나왔어도 부푼 배는 꺼질 줄을 모른다. 호시탐탐 제 차례를 노리는 방 밖의 것들은 다 똑같이 병신처럼 생겼다. 낳은 아기는 젖 한 번 못 물렸는데, 분 젖을 빨아대는 것은 언제나 그 얼굴들이다. 소녀야, 차라리 정신을 놓아라. 제발 그대로 숨을 닫아라. 누군가 빌고 있는 것만 같다. 그러지 않고서야 인간이라는 작자들이, 사람의 얼굴을 한 것들이 이럴 수는 없다. 소녀는 아침이면 슬그머니 떠지는 눈을 손바닥으로 가린다. 두 눈을 손가락으로 찔러 비죽 새어나온 눈물로 눈꺼풀을 붙여두고 다시 잠을 청한다. 엄마를 비롯한 주변의 그 누구도 제대로 가르쳐준 적이 없으므로 소녀는 스스로 일어서는 방법을 알지 못한다. 살아가는 데 있어 필요한 것들을 제대로 학습하기도 전에 이미 겉늙고, 무기력해져버린 열세 살. 간혹 참을 수 없이 분나를 마시고 싶어지는 것만 빼면 더 바랄 것도 없고 또 무엇이 필요한지도 모른다.

소녀가 마음속으로 이제 그만 엄마를 용서해볼까 하는 생각을 하고 있을 때, 팔뚝이 왔다. 두툼한 팔뚝이 방 안에 널브러진 소녀를 일으켜 세운다. 소녀는 이곳으로 온 뒤 처음으로 안도의 숨을 내쉰다. 눈과 마음에서 지웠지만 몸은 기억하고 있는 새끼, 없는 아이를 자꾸 추켜 어르는 소녀 위로 덤벼드는 얼굴들의 고추를 이리저리 치워주는 것도 팔뚝이다. 팔뚝은 힘이 세다. 어쩌면 소녀를 여기서 내보내줄 수 있을지도 모른다. 방 안에 아무도 없을 때면 소녀를 어깨에 얹어 무등도 태워준다. 단단한 어깨에 올라탄 소녀가 까까까-깟 웃는다. 아이를 낳고 벌어져 있던 골반 위로 쉬지 않고 얼굴들이 기어 올라온 까닭에 기형적으로 굳어버린 두 다리를 곧게 펴주기도 한다. 소녀는 처음으로 팔뚝에게 묻는다. 이 집을 부술 수 있어? 입이 없는 팔뚝은 소녀의 손을 세게 잡았다 놓는 것으로 답을 대신한다. 분나 한 잔만 가져다줄 수 있어? 팔뚝은 어디론가 사라졌다 돌아오며 차게 식은 다디단 분나 한 잔을 내민다. 찬바람 잔뜩 맞은 봄꽃 같은 향이 입안 가득 머금어진다. 소녀는 행여 한 방울이라도 흘릴세라 길게 혀를 빼고 잔을 핥는다. 엄마의 맛이다. 몸속 깊이 숨겨두었던 느낌들이 황홀하게 되살아난다. 아끼고 아끼느라 반만 마시고 나머지는 방 안에 꽁꽁 숨겨둔다. 분나 잔을 들여놓았을 뿐인데 방이 비밀의 정원이라도 된 듯하다. 소녀는 오래간만에 마신 분나의 기운 탓에 쉽게 잠들지 못한다. 눈이라도 깜빡할 사이에 혹시 누군가 분나를 가져가버렸을까 봐 몇 번이나 되짚어 잔이 놓인 곳을 확인하다보니 아침이 왔다. 혹시…… 글씨를 알아? 가르쳐줄 수 있어? 어제보다 더 난감한 부탁을 받은 팔뚝은 그만 맞잡고 있던 두 손을 힘없이 늘어뜨린다. 축 처진 팔뚝을 보며 소녀가 걷잡을 수 없이 미안해한다. 소리 없이 돌아간 팔뚝을 기다리던 소녀가 병이 난다. 처음으로 얼굴들을 거부하다가 뺨을 여러 대 얻어맞는다. 며칠 내내 잠만 잔다. 시간이 지나기는 한 건가. 꿈결인 듯 다시 찾아온 팔뚝이 숨 고를 짬도 없이 허공에 글씨를 써내려간다. 저 자신도 막 익혀온 글을 잊어버리지 않고 소녀에게 알려주려 버둥댄다. 떨리는 손으로 괜히 허공만 이리저리 찔러대는 팔뚝을 소녀가 가만히 그러쥔다. 팔뚝과 소녀의 손이 가만히 바닥으로 내려온다. 포개진 두 손이 바닥에 잔잔히 엄마라는 글자를 그리자 엄마의 얼굴이 그 손끝을 따라 피어오른다. 글자를 따라 선명해지는 엄마를 보며 소녀가 운다. 엄마의 형체가 눈물에 녹아든다. 소녀가 제 눈물 속으로 사라지는 엄마 얼굴을 구해내기 위해 다급히 윗옷을 뜯어 바닥에 던진다. 흰 천에 깔린 엄마가 소녀에게 연신 말을 건넨다. 엄마 목소리 대신 문밖에서 거센 손기척이 난다. 팔뚝은 서둘러 바닥에서 엄마의 얼굴을 떠낸다. 엄마가 허공으로 솟구치자 소녀는 팔뚝을 잡고 매달린다. 벌컥 문이 열린다. 찢어진 흰 천이 순식간에 벽에 달라붙는다. 채 빠져나가지 못한 팔뚝도 천 뒤로 숨는다. 찢어진 옷 사이로 보이는 벙근 가슴에 환장한 병신이 소녀를 찍어 누른다. 익숙한 체위처럼 병신 위에 올라탄 소녀가 눈으로는 벽에 매달린 천 속을 헤집는다. 찢어진 천이 핏물을 머금는다. 엄마 얼굴이 떠는 것인지, 팔뚝이 힘을 주는 것인지 모를 울림이 벽을 관통한다.

보고싶었다는말한마디하지못한소녀의입술이새카맣게죽어간다.

집으로 가는 길이 무척 멀게만 느껴졌다. 몇 시지, 하고 놀라는 것은 집에 도착한 다음에 가서 하기로 했다. 너럭바위에 앉아 잠깐 눈만 감는다는 것이 눈을 뜨니 저녁이었다. 마을 여기저기에서 불길이 치솟고 있었다. 저기가 누구네 밭인가 하는 생각을 하다 보니 우리 집 대문이 보였다. 이대로라면 분나를 기르는 사람들이 아예 사라져버릴지도 몰랐다. 이미 나무들을 태워 없앤 빈 밭에 차트 나무 묘목들을 심고 있던 사람들은 엊그제까지만 해도 나와 함께 썩은 분나 콩을 고르던 이들이었다. 집으로 돌아온 이무도 차트를 키워야 한다며 아지자에게 연일 핏대를 세웠다. 씹을수록 기분이 좋고 몸도 가뿐해진다는, 분나보다 더 많은 돈을 벌 수 있다는 이무의 목소리 위로 아지자의 음성이 거칠게 내려앉았다. 그게 신세 망치는 거야! 그러나 이무는 이미 그 나름대로 아지자의 상태를 파악한 뒤였다.

여러 번의 수고를 거치고도 사 년씩 기다렸다 열매를 수확하는 분나와 달리 차트는 이파리만 나오면 바로 내다팔 수 있는 작물이었다. 밭의 토질을 따지지 않고도 잘 자란다고 했다. 나는 날마다 두 나무를 사이에 두고 패가 갈린 사람들이 무자비하게 돌진하여 서로를 헐뜯는 것을 보았다. 잎이 무성한 밭이 보여 혹시 분나인가 싶어 눈을 주면 매번 차트 밭이었다. 마른땅이 서둘러 머금은 빗물같이 차트가 사람들의 입을 순식간에 길들였다. 새로 심은 묘목에서 자라난 연둣빛 이파리들을 보며 미쳐가는 노인들이 늘었다. 밭에 와서 춤을 추고 노래를 하다가 핏줄의 손에 의해 억지로 집에 끌려가는 저녁들. 평생 분나 하나만을 보고 살아온 노인들이 그것에 온 일생을 바쳤다 말하기에 무색할 정도로 재빨리 새파란 잎사귀에 혼을 적셨다.

어미들을 그렇게 만들면서까지 바라던 것을 끝내 이뤄낸 젊은이들은 전보다 더 초조하고 불안해 보이는 표정을 한 채 마을 안을 비구름같이 떠다녔다. 두 손 가득 차트 이파리를 쥐고도 나뭇잎을 따러 밭으로 들어갔고, 제 것이 없는 사람들은 남의 밭에도 서슴지 않고 들어갔다 나오는 길을 찾지 못해 밭둑을 맴돌았다. 더 진하고 독한 맛을 원한답시고 차트와 분나를 섞어 끓이다 그만 심장이 멎어버린 사람도 있었다. 재빠르게 차트 장사를 시작한 축도 생겨났다. 그런 사람들 모두가 전립선과 신장의 병을 앓기 시작했다. 오줌 줄기를 제대로 뿜어내지 못해 퉁퉁 부은 몸이 입맛 없다는 말로 맞이하는 아침들.

멀쩡히 밭에서 잘 자라던 분나 나무들도 더 이상 꽃을 피우지 않았다. 분나 꽃이 피지 않아 그해에는 새로 맺은 열매들을 볼 수가 없었다. 스스로 죽어버린 나무가 채 썩기도 전에 악취가 풍겼고, 연못에는 때아닌 분나 꽃들이 피어올랐다. 사오 년생 나무에서나 피어날 법한 크기의 꽃이 작은 묘목의 가지 끝마다 매달렸고, 이파리가 나오기도 전에 꽃부터 만개했다. 밤이 되면 가지마다 꽃봉오리 벌어지는 소리가 은밀하게 물 위로 내려앉았다. 밤마다 꽃을 보러 나는 연못으로 갔다. 선뜻 들어가지 못하고 연못가를 한참 서성대다 꽃들의 호위를 받으며 너럭바위로 올라서곤 했다. 분나나무들은 꽃을 피우느라 바쁜 줄기들을 더 활짝 벌려 빼곡하게 바위 주변을 감싸주었다. 내가 흩뜨려놓은 연못의 소란이 잠잠해지고 나무들이 또 꽃을 틔워대기에 바빴던 그 밤에 나는 바위 위에서 그림이 찾아오지 않는 단잠을 잤다. 며칠 뒤, 아지자가 연못의 모든 생물들이 누렇게 색이 바랜 채 죽어 있는 것을 맨 처음으로 발견했다. 남의 밭에서 몰래 차트 이파리를 훔쳐 먹고 오던 길이었다. 아지자는 차트가 마을을 버려놓았다며 미친 듯이 울부짖었다. 그러나 잇새가 초록으로 물든 그녀의 말을 귀담아듣는 사람은 아무도 없었다. 이미 연못 따위 안중에도 없던 마을 사람들에게는 그저 썩은 물웅덩이 하나 마른 것뿐이었다.

그제야 나는 더 이상 아지자의 분나를 마실 수 없다는 사실을 알았다. 쉽게 단념하기 어려웠지만 전과 같은 손맛을 기대할 수도 없었다. 분나 꽃 속에서 깊은 잠을 자고 일어난 아침, 나는 아주 오랫동안 풍화된 것 같은 매끈한 돌이 바위 밑에 봉긋하게 돋아난 것을 발견했다. 매일 드나드는 길이었지만 본 적이 없는 돌이었다. 밤새 꽃 이불을 덮어주던 나무들이 날이 밝자 마치 소중한 선물처럼 조용히 꺼내 보인 것이었다. 나는 여태 한 번도 본 적이 없는 구멍 난 흰 돌을 치마폭에 감추고 돌아와 벽장에 넣어두었다. 벽장에는 볶은 지 아주 오래된 분나 냄새가 고여 있었다. 늘 캄캄하고 눅진한 그곳에 나만 아는 비밀이 하나 생긴 것 같아 그날은 하루 종일 기분이 좋았다. 연못에 가지 않고도 기분 좋게 며칠을 보내던 그사이에 연못이 말라버렸다. 나는 한동안 그쪽으로는 발걸음을 하지 않았다. 까닭 없이 신경이 곤두서 밤새 방 안을 뱅뱅 맴돌다가 다시 찾아온 그림을 손으로 내리쳐 뎅겅 쪼개버렸다.

나는 매일 분나를 볶았다. 볶은 분나를 또 볶다가 그 지경이 되어서도 분나만 보면 전처럼 엄해지는 아지자에게 또 꾸중을 들었다. 아침에 쓸었던 마당을 저녁에 또 쓸었고, 이무에게도 친절해졌다. 밭과 집을 오가며 더 악착같이 일을 했다. 하루를 마치고 방으로 돌아와 서둘러 벽장을 열어보면 돌확은 늘 그 자리에 있었다. 곳곳에 곰팡이가 슨 돌확 위로 눈물이 떨어졌다. 오래지 않아 벽장 안의 모든 물건들에 흰 곰팡이가 서리처럼 내려앉았다.

이무와 아지자의 싸움은 날이 갈수록 거칠어졌다. 이러려고 데려왔냐, 키워준 은혜도 모르느냐, 이무는 모든 걸 그냥 다 말해버리겠다며 집 안의 물건들을 때려 부쉈다. 그때마다 나는 손에 쥔 분나 열매를 다시 찾아 온 부엌을 헤맸다. 뭉툭한 이무의 손을 볼 때마다 툭 튀어나온 내 손가락들이 거북하게 여겨진 적도 많았다. 언제부턴가 나는 버릇처럼 분나 열매를 찾아 쥐곤 했다. 옷 주머니마다 볶았거나 생콩 혹은 과육 상태인 분나들이 차고 넘쳤다. 이리저리 바쁜 척 돌아다니다가 주머니가 터진 것도 알지 못해서 열매들이 좌르륵 쏟아져 내린 적도 많았다. 눈이 풀린 채 대문으로 들어서던 이무가 난생처음 보는 열매인 것처럼 그것들을 오랫동안 응시했다. 그가 보는 볶은 콩 속의 어두운 화기와 단내 나는 옛 마음들이 한낮의 마당을 가득 채운 것 같았다. 마당에 흘린 분나를 본 아지자가 습관처럼 돌확을 가져오다 이무와 세게 부딪혔다. 아지자가 넘어지면서 돌확이 이무의 팔에 덜렁 걸렸다. 다시 싸움이 시작될 기미였다. 나는 막 엉겨 붙고 있는 그들을 뒤로하고 방 안의 벽장 속으로 들어갔다. 그곳의 곰팡이 냄새가 오히려 푸근하게 느껴지던 오후, 나는 물때와 곰팡이에 전 돌확을 베고 누워 마음의 문과 귀를 꼭꼭 닫았다.

벽에걸린찢어진옷가지가심장처럼벌렁거린다.

소녀가 갖고 싶고 먹고 싶은 것들이 툭툭 입 밖으로 새어

나온다. 그래서 맞기 시작한다. 원하는 것이 많을수록 말도 빨리 트인다. 소녀는 두드려 맞으면서도 길고 두툼한 고추들을 입에 넣는다. 고추에서 나온 물을 삼키면 얼굴들은 소녀를 때리지 않는다. 소녀의 입에서 분나 과육의 썩은 향이 난다. 따뜻한 분나 한 잔, 갓 구운 둥그런 빵 한 조각이 먹고 싶다는 말이 왜 주먹으로 돌아오는 것인지 소녀는 알지 못한다. 몰라서, 때리는 이의 허리에 매달린다. 밖에 나가게 해, 마실 거, 왜 나를 못 살게, 먹기 싫어 더러운 고추! 놀란 얼굴 하나가 커다란 팔을 치켜든 채 소녀에게 돌진한다. 그와 동시에 벽에 걸어둔 옷가지에서 커다란 팔뚝이 튀어나온다.

소녀가 그나마 아이를 제 손으로 거두었더라면, 그 추운 밤에 따뜻한 분나 한 잔 가져다주는 사람이 있었더라면, 아니, 아예 세상에 태어나지 않았더라면! 소녀는 나무의 혀를 뽑지 못하고 쓰러뜨린 것을 후회한다. 나무의 성기를 이로 끊어야 했던 게 아닌가 되짚는다. 난생처음 소녀 스스로 한 일이다. 왜 진작 이러지 못했을까 하는 뿌듯한 눈으로 벽 쪽을 바라본다. 벽에 매달린 흰 천에서 눈물이 뚝뚝 떨어진다. 소녀는 전보다 한껏 용감해진 표정으로 나무에 불을 지핀다. 그러나 생나무 가지에 불이 쉽게 붙지 않는다. 벽에서 흰 천을 가다듬고 내려온 팔뚝이 나뭇가지에 불을 당겨준다. 여기저기 생채기가 나 있는 뭉툭한 팔이다.

소녀와팔뚝이소리내어웃기시작하자벽이와르르무너

진다.

웅덩이가 마르자 누군가 갖다버린 썩은 분나 자루들이 촘촘히 수면 위로 떠올랐고, 자루들 사이사이로 알 수 없는 동물의 뼈도 드러났다. 심하게 각성된 상태로 밤새 조각난 그림들을 넘겨보던 나는 조용히 집을 나왔다. 무척 오래간만에 찾아온 길이었다. 며칠 사이에 모조리 물이 마른 연못을 걷다 물컹한 것이 발에 밟혀 들여다보려고 하면 썩은 물고기 냄새가 먼저 코를 뚫고 올라왔다. 나는 마른 못을 돌아다니며 흰 돌확과 같은 색의 나뭇가지들을 그러모았다. 사람의 정강이뼈 모양으로 쭉 뻗어나간 것은 등에 찔러넣었다. 할 수만 있다면 너럭바위라도 내 방에 옮겨두고 싶은 심정이었다. 나는 벽장을 열고 연못에서 가져온 것들을 넣어두었다. 이무와 아지자는 제가 먹고 마신 것들에 취해 내가 나가는지 들어오는지 알지 못했다. 눈을 뜨면 서로를 향해 으르렁대느라 이미 나 따위는 안중에도 없는 이들이었다. 어떤 싸움의 끝에 이무는 억울하다는 말을 했다. 몸이 이게 뭐냐고도 울부짖었다. 모두 다 차트 탓이었다.

오래간만에 방 안의 화로에 불을 붙였다. 부엌 선반에서 가져온 철판을 화로에 얹었다. 분나 자루에서 생콩을 꺼내왔다. 마치 처음 해보는 것처럼 떨렸고, 반가운 사람을 오래간만에 만난 것같이 설렜다. 내내 밖으로만 돌던 이무가 어젯밤에 내 방으로 들어왔다. 이무는 제 팔을 감싸고 있던 붕대를 모조리 풀어버린 채였다. 새로 살이 돋아난 탓에 손이 있던 자리가 매끈했다. 그것이 나의 맨몸에 닿았다. 밤이 깊었지만 꽃잠 속으로는 그림이 얼씬대지 않았다. 다음 날 아침에 다시 생리가 시작되었지만 나는 전처럼 당황하지 않았다. 오 년 육 개월 만에 되찾은 몸이었다. 이제 이렇게 살아갈 수 있을 것이라고 생각하니 그제야 몸에 온기가 도는 기분이었다.

철판이 점점 더 뜨거워지고, 적당히 익었던 분나가 새카맣게 타들어갔다.

밖에서 아지자의 커다란 비명이 들려왔다. 둔탁한 것이 어딘가를 여러 차례 내리찍는 듯한 소리가 났다. 전쟁 같던 소란이 잦아들자 비릿한 쇳내가 방 안으로 파고들었다. 나는 연달아 세 종류의 생콩을 볶았다. 오래 잠자고 있던 벽장 속의 돌확도 꺼내들었다. 소복하게 올라온 곰팡이를 화로에 털어내고 있을 즈음, 볶은 콩 냄새를 맡은 아지자가 방으로 기어들어왔다. 나는 막 볶아서 한숨 식힌 것을 새 돌확에 넣었다. 연못에서 주워온 흰 나무줄기는 절굿공이로 쓰기에 꼭 맞았다.

내 돌확은 아지자의 것보다 더 일정하고 부드럽게 갈렸다. 갈고 또 갈아도 흰 돌확에서는 돌가루 하나 묻어나오지 않았다. 볶은 콩이 매끄러운 돌확 속에서 쪼개지는 손맛이 마냥 좋았다. 내친김에 방금 볶은 것들을 모조리 돌확에 담았다. 눈코입처럼 나 있는 돌확의 구멍으로 분나 가루들이 새어 나갔다. 쓰고 달고 신 세 종류의 분나 콩들이 한데 뒤섞여 독특한 향이 났다. 아지자가 만든 것에서는 한 번도 맡아보지 못한 냄새였다. 분나를 보고 제 돌확을 가지러 나간 줄 알았던 아지자가 물이 뚝뚝 떨어지는 나무 한 그루를 안고 왔다. 줄기가 떨어져나갔지만 나무는 여자 혼자 들 수 없을 정도로 매우 컸고, 늙은 아지자의 힘으로는 어림도 없는 무게로 보였다. 오늘따라 아지자는 매우 힘이 센 사람 같았다.

벽장 속에서 내가 모아둔 신발들을 집어온 아지자가 나뭇가지에 신발을 신기려 들었다. 모조리 한 짝씩만 남아 있는 새 신발들이었다. 나무의 발에 신이 제대로 들어가지 않자 아지자는 제 돌확을 나뭇가지에 걸어두었다. 그러다 아무래도 안 되겠던지 우당탕탕 다시 밖으로 뛰어가 이무가 신던 신발 한 짝을 가지고 들어왔다. 아지자의 돌확에 피가 묻어 있는 것을 뒤늦게 안 내가 분나 가루로 그것을 문지르고 있을 때였다.

내가 처음 달인 분나는 향기로웠고, 매큼하고 또 달았다. 그 한 잔은 우리를 위해 마셨다. 오래간만에 몸이 노곤하게 풀어지더니 기분이 무척 산뜻해졌다. 두번째로 끓인 잔은 내내 나를 따라오는 그림을 위해 마셨다. 내가 더 이상 넘겨보지 않아 제멋대로 색이 바랜 그림들이었다. 아지자가 신나게 생나무를 쪼개며 입으로는 계속 차트 이파리를 질겅거렸다. 이제 그만 먹어도 될 텐데…… 어느새 정말로 중독이 되어 버린 것 같았다. 마음이 아팠다. 세번째로 끓인 분나는 방 안에 누워 있는, 머리가 터진 나무를 위해 마셨다. 살아생전에 내 가슴에 올려둔 적이 있던 뭉툭한 줄기에 나는 뜨거운 분나 한 잔을 부어주었다. 그제야 걷잡을 수 없이 미안한 마음이 들었다. 단 한 번도 정을 주지 못한, 이 지경이 되고 나서야 겨우 분나 한 잔 끓여준 부인을 나무는 용서하지 않을 것이다.

나는 이제야 완전한 아지자의 며느리가 된 기분이었다. 아지자는 내가 끓인 분나를 마시더니 만족한 듯한 표정으로 돌확을 가는 일에 열중했다. 얼핏 보면 사람 머리 모양처럼 생긴 구멍 난 돌확이었다. 새로 가져온 절굿공이 역시 사람의 정강이뼈와 비슷해 보였다. 아지자와 나는 번갈아가며 절굿공이와 돌확을 만져댔다. 마치 오랫동안 사람 손에 길들여져온 것만 같이 손에 착 달라붙는 것들이었다. 집 뒤뜰에는 아직도 볶지 못한 생분나 자루가 가득 쌓여 있었다. 이무가 밭에 나가지 말라고 으름장을 놓으며 돈을 집어줄 때마다 내가 사들인 생콩이었다. 차트에 미친 사람들이 헐값에 분나를 팔아치운 까닭에 가진 돈보다 훨씬 더 많은 생콩들을 살 수 있었다. 나는 내 손에 딱 맞는 돌확에 볶은 분나를 넣고 밤새도록 갈았다.

생나무 비린내가 대문 밖으로 퍼져 나갈세라, 아지자와 나
는 분나를 끓이고 또 끓였다.

무너진벽틈에서엄마의얼굴이간신히밖으로빠져나온다.
소녀가 엄마의 얼굴에서 흰 천을 벗긴다. 팔뚝이 서둘러
소녀와 엄마의 얼굴을 밖으로 내몬다. 그들을 뒤쫓아온 억
센 얼굴들이 팔뚝을 호되게 땅에 메다꽂는다. 화난 이들이
휘두른 절굿공이에 팔뚝의 팔이 뚝, 부러진다. 저에게 다가
오는 절굿공이를 피하려던 소녀가 죽은 나무 위로 자빠진
다. 부러진 나무의 줄기가 소녀의 볼에 박힌다. 소녀가 들고
있던 엄마의 얼굴이 저 앞으로 나가떨어진다. 피를 닦고, 얼
굴을 만지는 일은 우선 집에 돌아가서 하기로 한다. 소녀가
흘린 핏자국들을 따라 뒤늦게 팔뚝이 돌아온다. 왼손과 오
른쪽 다리를 잃은 팔뚝이다. 엄마는 고마운 팔뚝에게 주머
니 없는 웃옷을 만들어준다. 소녀는 팔뚝의 남는 신발 한 짝
을 방 안에 차곡차곡 쌓아두는 것으로 제 마음을 전한다. 시
간은 그 모든 것을 덮어주지만, 소녀의 얼굴에 있는 흉터는
가려지지 않는다. 이 집 엄마가 먼 데서 며느릿감을 데려왔
다는 소문이 온 동네에 퍼진다. 어렸을 적에 화상을 입었는
지 얼굴에 큰 흉이 드리웠다는 말들이 붙어다닌다. 아무리
잘 길러놨어도 기른 어미 티를 꼭 그런 데서 낸다고들 손가
락질한다. 기른 어미는 마음을 놓고 정신을 풀어 헤친다. 새

롭게 선택된 기억대로 마음이 굳어진다. 몸이 생각대로 바뀌어간다.

그들의집에는늘매캐하고도달콤한냄새가풍기고이제는손님도오지않지만밤낮을가리지않고끓여대는분나탓에그곳에는항상달큼한냄새가고여있다. 화로에쓰일나무가거의다떨어졌을때에서야며느리가바깥출입을하는듯했으나그도잠시, 간혹지독하게매운꽃향에홀린사람들이집으로들어가지만그들이되짚어나오는것을본사람은없다.

방안가득한달큼한향에나무가쉴새없이졸여진다.

라, La

La: 고산지대에 사는 사람들의 말로, 산등성이, '고개'라는 뜻이다.

눈개가 나를 스치며 오른뺨을 베어 갔다. 내 몸에 쌓인 눈더미가 한순간에 움푹해지고, 터진 볼에서 흘러내린 핏물이 바람을 탔다. 산등성이로 후덕후덕 날아오른 녀석이 햇빛을 안고 돌아섰다. 바람의 방향이 바뀌며 눈보라가 일었다. 날카로운 얼음 조각들이 내 머리에 꽂혔다.

눈개가 산을 벗어났다.

마을에 다시 눈이 내릴 것이다.

톡,

토독!

새벽별이 돋았다. 나는 내 몸을 지탱하고 있는 두 팔에 한

번 더 힘을 주었다. 잔뜩 굳은 팔에서 얼음 깨지는 소리가 났다. 눈 벽이 양옆에서 내 몸을 조였다.

등에 짐을 지고 고개를 넘던 길이었다. 고산병 증세가 나타나 잠시 쉬어 가려고 걸음을 멈추었다. 순식간에 왼발이 먼저 빨려들어갔고, 몸 전체가 발밑의 어두운 허공으로 쏟아져 내렸다. 두 팔을 벌려 다급히 양옆의 눈을 짚었다. 뒤늦게 굴러온 눈 더미가 내 머리에 부딪혔다. 터진 눈 더미를 폭삭 뒤집어썼다. 내가 일으킨 눈의 사태가 산 아래로 내려가며 더 큰 더미를 만들었다. 눈 벽과 벽 사이에 간신히 두 팔을 걸친 채 나는 허공을 짚은 두 발을 하염없이 내려다봤다.

검은 틈을 딛고 있었다. 그 와중에도 끊임없이 구토가 일었다. 날카롭게 끊어진 갈비뼈 조각들이 토악질을 할 때마다 왼쪽 가슴을 사정없이 후벼 팠다.

날이 밝기 직전에 심장이 터졌다. 죽은 내 머리 위쪽으로 엷은 구름 막이 펼쳐졌다. 뭉실하게 모여든 구름을 뚫고 무언가 힘차게 튀어 올랐다. 그것이 눈 덮인 내 머리를 딛고 하늘로 올라갔다. 눈개였다. 산등성이를 타고 한참을 너울거리던 녀석이 바람과 햇빛을 등에 업은 채 내 쪽으로 바짝 다가왔다. 눈개 소리가 바람 바깥으로 날카롭게 튀었다. 소리가 떨친 소리들이 여기저기로 흩어지며 산 아래에서 막 올라오던 눈보라에 파묻혔다. 회오리 눈이 내 몸을 감쌌다. 눈꺼풀이 열려 있던 오른쪽 눈동자 속으로도 눈발이 달라붙었다. 산의 모든 것들이 눈동자 속에서 눈물처럼 떨어져 나갔다. 눈개가 긴 혀를 내밀어 그것을 핥았다. 녀석이 내 발밑으로 내려갔다. 눈개의 몸을 받은 두 발이 어두운 틈으로 뚝, 뚝 떨어졌다.

눈이 솨르륵 솨륵 찻물 끓는 소리를 내며 내 몸에 쌓였다.

나는 노인을 어머니라 불렀고, 노인은 나를 아이라고 칭했다.

아주 오래전에 노인에게 있었다던 아들, 그러니까 나의 남편은 무덤에 있었다. 나에게 남편이란 찻물 끓이는 시간으로 기억되는 무덤이었다. 우리 집으로 제를 지내러 왔던 마을 여자들이 내 처지를 딱하게 여겨 몇 마디의 말로 마음을 나눠주려고 했다. 그러나 노인은 아들의 이야기만 나오면 두 눈을 부라리며 누구에게랄 것도 없이 화를 퍼부었다. 모여 앉아 이야기를 하던 사람들이 집으로 돌아가면 노인의 화는 고스란히 나에게 돌아왔다.

노인은 마을에 남은 유일한 제사장이었다. 산을 타기 위해 마을에 온 이방인들도, 마을의 주민들도 모두 노인에게 제를 부탁하기 위해 찾아왔다. 나는 처음부터 그러하도록 점지된 사람처럼 조용히 노인의 일을 거들고, 차를 끓여 무덤 앞에 가져다 두었다. 노인은 그것이 나의 운명이라고 입버릇처럼 말했다. 나는 대꾸하지 않았다. 운명을 벗어날 수 있는 것이냐고도, 이렇게 살고 싶지 않다는 말도 꺼내지 않았다. 나는 그저 묵묵해짐으로써 노인의 집에 쉽게 길들여진 사람이 되었다.

노인은 내가 다섯 개의 고개를 넘어 시집을 왔던 팔 년 전부터 늘 똑같은 말만 되풀이했다. '눈개를 경외할 것, 남편을 봉양할 것, 설산에 오르려 하지 말 것'. 노인에게 들은 거의 유일한 당부 혹은 경고였다. 그 말에만 맞서지 않는다면 나와 노인은 자별하지도, 그렇다고 아예 남남처럼도 아닌 채 살아갈 수 있었다. 때때로 노인은 이방인들이 제상에 올리기 위해 가져왔던 별식을 챙겨주거나, 제대로 셈하기 어려운 돈을 내 손에 쥐여주었다. 먹을 것은 아껴 먹고, 쓸 데가 없는 돈은 깨진 찻주전자 속에 담아두었다. 노인과 나의 처지에 대하여 생각을 해본 적이 없는 것은 아니었다. 하지만 엄마의 마을에 사는 것보다는 훨씬 나았다.

나는 엄마의 마을에 사는 사람들 중에서 유일하게 생긴 것과 피부색이 다른 아이였다. 그 때문에 엄마는 늘 사람들 앞에서 고개를 숙이곤 했다. 내가 태어난 것은 십 년도 훨씬 전의 일이었지만, 사람들은 언제나 나를 처음 보는 아이처럼 낯설어했다. 그들의 눈빛 속의 나는 산에 오르겠다며 마을로 찾아드는 외지 사람들의 모습과 별반 다르지 않았다. 하지만 나는 엄마처럼 늘 고개를 숙인 채 살아가고 싶지 않았다. 엄마의 삶에 관한 여러 가지 이야기들은 내가 알기 이전의 것, 혹은 알았다 하더라도 어찌해볼 수 없는 것들이었다. 내 앞에서 동네 아이들이 저희끼리만 단것을 나누어 먹어도 나는 입맛조차 다시지 않았다. 내게 일어난 일에 대하여 누군가에게 묻지 않는 것만이 그 상황을 버틸 수 있는 유일한 길이라는 것을 나는 알고 있었다.

나에 관한 소문을 들은 노인이 우리 집에 찾아온 것은 내가 열두 살이 되던 해였다. 노인은 다른 사람들처럼 나를 빤히 쳐다보거나 생김의 내력에 대해 묻지도 않았다. 다만 내 머리를 한 번 쓰다듬어주었을 따름이었다. 노인으로부터 우리 집에 얼마나 많은 것들이 건네졌는지 정확히 알 수 없었다. 다만 갑자기 친절해진 새아버지와 엄마의 애가 타는 얼굴만 물끄러미 바라볼 뿐이었다. 내가 시집을 간다는 말이 전해지자 이웃들은 새아버지만큼이나 갑작스럽게 친절해진 손길로 나에게 인사를 건넸다.

나의 결혼은 남들과는 달리 결코 화려할 수 없는 것이었지만, 엄마는 신발이라도 꾸며야 한다고 우겼다. 새아버지의 감시를 피해 내게 해줄 수 있는 거의 유일한 사치였다. 엄마가 밤잠을 자지 않고 덧대어준 신발이 눈 덮인 고개 세 개를 넘기도 전에 달근달근해졌다. 엄마의 수는 실이 닳고 모양이 뭉개져 꽃이 풀리고, 잎 색이 바랬다. 걸으면 걸을수록 자꾸 등이 굽어지는 고개를 다섯 개나 넘었다. 고개로 향하는 길의 굽이마다 검은 새들이 큰 소리로 짖어대며 후드득 후드득 날아오르는 통에 나는 몇 번이고 주저앉아 귀를 막았다. 엄마에게 인사를 하고 뒤돌아설 때처럼 당당하게 어깨를 펴고 싶었지만 새들이 쉴 새 없이 내 머리 위를 맴도는 바람에 그럴 수도 없었다. 두 발에 힘을 주어 걷던 내 발바닥에 잔뜩 초록물이 들었다. 발 씻을 새도 없이 남편의 무덤에 첫 인사를 했다. 절을 하고 일어서려는데 무덤가에 꽂혀 있던 붉은 깃발이 유난히 눈에 띄었다. 산 쪽에서 불어오는 바람보다 깃발이 펄럭이는 소리가 더 요란하게 느껴졌다. 손을 뻗어 만지려다 곁에 서 있던 노인에게 매섭게 저지당했다.

결혼 첫날이었다. 남편과의 만남은 그렇게 깃발 한 번 쓰다듬어보지 못하고 끝이 났다. 노인은 나를 부엌으로 데리고 가 화구에 찻주전자 올려두는 방법을 알려주었다. 매일 아침저녁으로 차를 올려야 한다는 말도 덧붙였다. 신발을 만들던 밤에 엄마에게서 시댁에 관한 말을 들은 기억이 났다. 그러나 노인의 목소리는 내가 혼자 상상하던 것보다 훨씬 더 매섭고 카랑카랑했다. 내가 해놓은 일들이 마음에 들지 않을 때마다 노인은 벼락같이 화를 냈다. 그때마다 나는 남편의 무덤으로 도망을 갔다.

한번은 해가 산 뒤로 넘어가도 노인의 화가 풀리지 않아 한참을 무덤가에 앉아 있다가 그만 오줌을 지려버린 일도 있었다. 새색시를 구경하겠다고 찾아온 마을 여자들의 부축을 받아 간신히 몸을 일으켰을 때였다. 그제야 나는 오줌을 싼 것도 모자라 땅에 떨어진 깃발을 깔고 앉아 있었다는 사실을 알아차렸다. 사람들의 기척을 느끼고 방 밖으로 나왔던 노인이 황망한 눈빛으로 다가와 다시 깃대를 세웠다. 축축하게 젖은 깃발이 깃대 아래로 푹 늘어졌다. 노인이 다시 화를 냈다. 나는 오줌이 마르지 않은 치마가 찬바람에 버석대는 소리를 들으며 하늘에 별이 돋는 것을 밤새 지켜보았다. 혼이 어는 것 같은 추운 밤이었다. 노인이 새벽 기도를 마치고 마당으로 나올 때까지 나는 그 자리에 서 있었다. 눈물이 언 발등 위로 떨어졌다. 방문을 등지고 선 노인의 뒤편으로 검은 산이 보였다. 산봉우리 위의 새벽별들이 무리지어 내게 다가왔다. 대문을 나서려던 노인이 내가 있는 쪽으로 얼굴을 돌리며 까마귀를 구해오겠다고 말했다. 나는 시댁으로 오는 고개 곳곳에서 카악, 까악 울어대던 검은 그림자를 떠올렸다. 언몸이 더 움츠러들었다.

그날 나는 남편의 무덤가에 찻주전자를 통째로 가져다 둔채 방 안에서 내내 해찰을 부렸다. 제단에 놓인 빨갛고 노란 사탕들을 하나씩 빼먹기도 하고, 색이 고운 천들을 몸에 대보기도 하며 방에 틀어박혔다. 며칠 후, 노인이 데려온 까마귀는 대가리 한쪽이 뭉개지고 왼쪽 발이 없는 새였다. 눈개를 만난 흔적이었다. 멋쩍게 인사를 하는 나를 뒤로하고 서둘러 방으로 들어간 노인은 제단에 허리를 숙인 채 오랫동안 치성을 드렸다. 한참이 지나 방 밖으로 나온 노인은 붉은 천

조각을 손에 들고 있었다. 새는 오른쪽 다리에 붉은 줄을 매달고 마당 한쪽의 까마귀 우리 안으로 들어갔다.

카악, 깍! 외발이 짖을 때마다 놀라던 나는 남편의 무덤과 까마귀 우리의 밥그릇 사이를 오가며 조금 더 키가 자랐고, 음모가 돋아나는 것을 신기하게 여기다가 초경을 시작했다.

눈개가 바람을 탔다. 눈 덮인 산보다 더 희고 투명한 깃털을 흩날리며 바람의 방향을 따라 날아갔다가 내 앞에 와서 매섭게 짖는 시늉을 했다. 찬바람에 섞인 얼음 조각이 눈개 우는 소리보다 날카롭게 나를 쪼았다. 눈개의 요동에 검은 틈 속으로 떨어져 내린 두 발이 있던 자리에 얼음이 들었다. 희부연 구름 뭉치 같던 눈개는 시간이 지날수록 점점 제 모양을 찾아갔다. 구름 같이 풍성했던 몸이 날렵해지고, 두 귀가 산봉우리처럼 솟아올랐다. 눈보다 더 희어 투명한 빛을 띠던 털들이 더욱더 매끄럽고, 입속의 붉은 혀는 처음보다 두 배는 더 길어졌다.

얼음이 가슴까지 차올랐다. 오로지 눈개만이 내가 있는 자리를 바삐 맴돌며 카르릉, 짖는 흉내를 냈다. 들리지 않는 눈개의 소리를 따라 산이 다시 우르릉, 몸을 떨었다. 언 몸에 금이 가기 시작했다.

눈개가 다시 내 몸을 퉁, 쳤다. 잇몸에 단단히 틀어박혔던 치아들이 입속으로 우스스 떨어졌다. 몸이 흔들릴 때마다 치아들이 입속에서 얼음 알갱이처럼 달그락댔다.

　노인은 봄이 왔어도 겨울의 기운이 가시지 않을 때에나, 마을에 환자가 생겼을 때 그리고 타지 사람들이 마을을 둘러싸고 여러 고개를 넘어 산에 오르겠다며 찾아왔을 적에도 가장 먼저 거쳐야 하는 사람이었다. 그것은 이곳의 암묵적인 약속이었으며, 노인의 서릿발 같은 공수 뒤에 버티고 있는 눈개에 대한 경외였다. 과일과 다른 먹을거리를 켜켜이 쌓아 올린 제단 앞에 서서 까마귀를 날리고, 귀한 쌀을 허공에 뿌린 후 향을 지피는 노인은 산 밑의 최고 어른이었다. 제를 지낼 때마다 마을의 사람들이 우리 집으로 올라왔다. 나이 많은 여자들이 나를 보며 군소리 없이 일도 잘한다고 칭찬을 해주었다.

　눈 덮인 산은 때로 검은 그림자를 길게 늘여 마을을 뒤덮거나, 석 달 내내 쉬지 않고 마을에 흰 눈을 흩뿌렸다. 언제나 추운 날들이 이어졌으므로 춥다는 말보다 오늘은 얼마나 발이 빠지느냐, 어디서 몸을 좀 녹였느냐 하는 말들이 인사가 되었다. 우리 집에 제를 지내러 올라오는 마을 여자들도 종종거리며 일을 하고 있는 나를 보며 '몸 좀 녹이면서 일을 하라'고 말을 건넸다. 누군가 먼저 알은체해주는 것이 반가워 나는 더 신나게 남편의 무덤을 돌보고, 까마귀 우리를 청소했다. 까마귀 우리가 산의 검은 그림자에 뒤덮일 때면 외발은 날개를 퍼덕이며 오래 짖었다. 뭉개진 제 얼굴과 사라진 다리를 찾으려는 울음은 한 번 시작되면 해가 지고, 별이 돋을 때까지 계속 되었다. 오로지 노인만이 외발의 울음을 달랠 수 있었다.

까마귀 우리와 노인의 집, 마을 전체를 뒤덮은 산의 그림자는 제 몸 쪽으로 뻗은 여러 고개들을 감싸 안았다. 나무의 곁가지가 한 줄기로 모아지듯이 마을을 둘러싼 여섯 겹의 능선들은 모두 설산의 가지에서 뻗어 나온 것들이었다. 마을은 그 줄기들이 모여 이루는 평지에 자리하고 있었다. 산에 오르기 위해서 꼭 거쳐야 하는 곳이기도 했다.

산을 향해 마을의 말을 전하는 것은 노인과 까마귀의 몫이었다. 마을에 온 외지인들이 노인과 마을의 믿음에 관하여 함부로 말하기도 했다. 그러나 그런 이들이 산에 오르다 굴러 다치거나, 고산병을 앓다 실려 내려가는 것을 여러 차례 목격했던 사람들은 그 '입'들의 최후를 짐작하며, 지나가는 소리에 귀를 더럽히는 대신 찻물로 목을 축인 노인의 공수를 더 원했다. 마을은 평화로웠고, 나는 매일 밤 노인이 화로에 올려둔 찻물이 끓는 소리를 들으며 잠드는 나날이었다.

올해는 유난히 산을 오르겠다는 외지인들이 많았다. 노인은 연신 외발을 산 쪽으로 날려 보내며 그곳의 기운을 읽었다. 노인의 새는 점차 설산의 눈개와 통하는 영물이 되어갔다. 불편한 몸마저도 영물이 갖춰야 할 조건의 하나처럼 받아들여졌다. 나는 노인의 지시에 따라 제상을 준비하면서도 쉴 새 없이 짖어대는 검은 병신 새의 먹이를 챙겼다.

남편의 무덤에 차를 올리고 방으로 돌아오니 노인이 새 옷을 입은 채 정좌를 하고 있었다. 나는 노인으로부터 되도록 멀찌감치 떨어져 앉았다. 숨을 내쉬는 소리마저 노인에게 방해가 될까 싶어 얼른 손으로 코를 가렸다. 노인과 산이 이어지는 시간이었다. 숨죽인 나는 맨 처음 시댁에 와서 산을 올려다보던 때와 같은 아득한 마음으로 노인을 바라보았다. 노인은 단단히 입을 봉한 채 향을 허공에 휘휘 저은 후 촛불 앞으로 가 절을 한 다음 온몸을 꼿꼿하게 폈다. 크게 숨을 들이쉰 어깨가 위로 바짝 솟아올랐다. 나는 산처럼 우뚝해진 노인의 몸을 올려다보았다. 산의 검은 그림자가 노인의 어깨에 잇닿은 듯했다. 노인이 앉은자리에서 수차례 휘돌았다. 노인이 걸치고 있던 흰 도포가 바닥으로 떨어졌다. 눈을 털어낸 산처럼 가벼워진 몸으로 노인이 천장 쪽으로 날아올랐다. 두둥, 두둥하는 소리가 실제로 어딘가에서 나고 있는 소리인지, 내 귓속에서 울리고 있는 것인지 알 수 없었다. 노인은 당장에 산꼭대기에 오르기라도 할 것 같은 기세로 천장에 떠 있었다. 노인의 어깨가 한없이 산 쪽으로 치솟으며 뼈와 뼈가 어긋나는 소리가 났다. 까마귀 우리 안에서 외발이 우는 소리가 방 안에까지 파고들었다.

노인의 신명은 한밤이 지나도록 가실 줄 몰랐다. 밖이 파랗게 밝아왔지만, 설산과 노인의 만남은 계속 되었다. 밤새 노인의 기세에 짓눌려 있던 나는 하마터면 찻물을 끓이는 시간을 놓칠 뻔했다. 크게 어둡지도, 그렇다고 밝지도 않은 시간이었다. 내내 긴장을 하고 있던 탓에 화구의 온기를 쬐자마자 졸음이 쏟아졌다. 내가 눈을 떴을 때는 찻물이 주전자 바닥에 바짝 졸아 있었다.

흰 연기에 둘러싸인 남편의 무덤이 보였다. 바람이 불어오는 것도 아니었는데, 연기가 이리저리 사방으로 흔들렸다. 차마 그쪽으로 다가서지 못하고 선 채로 연기의 이동을 지켜보았다. 허공에 고여 있던 구름이 무덤에서 솟구친 연기와 만나 어느 순간 외발의 형상이 되었다가, 노인의 얼굴로 변해갔다. 그러다가 눈이 반짝 빛나는 개의 형상으로 바뀌었다. 나는 새로 끓인 찻물을 무덤에 올리지 못하고 부엌으로 돌아왔다.

탈진한 노인도, 몸살을 앓는 나도 이틀 내내 방 밖으로 나오지 못하고 잠만 잤다.

카악, 깍! 까마귀 소리에 눈을 떴을 때는 자리에 누워 있던 노인이 보이지 않았다. 남편의 무덤에도, 까마귀 우리에도, 마을의 공동 우물가에도 노인은 없었다. 서둘러 집으로 돌아온 나는 방 안의 벽장을 열어보았다. 노인이 기도를 드릴 때 입는 흰옷들이 가지런히 놓여 있었다.

노인이 마을을 비운 사이에 파란 눈을 한 외지인들이 찾아왔다. 겨울이 끝나고 봄이 왔지만 바람이 매서운 날이었다. 나는 혹시 노인이 돌아오지 않을까 싶어 마을의 입구로 내려갔다가 그들을 마주쳤다. 산 밑에까지 짐을 이고 갈 여자들 중에서 나이가 많은 축에 속하는 이가 그들을 저지했다. "날씨가 좋지 않다. 조금 더 따뜻해지기를 기다려야 한다. 게다가 지금은 제사를 지낼 사람이 잠시 자리를 비웠다." 우리의 뜻이 그들에게 제대로 전달이 되었는지는 의문이었지만 그들은 순순히 우리의 말을 따르는 듯했다. 그러다 우리 식의 제사는 지내지 않아도 된다는 말을 전해왔다. 의아했지만 노인이 없는 이상 우리에게는 제의를 권할 힘이 없었다. 그들은 나무줄기 두 개가 덧대어진 물건을 우리들 앞에 꺼내보였다. 십자가라는 이름이었다. 그들의 믿음은 덧댄 나무 위에 있다는 말이 두 번의 통역을 통해 전해져왔다. 두 줄의 나무 조각이 믿음이라면 산 전체가 나무인 우리 마을은 어찌되는 건가. 나는 산 속의 눈개를 떠올렸고, 곁에 서 있던 사람들은 그들이 내미는 돈에 마음을 빼앗겼다.

남편의 무덤에 쌓인 눈들을 털어내면서 나는 낮에 보았던 것들을 떠올렸다. 땅바닥에 쪼그려 앉아 줄 두 개만 겹쳐 그리면 되는 일이어서, 나는 그것을 그리고 또 그렸다. 어느 순간 정신을 차려보니 남편의 무덤 앞이 이방의 믿음으로 꽉 들어찼다. 나는 재빨리 내가 그려놓은 것들을 발로 짓뭉갰다. 카악! 우리 안의 외발이 짧게 울었다.

노인이 집을 나선 지 사흘 째였다. 주인이 돌아오지 않자 외발은 식욕을 잃었다. 나는 외발이 좋아하는 쥐나 염소의 생고기들을 구해다 주었다. 그러나 외발은 부리조차 갖다 대지 않았다. 나는 남편의 무덤을 돌보는 일도 잊은 채 외발에게 매달렸다. 너무 애가 타서 설산에 빌어보기도 하고, 노인의 제단에 향을 피워놓기도 했다. 바람이 불때마다 깃털이 이리저리 쏠리며 뼈대만 남은 가슴께가 휑하게 드러났다. 나는 외발에게 다진 염소고기를 억지로 먹이려다가 부리에 손을 쪼였다. 그뿐이었다. 외발은 다시 우리 위쪽으로 날아오르지도, 내 손을 쪼려는 시늉도 하지 않고 그저 눈만 깜빡이며 우리의 나뭇가지 위에 올라 있었다. 외발의 다리에 묶여 있는 붉은 줄이 산 쪽에서 불어오는 바람을 따라 크게 흔들렸다.

그 밤에 외발은 산 쪽으로 몸을 틀었다.

또 다른 사람들이 산 밑으로 찾아왔다. 얼마 전에 와서 아직까지도 산에 오르지 못하고 기다리는 이들과는 다른 눈동자의 색깔을 가진 사람들이었다. 외지인의 수가 많아 짐을 나를 손이 부족하다면서 나에게까지 일을 부탁하러 온 여인의 입에서 나는 그들의 생김에 대하여 자세히 전해 들었다. 갈색 눈동자, 툭 불거진 광대뼈와 자그마한 눈과 검거나 희지 않은 색의 살결들.

나는 여인의 제안에 마지못해 따라간다는 투로 일어섰다. 가슴이 뛰어 숨을 여러 번 나누어 쉬었다. 노인과 외발이 걱정됐지만 그들을 한번 보고 싶은 마음이 더 컸다. 여러 사람들이 산으로 향하는 길목에 모여 있었다. 마을 사람 중 누군가가 제사를 지내지 않으면 산에 오를 수 없다 하니 그들은 커다란 돈뭉치를 내어놓았다. 이쪽 사람들은 선뜻 그것을 받아 들지 못하고 머뭇거렸다. 산이 노한다는 뜻을 재차 통역에게 전하자 그들의 신은 모든 것을 보살펴주시기 때문에 괜찮다는 말이 돌아왔다. 여러 사람의 입을 통해 말의 뜻이 전달되는 사이에 그들은 파란 눈의 외지인들이 가지고 있던 것과 같은 십자가를 꺼내들었다. 크기는 달랐지만 모양이 같았다.

노인의 얼굴이 눈앞에 스쳤다. 내가 짐을 내려놓자 몇몇의 여인들이 따라서 일을 거부했다. 그러자 외지인들이 일일이 여인들에게 허리를 숙여가며 짐받이를 부탁했다. 거기 모여 있던 사람들은 짐을 올려다주겠다는 쪽과 노인의 허락 없이는 움직이지 않겠다는 쪽으로 나뉘었다. 언쟁을 벌이는 이들 너머로 나는 외지인들의 생김새를 유심히 바라보았다. 일자리를 전하러 오던 여인이 들려주었던 그대로였다. 갈색의 눈동자와 툭 불거진 광대뼈에 자꾸만 눈이 갔다. 나는 부끄러움도 잊고 그들의 얼굴을 빤히 쳐다보았다.

서둘러 집으로 돌아왔지만 남편의 무덤에도, 까마귀 우리에도 가지 않았다. 방으로 들어가 촛불을 켜자 제단에 쌓인 먼지가 눈에 들어왔다. 닦아낼 생각도 하지 않고 나는 제단에 놓여 있는 물그릇에 얼굴을 갖다 댔다. 맑은 물 위에 내 얼굴이 떴다. 얼굴을 이렇게 골똘하게 들여다본 것이 대체 얼마만인지! 나를 낳은 엄마마저도 나와는 생김새가 달랐다. 나의 작은 눈과 낮은 코, 친구들보다는 하얀 얼굴, 툭 불거진 광대뼈는 어느 곳에 있어도 눈에 띄곤 했다. 대놓고 나를 멀리하는 친구들과는 달리 새아버지는 너무도 친절한 사람이었다. 그는 따뜻한 음성으로 나의 친아버지가 산을 오르던 사람들 중의 하나였다는 이야기를 해주었다. 하나였는지, 셋이었는지도 알 수 없다는 또 다른 친절도 덧붙였다. 엄마는 나를 낳은 후부터 늘 고개를 숙이고 산 사람이었다. 엄마는 내게 손가락질을 받더라도 마을에서 쫓겨나지 않고 사는 것을 다행으로 알아야 한다고 했다. 나는 그 말만은 이해하고 싶지 않았다.

새벽에 깨어 까마귀 우리로 가보았다. 나무 위에 올라 있던 녀석이 나뭇가지 아래에 대롱대롱 매달려 있었다. 탈진하면서 바닥으로 떨어지다가 발에 묶인 줄이 나무에 걸린 모양이었다. 그와 동시에 나는 우리 옆에서 그것을 물끄러미 바라보고 있는 노인과 눈이 마주쳤다.

몸의 물기를 얼마나 뺏겨야 저런 얼굴이 되는 걸까. 그러나 나는 노인에 대한 반가움보다 외발의 죽음에 더 마음이

쓰였다. 노인은 나에게 외발을 남편의 무덤 옆에 묻어주라
는 말만 했다. 내가 서둘러 새를 수습해 남편의 무덤 쪽으로
가는 것을 지켜보던 노인이 그 자리에 주저앉았다. 얼른 노
인을 부축해서 방으로 들어갔다. 다행히 의식을 잃지는 않
았지만 몸을 짚는 곳마다 뼈마디가 만져질 정도로 살이 말라
있었다. 얼른 염소 고기를 구해 와 오랫동안 삶았다. 노인의
몸을 닦아주기 위해 물도 길어 왔다. 그러나 노인은 그 모든
것들을 거부했다.

그로부터 이틀이 더 지나서야 노인의 눈이 상한 것을 알
았다. 새카맣게 탄 눈동자 속에는 아무것도 들어차 있지 않
았다.

방 안에 누운 노인의 얼굴이 조금씩 무너져 내렸다.

눈개를 만나고 돌아온 사람이 있었다. 밤이 되도록 산에서
내려오지 못해 설동을 판 후 날이 밝기를 기다렸다고 했다.
노인이 산을 타려는 사람들을 위해 제를 지낼 때, 유독 모가
나게 행동을 하던 사람이었다. 노인이 하는 눈개에 관한 말
을 무시한 채 마을의 여자들에게 수작을 걸며 사진을 찍었
다. 제상 위를 까마귀가 날아다니는 것을 보니 부정 탄 게 틀
림없다는 헛소리를 지껄이기도 했다. 참다못한 노인이 그들
에게 제상에서 멀찍이 떨어질 것을 명했다. 노인의 말이 통
할 리가 없었다.

일행 중에 유일하게 살아 돌아온 사람도 그이였다. 홀로 돌아온 그는 설동 안에서 죽는 것보다 더 무서운 것을 보았다며 반쯤 넋이 나가 있었다. 손가락과 발가락이 동상에 걸려 물컵도 제대로 들지 못하는 손으로 자꾸만 제 눈을 가리려 들었다. 연달아 묽은 똥을 쌌고, 애써 먹여놓은 것들을 게워냈다. 산 밑으로 데려가달라며 울부짖다 한밤중에 온갖 괴상한 소리를 내지르며 맨발로 뛰쳐나갔다.

그 이야기는 두고두고 사람들의 입에 오르내렸다. 특히 외지인들에게 그 말을 전할 때에는 통역이 제멋대로 살을 붙여 이야기를 해도 말리지 않았다. 그리하여 산의 사람들이 죽기 직전에야 단 한 번 만나게 된다는 눈개의 이야기는 각자의 취향대로 새로운·힘과 예지가 덧붙여졌다. 그 말의 끝은 결국 눈개와 연결이 되어 있는 노인에게로 모아졌다. 노인은 흡족한 모습으로 우리 안의 새를 불러내어 염소 고기 다진 것을 먹였다.

노인과 함께 살면서부터 아니 그보다 훨씬 더 오래전의 나는 묻지 않고 자라는 아이였다. 나를 둘러싼 세상의 모든 것들, 계절의 뒤바뀜과 산의 모습에 대하여 궁금한 것이 많았으나 나는 누구에게도 그것을 물어보지 않았다. 엄마가 어깨를 움츠리는 이유와 친구들이 나를 없는 취급하는 까닭에 관하여도 입을 닫았다. 그렇게 살아야 하는 날들이 그렇지 않았던 시간보다 훨씬 더 많았으므로, 나는 보이는 것만 믿었다. 사람들이 말로 전하는 것들에 대해서는 귀를 닫아 걸었다.

그 힘으로 여기까지 온 것인데, 지금 눈개가……

내게로 왔다. 구름 막을 뚫고 튀어나왔던 처음보다 더 또렷해진 형상으로, 산과 내가 있는 곳과 다시 마을까지 순식간에 날아갔다 돌아오기를 반복했다. 터진 심장에서 흘러내린 피가 얼어붙은 몸이 눈바람을 맞았다. 눈이 내린 다음 날 해가 뜨기 직전에야 모습을 드러낸다는 말들과는 다르게 눈개는 해와 구름, 해와 눈 사이를 바쁘게 오가는 중이었다. 눈개를 보았다는 놀라움보다 눈개에 관한 말들이 더 빠르게 머리를 스쳤다.

산이 우는 기척이 온몸으로 전해져왔다. 오래지 않아 지붕만 한 눈 더미가 푹, 푹 아래로 굴러갔다. 산을 내려가며 점점 더 몸집을 불리는 눈 더미를 보며 나는 산 아래, 노인의 마을을 떠올렸다. 산봉우리 쪽으로 솟구치며 춤을 추던 눈개가 어느새 내 발 아래쪽에서 넘실거렸다. 설산의 깊은 칼집 같은 어두운 틈새를 비집고 눈개가 제 몸을 양껏 불리는 시늉도 했다. 한껏 바람을 타던 눈개가 파르르, 투명한 빛을 흩뿌렸다. 그러다 내가 떠 있는 틈 사이를 비집고 들어왔다. 불시에 틈이 찔린 설산이 눈 다발을 토했다. 눈을 맞은 눈개의 몸집이 순식간에 해를 가릴 만큼 커졌다. 눈개의 몸이 닿은 눈 벽이 조금씩 벌어지기 시작한 것도 바로 그때였다. 눈개가 내 몸 전체를 둘둘 휘감았다. 얼어 있던 몸에 쩍 쩍 금이 갔다. 눈개가 닿은 자리마다 몸이 형태를 잃고 바스라졌다. 터진 심장에서 흘러내린 피를 눈개가 혀로 핥았다. 혀의 냉기에 순식간에 심장이 얼고, 흐르던 피가 굳었다.

틈이 더 깊고, 길게 갈라졌다. 나는 아직 고개를 떨군 채 눈 위에 두 팔을 얹어둔 채였다. 내 두 눈은 발밑으로 눈 더미가 빨려들어가는 것과 두 발이 툭툭 떨어져 내리던 것을 모두 보았다. 언 눈동자가 맨 마지막으로 본 것은 내 몸에서 떨어져 내린 붉은 천 한 가닥이었다. 까마귀 다리에 묶어두었던 것보다는 조금 굵고, 남편의 깃대에 묶인 것보다는 얇은 천이었다. 눈바람의 소용돌이에 붉은 천은 몇 번 위로 날아오르다가 힘없이 검은 틈 속으로 들어갔다. 내 손으로는 저것을 챙겨 든 기억이 없었다. 삽시간에 붉은 줄을 삼켜버린 검은 틈은 여전히 고요했다.

잠시 주춤했던 눈개가 내 몸을 붙안고 위로 솟구쳐 올랐다.

나는 외지인들이 노인의 허락을 구하지 않고 산에 오르기 시작했다는 말을 노인에게 전하지 않았다. 산행을 마친 이들이 모두 무사히 마을로 돌아왔기 때문이었다. 그들은 무사귀환을 자축하며 마을 사람들을 불러 모아 잔치를 벌였다. 염소를 잡고, 술을 마시며 밤이 깊도록 노래를 불렀다. 얼마 후에 우리 집 마당에 한 떼의 사람들이 들이닥쳤다. 술에 취한 여인들이 노인의 안부를 묻는다며 찾아온 것이었다.

첫 인사는 안부였으나 말의 맺음은 외지인들에 관해서였다. 그것을 전하는 입들을 향해 노인은 무시무시한 말로 저주를 퍼부었다. 나는 텅 빈 눈에 노여움을 가득 담은 노인이 술취한 입들에게 퍼붓는 소리를 뒤로하고 까마귀 우리 쪽으로 몸을 피했다. 외발이 죽은 후 내내 비어 있던 까마귀 우리에 새끼 까마귀 세 마리가 날개를 퍼덕이며 날아다녔다. 혹시 노인의 기력이 돌아올까 싶어 내가 구해 넣어둔 새들이었다. 까마귀 세 마리를 들이기 위해 나는 머리에 짐을 이고 네 개의 고개를 넘어야 했다. 자신의 허락 없이 집 밖에 나가는 것을 못마땅해하던 노인은 내가 까마귀를 사 오자 반짝 기운을 냈다. 자리에서 일어나 두 손으로 바닥을 더듬어가며 제단 있는 쪽을 향해 기어갔다. 노인은 부축을 하려는 내 손길을 거절하는 대신 제단 위의 붉은 천을 잘라달라고 부탁했다. 새로 온 까마귀들은 다리에 붉은 줄을 하나씩 매달고 우리 안으로 들어갔다. 워낙 검은 녀석들인지라 밤에 먹이를 주러 가면 제대로 보이지도 않았지만, 허공에 떠 있는 줄 세 개로 그들이 있는 쪽을 쉽게 알 수 있었다. 그때마다 나는 줄이 떠 있는 쪽을 향해 휘휘 손을 내저으며 먹이를 뿌렸다.

나와 노인의 염려와는 다르게 오히려 산에 오르는 짐 하나를 덜었다는 듯이 홀가분해하는 사람도 생겨났다. 몇 번 이곳을 통해 산을 올라갔던 사람들 중의 하나였다. 그들과 더불어 이제는 마을 사람들도 노인의 기도를 필요로 하지 않는 듯했다. 노인이 없던 사흘 동안 노인의 점괘에 대하여 흉흉한 소문이 돌았던 것은 나중에야 알았다. 가장 늦게 나에게 전해진 말들이었다. 사실은 점괘가 틀린 적도 많았다는 것과 누군가는 아주 큰 재산을 잃기도 했으며, 치성 드리는 값이 지나치게 비싼 것이 아니냐는 내용들이었다. 외지인들의 십자가에 매달린 신은 돈을 받지 않고도 기도를 받아준다고 했다. 이제 나는 눈동자의 색과 상관없이 외지인들의 짐을 들어주러 나갔다. 누군가는 돈을 벌어야 했기 때문이었다. 그러지 않으면 그나마 가지고 있는 것도 제대로 지킬 수가 없을 지경이었다. 일을 하러 갈 때면 눈이 보이지 않는 노인을 위해 방 한가득 먹을거리나 오줌 받을 통을 넣어두었다. 간혹 우리에서 꺼낸 까마귀 한 마리를 넣어두고 갈 때도 있었다. 까마귀는 제단 위에 놓인 과일들을 파먹으며 신명 나게 울었다.

마을의 사람들은 이방의 산악인들이 가져오는 돈과 신기한 물건들에 큰 관심을 보였다. 노인을 향해 고개를 조아리며 절을 해대던 사람들이 간단한 이방의 기도로 그것을 대신한 후에 짐을 날라주었다. 어디선가 새로 왔다며 낯모르는 제사장이 활개를 치기도 했다. 설산의 곳곳에서 까마귀들이 칵, 깍 울어댔지만 아무도 거들떠보지 않았다.

나는 변함없이 찻물을 끓여 남편의 무덤 앞에 가져다두고 까마귀 우리를 청소했다. 노인의 제단에 먼지가 쌓이지 않게 매일 청소를 하고, 누워 있는 노인의 몸을 주물러주었다. 나는 내 앞에 주어진 일들을 반복할 따름이었다. 노인은 나의 생김새를 탓하지 않은 유일한 사람이었고, 이제는 당연히 내가 돌보아야 할 식구였다. 남편도 없는 집에서 말없이 일도 잘한다며 칭찬을 해대던 사람들도 나를 향해 '남편도 없는 집구석에서 숙맥처럼 찍소리도 못하고 일만 하다 늙어 죽을 잡년'이라며 손가락질을 했다. 노인의 점괘가 그들의 삶을 얼마나 더 피폐하게 만들었는지 모르겠지만 나는 노인이 마을 사람들의 안녕을 위하여 얼마나 많은 시간 동안 설산과 제단에 머리를 조아렸는지 잘 알았다.

한밤중에 자다 일어나 우두커니 앉아 있는 노인을 보면, 눈 덮인 산의 어두운 그림자가 방 안에 꽉 들어찬 듯한 기분이었다. 내가 짐을 이는 일을 하지 않으면 우리는 이제 다음 날의 끼니를 걱정해야 할 처지였다. 당장 남편의 무덤에 올릴 찻잎을 사서 말려두어야 했고, 언젠가 노인이 일어나서 쓰게 될지도 모를 붉은 천들도 새로 끊어 와야 했다. 나는 마을로 내려가 일거리를 구했다. 저희들끼리 몰려 있을 때는 노인과 나에 대해 많은 소문들을 지어내던 사람들이 혼자서 나를 만나게 되자 단박에 안쓰러운 표정을 지으며 유감의 말을 전하려 들었다. 본 것을 믿던 나는 이제 본 것도 믿지 않게 되었다. 그 얼굴들을 개의치 않고 일거리를 부탁하고 돌아섰다. 노인의 회복은 산 밑에 여름이 오는 것처럼 더뎠다. 그러나 완전히 몸이 다 낫게 되더라도 전과 같은 일을 하기는 어려워 보였다.

　마을의 사람들은 이제 전과는 완전히 다른 모습들이었다. 한 사람의 짐이라도 더 들겠다며 악다구니를 쳐대고, 외지인들을 하루라도 더 마을에 묵게 하기 위해 눈을 붉혔다. 나는 눈빛이 싸늘해진 사람들의 얼굴을 정면으로 바라보지 않았다. 고개를 숙이고 걷느라 마주 오던 이와 몸을 부딪치는 일도 잦았다. 그들 틈에서 간신히 받아 든 외지인들의 짐을 머리에 이거나 등에 지고 산으로 가는 첫 고개를 넘는 일을 했다. 그들의 숙소까지만 가면 되는 일이었지만, 때로 산을 잘 타거나 힘이 센 여자들은 더 높은 곳까지도 다녀왔다. 산을 오른 몇 몇의 외지인들은 자신들과 내가 닮았다며 나를 좋게 보아주었다. 짐을 옮겨주어 고맙다며 나에게 언제 끊어왔을지 모를 풀꽃 한 다발을 내미는 사람도 있었다. 그러면서 무어라 몇 마디 덧붙였지만 우리 마을의 말이 아니었던 터라 제대로 알아듣지 못했다. 그저 고맙다는 인사로 몇 번 고개를 끄덕였을 뿐인데, 그 사내도 내게 허리를 깊숙이 숙여주었다. 부끄러워진 나는 그냥 웃었다. 곁에 있던 누군가 그의 말을 우리 마을의 말로 바꾸어 전해주었다. 그는 나에게 '예쁘다'는 말을 하고 있는 중이었다.

"예쁘네……"

처음 들어보는 말이었다. 내가 알고 있는 예쁘다는 의미는 엄마가 나를 위해 꿰매주던 신발의 빛, 노인의 제단에 있던 천들의 색을 보며 하던 말들이었다. 나는 다시 고개를 들어 사내의 얼굴을 유심히 들여다보았다. 검게 그을린 얼굴에서 이가 하얗게 빛났다. 키가 작고, 볼이 빨간 남자였다. 웃을 때 눈이 사라지는 것도 나와 비슷했다. 외지인들에 관해서라면 한껏 날이 서 있던 마을의 사람들이 그것을 놓칠 리가 없었다. 내가 산에서 내려오는 속도보다 내가 누군가에게 꽃을 받고 웃으며 허리를 숙였다는 혹은 허리를 내밀었다는 말이 더 빨리 산등성이를 타고 넘어왔다.

우리 집 앞을 지나며, 잠시 들른 '입'이 그 말들을 전해주고 간 모양이었다. 노인은 나의 하산 인사를 받지 않았다. 남편의 무덤에 가는 일도 금지했다. 다른 사람들이 일을 부탁하러 찾아왔지만 나는 집 밖으로 나갈 수 없었다. 커다란 고드름이 떨어지고, 날카로운 얼음 조각들이 한꺼번에 쏟아부어지는 듯한 소리들이 내 몸에 꽂혔다. 노인은 그동안에 쌓인 화를 모조리 다 나에게 퍼붓기라도 할 것 같이 속에 있던 것들을 다 내뿜었다. 그동안 어떻게 참고 있었는지 도리어 의아한 마음이 들 정도였다. 나는 귀가 있어도 듣지 못하는 사람처럼 오도카니 앉아 있었다. 그래야 했다. 다만 나와 생김새가 같은 사람들을 다시 보게 되었다는 사실이, 그 사람들이 지금 산에 와 있다는 사실이 내 마음을 조금 녹여줄 뿐이었다.

어느 한때 나의 엄마도 그러했던 것일까. 그래서 엄마가 그렇게 외지인들의 숙소 주변을 맴돌았던 것일까.

나는 무덤에 찻물을 끓여 올리는 일을 그만두었다.
먹이를 주러 갔던 까마귀 우리의 문을 잠그지 않았다.
해가 질 때까지도 나는 노인의 밥상을 차리지 않았다.
밖에서 나를 부르는 목소리들을 따라 짐을 챙겼다.

나이를 가늠할 수 없는 아주 오래된 틈이었다. 몇백 년 동안 쌓인 눈의 결을 단박에 두 동강 내버린 칼집이었다. 휘어지거나, 갈라지거나 틈 아닌 것도 모두 틈으로 만들어버리는 무서운 상처였다. 그것을 뚫고 눈개가 나를 제 몸에 단단히 붙여둔 채 위로 올라갔다. 눈 덮인 나무줄기가 단박에 부러지는 소리와 함께 눈 벽 위에 단단히 고정되어 있던 내 팔이 허공에 떴다. 눈개의 기세에 산에 쌓여 있던 눈들이 일제히 일어나 휘몰아쳤다. 차곡차곡 쌓여가던 눈발들이 모조리 허공에 머물렀다. 그 속으로 번쩍 솟구친 눈개가 나를 눈 쌓인 평지에 내려놓았다. 곧이어 긴 혀를 내밀어 내 위에 쌓여 있던 눈들을 모두 핥아냈다.

나는 언 눈으로 내가 올라온 산등성이를, 여러 고개들을,

그리고 나의 마을을 보았다. 어느새 눈개가 등에 해를 짊어진 채 나를 내려다보고 있었다. 눈개의 등 뒤로 사라진 해는 엄마의 마을에도 빛을 내리고 있을 것이었다.

한껏 하늘로 솟았던 눈개가 재빨리 내 몸 위로 내려앉았다.
언 눈알이 파였다.
눈이 쌓이고 쌓여, 내 몸은 작은 둔덕이 되었다.
눈개의 눈에 내 눈동자들이 덧대어졌다.
언 눈알이 눈개의 눈 위에서 달그락거렸다.
멂과 가까움이, 크고 작음이 모두 한 눈에 모아졌다. 가까운 것은 멀게, 먼 것은 더 멀게 느껴지거나 혹은 너무 가까워 원근이 구분되지 않았다. 눈동자로만 남은 나는, 여전히 본 것만 믿었다. 눈개가 훌쩍, 다른 곳으로 날아갔어도 눈개 위에 덧대어진 내 눈들은 그것을, 이미, 보았다.

눈은 내 몸 위로 덧쌓이고, 산 아래 마을에도 흩뿌려졌다. 밤이 오고, 새벽의 별들이 하늘 곳곳에서 솟아났다. 다시 아침이 오자 해가 산 뒤로 나타났다. 내 몸 위의 작은 둔덕으로도 햇빛이 파고들었다. 해가 내려놓은 빛줄기를 다시 되쏘느라 아침인데도 한낮처럼 밝게 빛나는 산이었다. 눈 깊은 곳에까지 파고든 빛이 얼어 있던 내 눈동자를 조금씩 녹였다. 내 눈에서 흘러내리는 눈 녹은 물이 눈개의 눈물이 되어 흐르자 눈개가 울부짖었다. 눈개 우는 소리가 산봉우리 쪽에서 되돌아왔다. 그 소리를 타고 눈이 흘러, 사태가 되었다. 산을 내려가면서 거대하게 몸집을 불린 눈 더미들이 순식간에 온 마을을 뒤덮었다.

손으로 바닥을 더듬대며 노인이 방 밖으로 기어 나오는 것이 보였다. 눈이 보이질 않아 땅을 손으로 짚어가면서도 노인은 남편의 무덤이 있는 곳을 찾아갔다. 온몸이 흙투성이가 된 노인이 남편의 봉분 위에 손을 얹었다. 찻잎 찌꺼기가 말라붙은 찻주전자가 무덤가에 널브러져 있었다. 부러진 깃대에서 떨어져 내린 붉은 깃발이 보였다.

노인이 맨손으로 남편의 봉분을 파 내려갔다.

산으로 향하던 외지인들이 빈집인가, 하고 마당으로 성큼 들어섰다. 혹시나 해서 들러보았던 마을 사람들도 인적이 없는 것을 알아채고는 돈이 될 만한 것들을 뒤져 갔다. 그러는 동안에도 노인은 악착같이 봉분을 헤집었다. 머지않아 남편의 관이 바깥으로 드러났다. 노인이 관 뚜껑을 열었다. 하얀 새 뼈가 가득했다. 노인이 그 위에 누웠다.

눈개가 일으킨 눈사태가 마을에 도착했다.

노인의 관이 눈에 묻혔다. 새로 생긴 흰 봉분 위에 부러진 깃대가 내리꽂혔다. 붉은 천이 긴 꼬리를 봉분 아래까지 늘어뜨렸다.

봄이 온 지 이미 오래였으나, 아직도 폭설이 내리는 마을이었다.

쇄르륵 쇄륵 내리던 눈이 찻물 끓는 소리가 되었다.

이화

철문이 느리게 열리고 있다. 두꺼운 손잡이가 완강하게 가로지른 문의 봉인이 완전히 해제되기 전까지 이화는 꼼짝없이 그 자리에 있어야 한다. 두 손 가득 보따리를 들고 있는 이화를 총 네 대의 폐쇄회로 카메라가 노려본다. 사람이 움직일 때마다 따라 도는 돌돌이 카메라는 볼 때마다 흉측한 생각이 든다. 겹문의 전기 손잡이가 사라지고, 막 입을 벌리는 철문 사이로 이화와 진회색 보따리들이 빨려들어간다. 그녀의 뒤로 장 경감이 잰걸음으로 따라붙는다. 썰물에 휩쓸린 치어 같다. 느리게 열렸지만 닫힐 때는 치어보다 빠른 철문이다. 두 개의 철문이 양쪽을 마주하며 부딪는 소리가 이화의 뒷덜미를 잡아챈다. 한두 번 겪는 것도 아닌데, 새삼스럽게 소지품 검사를 하러 다가드는 검열관들의 어깨가 위압적으로 느껴진다. 이화는 맨손을 부비며 검열관들의 표정을 살핀다.

잔뜩 긴장한 이화의 보따리 안에서 커다란 김치통이 나온다. 어쩐지 짐이 크더라는 시선으로 이화를 훑던 검열관이 김치통을 연다. 뚜껑이 모두 열리기도 전에 온갖 채소들이 기름에 범벅된 짭잘, 달달한 냄새가 먼저 튀어 오른다. 갖가지 버섯과 오색 채소, 계란 지단과 볶은 고기들이 한껏 어우러진 모양이 쳐다보기만 해도 두어 접시는 거뜬히 먹을 수 있을 것 같다. 식판에 얹은 부식 대신 오래간만에 외부 음식을 보는 검열관들에게 이화가 자그마한 이 단 찬합을 내민다. 김치통에 막 담긴 것들보다 훨씬 더 맛깔스럽게 고명이 올라간 잡채다. 아래 찬합에는 부추로 만든 것도 있다. '뭘 이런 걸 다' 하는 눈길로 이화의 통행을 기꺼이 승인하는 이들을 뒤로한 채 한껏 밝아진 표정의 이화가 서둘러 발걸음을 옮긴다. 그녀의 경호를 맡은 장 경감이 종종걸음으로 그 뒤를 따른다.

꽉 깨문 복숭아 과육에서 터져 나온 즙이 이화의 턱 밑으로 흘러내렸다. 꽃과 과일을 태생적으로 좋아하게 지어진 이름이었다. 그런 그녀가 지금 손을 대기만 해도 과육이 무너지는 복숭아를 양손으로 잡고 후르륵대기에 여념이 없었다. 뱃사람의 배가 돌아왔다는 소식도, 그날로 굴 구이 비닐 하우스를 열었다는 말도 복숭아 향에 묻혔다. 점심 먹고 돌아선 지 얼마 되지 않았지만, 지금 당장 다시 뭐라도 먹지 않으면 안 될 것만 같아 며칠 전부터 정수기 위에 올려둔 복숭아를 집어든 것이었다. 한겨울에 구하기 어려운 여름 과일이었던지라 선뜻 칼 내밀어 잘라 먹지 못하던 복숭아였다. 삼 분도 지나지 않아 신생아 머리통만 한 복숭아 한 개를 다 먹어치운 이화가 개수대 쪽으로 향했다. 허리를 깊숙이 숙여 머리를 수도꼭지 앞에 갖다 댔다. 열불이 나는 이화의 마음처럼 머리 위에서 뜨거운 김이 솟아올랐다. 어디서부터 치밀어 오른 화인가. 어째서 이렇게 가슴이 꽉 막혀버린 것 같은가. ……내 인생은 왜 이다지도 사나운가.

뱃사람이 항구에 돌아왔다는 소식을 들은 지 이틀이나 지난 날이었다. 육지에 발 딛자마자 직행한 어느 술집에서 술 먹고 있다는 소식을 들었을 적만 하더라도 곧 돌아오겠지, 쓸데없이 전화는 무슨 전환가 싶어 잠잠하게 제 할 일만 하고 있었다. 파마 손님이 조금 뜸한 틈을 타서 목욕탕으로 가 세신사에게 온몸을 맡긴 후에 한결 깔끔해진 모습으로 돌아오기도 했다. 그다음 날 아침까지도 기분이 그리 나쁘지는 않았다. 사내가 하루 정도는 그럴 수 있다고, 스스로 달래고 또 달랬다. 이틀이 지난 어제, 머리하러 왔던 전파사 사장이 뱃사람의 소식을 전해주었을 적만 하더라도 손님들 앞이라 크게 내색하지 못하고 웃기만 했다.

배 타고 나갔던 뱃사람이 뻘에서 물질하던 첩실을 매달고 들어왔을 적에도, 그 여자가 논문서를 가지고 날았을 적에도 이화는 웃어야 했다. 하필이면 머리하러 온 손님들 앞에서 전해 들은 소식이었다. 좋고 나쁘고를 떠나, '소식'은 늘 좁은 가게에 손님 미어터질 때 은밀함을 가장한 채 여러 사람 입길에 오르내렸다. 그때마다 이화는 머리하다 말고 넋 놓고 웃었다. 이화 대신 화를 내주던 파마 손님들이 돌아가자 이화는 미용실 문을 일찍 닫고 목욕탕으로 갔다. 그녀는 김이 뿌옇게 차 있는 열탕 안에 앉아 우는 버릇이 있었다. 속없는 사람처럼 울고 싶을 때, 충혈된 눈을 들키고 싶지 않을 때에는 목욕탕만 한 곳이 없었기 때문이었다. 화가 난 이화가 열탕에서 실컷 울고 있던 사이에도 뱃사람은 끊임없이 배를 타고 나갔고, 종류도 다양한 사고를 낸 후에 거지꼴이 되어 오기를 반복했다. 그 무엇이든, 무엇인가를 반복한다는 점에서 뱃사람은 지난 십삼 년간 참으로 일관성 있는 사람이었다. 그 일관성 있는 행보에 관해서라면 이화는 뱃사람을 신뢰했다. 어떤 식으로든 집에는 돌아올 것이라는 사실을 착실히 증명해주는 이였으므로 더 많은 것을 바라지 않았다. 풍랑을 만나 다 부서진 배를 몰고도 뻘에 도착하고, 찢어진 그물을 질질 끌면서도 집으로는 돌아오던 사람이 아니던가.

뱃사람이 없는 밤에는 찜질방에 가서 몸을 푸는 것도 이화의 생활을 한결 탄력 있게 만들어주었다. 때로는 배 타고 나간 뱃사람보다 찜질방이 더 좋았다. 온몸을 화끈하게 지지고 먹는 맥주 맛에 지금의 자신을 견디고 있는지도 몰랐다. 아무에게도 털어놓을 수 없는 속내, 누군가에게는 평생을 속죄해야 하는 어떤 처지를 생각한다면 지금 이 사람이 내 옆에 있어주는 것만으로도 과분하다는 것을 잊지 않았다. 그들을 한번 찾아가야 하는 것은 아닌가 하는 마음이 들었지만 이내 고개를 저었다. 때마침 이화의 해풍 미용실 맞은편에 전국적인 체인망을 가진 최신식 헤어숍이 개업을 했기 때문이었다. 어두운 마음과 외면하고 싶은 죄의식은 바로 코앞에서 낮밤을 가리지 않고 영업을 하고 있는 헤어숍 간판의 네온사인 빛에 묻어버렸다. 무엇이 그녀의 마음을 그렇게 만들었는지, 그녀는 알고 싶어 하지 않았다. 어떻게 지나온 시간들이던가.

이화는 앞 가게의 반짝이는 네온사인을 보며 더욱더 열심히 웃기 위하여 많은 노력을 했다. 그러나 순식간에 매상이 반토막났고, 그나마 남은 손님도 빠져나가려는 조짐이 도처에서 포착되었다. 오 년 단골이었던 진영 엄마는 헤어숍에서 앞머리를 자르고 나오다가 마침 목욕탕에서 쓸 팩을 사러 나왔던 이화에게 딱 걸렸다. 아무렇지 않은 척하던 이화는 돌아서며 웃었다. 웃음으로도 사람을 해칠 수 있는 방법이 있다면 서넛은 족히 어쩌고도 남을 만한 힘이 실린 표정이었다. 경력만 오래된 시골 미장원의 원장이 할 수 있는 일이란 그저 웃는 것, 아무 일 없다는 듯이 버젓하게 자리를 지키는 일뿐이었다.

뱃사람은 굴 껍질 부스러기가 수도 없이 내려앉아 아예 흰 머리로 보이는 더벅머리 형상으로 미용실에 들어섰다. 머리를 마는 짬짬이 새로 온 손님들에게 밀크 커피를 건네던 이화가 일순간 화가 솟구치는 듯 가슴을 움켜쥐었지만, 뱃사람은 그런 이화는 아랑곳없이 개수대에 머리를 처박았다. 얼마나 안 닦았는지 샴푸 칠을 두 번이나 해도 거품이 제대로 일지 않자, 제 머리통에다 대고 신경질을 냈다. 그 소리가 이화의 웃음 소리보다 컸다. 당신은 머리로 굴 구웠냐고 인사 겸 통박을 먹여봤지만 돌아오는 것은 머리통을 박박 긁는 소리뿐이었다. 손님들 앞이라 새된 소리를 낼 수 없어 이화는 묵묵히 하던 일을 계속했다. 팽팽한 긴장감이 도는 가운데 신나게 떠들던 입들에 자물쇠가 채워졌다.

배가 들어온 뒤부터 술집을 옮겨 다니며 간판 디자인도 현란한 집의 방구들을 차례로 데우고 앉아 있다가 굴 구이 비닐 하우스를 인수했다는 말을 들은 지 일주일째였다. 사업이라는 것이 그렇게 얼렁뚱땅 시작될 수 있는 것인지 이화는 의아했지만 일단은 호통을 치기 전에 소통을 먼저 해보기로 했다.

"밥은?"

굴 구이 비닐하우스 사장이 설마 밥 굶고 다닐까 싶었지만 별다른 말이 떠오르지 않았다. 이화는 제가 손님 머리에 바르고 있는 염색약보다 눈앞이 더 깜깜해지는 것을 느꼈다. 뱃사람은 대답없이 전보다 더 불뚝 나온 배를 자랑스럽게 내밀며 미용 의자에 철퍼덕 앉았다. 냉장고에서 꺼내온 생수를 손에 든 채, 잔소리 말고 얼른 머리나 손질하라고 뱃사람은 되려 큰소리를 쳤다. 그의 터무니없는 어깃장도 한때는 사내다운 박력으로 보이던 때가 있었다. 그 박력이 날이 가면 갈수록 더해질 것이라는 계산을 하지 못한 것이 이화의 착오라면 착오랄까. 지금 알고 있는 것을 그때도 깨우쳤더라면 안 그래도 척박하고 신산한 이화의 가슴에 이렇게 대못 박는 소리는 들리지 않았을 것이다. 이화는 파마 손님 머리에 중화제를 뿌려놓고 뱃사람이 앉은 의자 쪽으로 가위를 들고 갔다. 바닷바람에 찌든 머리칼들은 하얗게 바랬고, 감았다고는 하지만 굴 껍질과 비듬이 한데 엉켜 있는 머리칼이 하도 드세어 가윗날이 자꾸 엇나갔다. 뱃사람은 의자에 앉자마자 코를 골기 시작했다. 익숙한 머리의 형태가 손에 닿자 이화는 자신도 모르게 뱃사람의 머리를 꼭 껴안았다. 일 년 묵은 숙취가 한꺼번에 풍겨 나오는 것만 같은 냄새 때문에 소파에 앉아 있던 손님들의 표정이 어두워진 것을 이화는 알아차리지 못했다. 히잡처럼 파마 보자기를 두르고 있던 손님들이 아직도 그렇게 뱃사람이 좋으냐며 속 모르는 소리들을 해댔지만 이화는 그 두상과 꼭 닮은 아들을 생각하는 중이 었다.

일이 어느 정도 수습이 되고 난 다음 이화는 유족들에게 매일 찾아가 빌었다. 용서를 해달라는 것은 아니었다. 다만 이렇게라도 하지 않으면 도무지 마음을 어떻게 해볼 길이 없었다. 각자의 집에서 반송장처럼 누워 있거나, 두문불출하던 유족들은 이화를 보자마자 집안 살림을 집어 던지거나, 뒈져버리라며 악다구니들을 쳐댔다. 찾아오지 말라고 문을 닫아거는 것이 오히려 점잖게 느껴질 지경이었다. 하도 손을 비벼댄 까닭에 손바닥이 나무껍질마냥 무뎌졌을 무렵이었다. 다른 사건은 쉽게 잊히기도 한다는데, 아들의 일은 여전히 뉴스와 신문을 뒤덮었다. 죽지 못했으므로 살아야 했지만, 사는 것도 방법이 보이지 않아 깜깜한 날들이었다. 살고 있던 집과 미용실을 헐값에 넘긴 후에 이화는 유족들을 다시 찾아갔다. 굳게 닫아건 그 집의 현관문에 걸린 우유 주머니에 가지고 간 미용실 판 돈을 넣어두었다. 다른 집을 찾아가 이번에는 집 판 돈을 내놓았다. 돈으로 해결 될 수는 없었으나 그 순간만큼은 진심이 조금이라도 전해지도록 간곡하게 읍소했다. 평생을 대신 속죄하며 살겠노라 말하는 이화의 등에 차가운 물이 부어졌다. 죄인의 가족을 마주하는 일이 생각처럼 쉬운 일이 아니라는 것도, 그것이 도무지 용서할 수 없는 죄였다는 사실도 잘 알았다. 돌아와 짐을 싸는 이화의 귀에 한 집의 어머니가 자살을 했다는 말이 들려왔다. 뒤집어쓴 찬물이 다 마르기도 전이었다. 고향에서 더는 살길을 도모할 수가 없었다. 숨을 쉬는 것도 죄를 불리는 일이었다.

그 애들은 몸 꽃도 제대로 피워내지 못하고 죽었다.
내가, 살아야 하는가?
날 적부터 보고 자라 자매보다 더 친하게 지낸 사이였다.
내가, 살아야 하는가?
고시를 자꾸 실패하던 아들이었다.
내가, 살아야 하는가?
몸살에 시달리던 이화가 잠깐 눈만 붙였다 나가기 위해 집에 들렀다 가장 먼저 그것을 보았다.
……어찌, 살기를 바라겠는가.

이화는 제가 한 일이라며 자수를 했다. 그러나 허점투성이인 그녀의 자백과 현장에서 멀리 도망가지 못하고 뒷산에 숨어 있던 아들과의 대면 끝에 결국은 아들의 짓임이 드러나고야 말았다. 유족들이 이화의 몸뚱이라도 대신 찢어놓겠다며 험상궂게 덤벼들었다. 가해자의 가족을 왜 보호하느냐며 경찰들에게 물세례가 쏟아졌다. 온몸이 갈기갈기 찢어지는 듯한 심정으로 이화는 무릎을 꿇었다.

 아들의 형량을 두고 검사와 판사의 의견이 엇갈렸다. 법원 앞에서 사형시키라는 피켓을 들고 싸우던 시민단체 사람들이 아들에게 계란을 집어 던졌다. 이화는 그들에게도 무릎을 꿇고 빌었다. 아들은 이십오 년 형을 받았다가 팔 년이 감형되었다. 사형시켜도 모자랄 판에 감형은 말도 안 된다는 여론과 거듭된 고시의 실패로 심신이 미약한 상태임을 거듭 강조하는 국선 변호인의 의견이 느슨하게 맞섰다. 선고와 동시에 여론은 급속하게 수그러들었다. 사회학자 몇몇이 어린이 보호법 개정안을 놓고 신문에 칼럼 몇 편을 썼을 뿐이었다. 허공에서 양은냄비처럼 들끓던 말들이 삽시간에 흩어졌다. 이화만이 오롯이 그들의 말을 업(業)처럼 받아들였다.

 한 아이는 자궁이 터졌고, 다른 아이는 장이 찢어졌다.

 모자이크 처리되어 뉴스에 나갔던 자신의 얼굴이 어떤 과정을 거쳐 민낯으로 인터넷 속을 돌아다니고 있는지 이화는 도무지 알 수가 없었다. 산 사람은 살아야 했지만, 그렇다고 없는 죄까지 만들어 쓰고 다닐 수는 없지 않은가. 이미 그들 가족의 신상 정보가 인터넷 속에 낱낱이 까발려져 있다는 말도 전해 들었다. 집집마다 있는 컴퓨터 안에 아들과 자신 그리고 몇 년 전에 집 나간 딸의 모습까지 어떤 식으로 돌아다니고 있을까 생각하면 앉은자리에서 시시각각 다른 모습으로 죽고 또 죽는 자신의 모습을 들여다보는 기분이었다. 진오의 일이 벌어지기 전, 제가 다니던 영화를 만든다는 학원의 선생과 눈이 맞아 학원과 선생의 처자식들은 물론 이화의 가슴에도 금을 그어 놓은 딸, 진이가 있었다. 당사자들과 이화에게만 비밀이었을 뿐, 이미 모두가 다 아는 관계였다. 왜 그랬냐고 묻는 엄마에게 어차피 죽으면 썩어 없어질 몸뚱이, 젊을 때라도 내 멋대로 하고 살겠다며 도리어 큰소리치던 진이였다. 이화는 들고 있던 쌀바가지로 진이의 등짝을 내리쳤다. 제 잘못을 인정할 수 없다는 듯이 악다구니를 쳐대는 진이를 문밖으로 내쫓았다. 기다렸다는 듯이 진이가 집을 나갔다. 잘못한 쪽에서 먼저 큰소리친다는 점에서 딸이나 새로 얻은 뱃사람이나 매한가지였다. 그러고 보면 뱃사람과 진오의 두상, 뱃사람과 진이의 성질머리는 혈육처럼 닮아있었다. 그래서 먼 길을 돌고 돌아 가족이 된 것인지도 모르겠다는 생각도 들었다. 막상 진오의 일이 벌어지니 딸아이의 빈자리가 아쉬웠다. 차라리 없는 게 더 나을 년, 그 개지랄할 줄 알았으면 낳자마자 엎어놓을걸, 들어섰는지도 몰라 먹었던 감기약의 부작용이 화냥년을 낳은 건가. ……미친년, ……드런 년. 이화의 막걸리 잔으로 자신에게 하는 것인지도 모를 욕들이 다녀갔다. 딸에게 한다고 생각했는데 아들에게 퍼붓는 적도 있었고, 누구에게랄 것도 없는 화들이 잔 속으로 빨려들어갔다가 이화의 식도를 타고 위장 속으로 내려갔다. 유족들이 퍼붓던 말도 잊지 않고 다녀갔다. 매 시각 새롭게 돋아난 화가 배출되지 않는 중금속처럼 몸에 쌓였다.

그로부터 조금 더 시간이 흐르자 산 목숨이니 어떤 식으로든 살아야 하지 않느냐는 마음이 움트기 시작했다. 욕이 지나가고 난 막걸리 잔 속에서 들려온 것인지, 견디다 못한 제 몸이 마음을 향해 외친 것인지 모를 일이었다. 고개를 들어보니 창문으로 햇빛이 스미는 중이었다. 이화는 유족에게 주고 남은 돈으로 오래전부터 알고 지내던 야매 성형 업소를 찾아갔다. 돈이 허락하는 한에서 최대한 누구인지 알아볼 수 없을 정도로 고쳐달라고 주문했다. 열심히 살을 찌워 구십 킬로그램을 넘겼다. 살던 곳에서 최대한으로 멀리 떨어진 바다로 흘러들었다.

그날 이화가 방문을 열지 않았더라면, 아니 그나마 이화가 먼저 발견한 것이 다행이었나. 이화는 여자아이들의 아랫도리를 서둘러 수습하고 이불로 그 처참한 꼴을 덮어주었다. 그런다고 하더라도 아들의 죄는 덮을 수 없는 것이었지만, 막 들이닥친 형사들에게 여자아이들의 찢어진 아랫도리를 내보이지 않은 것이 얼마나 다행인가 싶었다. 간헐적으로 이어지던 이화의 생리가 아예 끊어진 것도 그 즈음이었다.

바다가 모든 것을 품어주는 어미 같은 것이라 누가 말했냐고 물어보고 싶을 때가 한두 번이 아니었다. 파도가 칠 때마다 이화의 가슴에 사람들의 저주가 쳐들어왔고, 썰물이 질

때마다 집 나간 딸의 얼굴과 수형복을 입고 있는 아들의 모습이 뻘에 그려졌다. 자꾸 그런 것들을 생각나게 하는 바다는 어디 사는 누구의 어떤 어미던가. 이화는 세 살 때 죽은 어미가 새삼스럽게 원망스러웠다. 낳았으면 제대로 키워주고나 죽든가, 왜 목을 매달아, 매달긴! 세상 모든 인간의 어미를 자처하는 바다의 널따란 품을 볼 때마다 죽은 아이들과 제 새끼들 생각이 났다. 혹독한 어미였다. 그게 아니라면 자꾸 보여주고 생각나게 해 무뎌지게 하려는 바다의 큰 뜻인가. 대체 그 바다 어미라는 것의 뜻은 얼마나 깊고 넓으며 또 잔인한 것인가. 그래도 소주는 마시지 않았다. 대신 맥주와 막걸리를 마시고, 절대로 취하지 않았다고 생각했으나 눈 떠보면 늘 바닷가 모래사장에 신발을 벗고 널브러져 있었다.

살아가는 것이 죽는 것보다 더 죽은 것 같고, 매일 매일 새로운 죄를 덧씌우는 기분이었다. 아무 연고가 없는 곳의 자그마한 바닷가에서 그렇게 이화가 시시각각으로 자신을 조였다. 더 살아가야 할 이유를 찾지 못했으나 쉽사리 죽어지지도 않는 목숨이었다. 질기고도 질긴 자신의 목숨에 질린 이화가 매일 바다를 원망하던 때였다. 봉두난발을 한 뱃사람, 그러니까 막 배에서 그물을 메고 돌아오던 한 남자의 얼굴이 눈 위에 어두운 구름처럼 떠 있는 것이 아닌가. 그렇게 안면을 익힌 뱃사람은 배를 타고 돌아올 때마다 그물에서 제

때 떼어내지 못해 찢어진 생선 몇 마리를 가져다주었다. 거절할 힘도 없어 그가 그러거나 말거나 내버려두었던 것이 인연의 시작이었다. 먹을 것도, 가진 돈도 거의 떨어져가고 있었다. 쪽방에서 자고 일어나면 겨우 찾아드는 것이 술병이었다. 뱃사람의 뜬금없는 호의가 고맙다는 생각도 들지 않았다. 방문 앞에 생선이 담긴 그릇이 있으면 가져다 먹고, 없으면 그냥 술만 마셨다. 그대로 세상 하직하고 싶은 마음뿐이었던 이화가 고작 생선 몇 마리에 흔들릴 것이라고는 뱃사람도 믿지 않는 눈치였다.

뜬구름 같았던 첫 만남부터 지금까지 이화가 한결같이 눈을 두는 곳이 있다면 바로 뱃사람의 두상이었다. 평생 남의 머리만 만지고 산 이의 관심일수도, 아들을 찾는 어미의 시선일 수도 있었지만 그녀는 개의치 않았다. 조상도 다르고, 사돈의 고종사촌까지 찾아보아도 겹치는 데가 없는 사람들인데 어떻게 저렇게 닮을 수 있을까 싶었다. 가마가 난 자리까지 거의 흡사했다. 보면 볼수록 마음이 끌렸다. 때마침 야매 성형의 후유증으로 한쪽 눈이 벌에 쏘인 것보다 더 부어올라 있던 참이었다. 그런데도 계속 술을 마시려 드는 이화를 뱃사람이 성난 얼굴로 제지했다.

뱃사람은 그래도 다시 살아봐야 하는 게 아니냐며 이화를 어르고 다그쳤다. 용서도 제대로 살고 난 다음에 그때 가서 빌면 된다고 했다. 용서? 뱃사람의 입에서 나온 뜻밖의 단어에 이화는 불에 덴 곳을 또 찔린 사람처럼 날카롭게 반응했다. 엊그제 바닷가에서 그에게 얼마나 많은 말을 했던가. 아무리 되짚어 생각해도 말의 끝과 시작이 구분되지 않았다. 그래도 아들 이야기는 하지 않은 것 같기도 했지만, 그도 확실치 않았다. 누군가에게 갚을 일이 있다는 것, 용서를 구해야 한다고 말을 한 기억은 또렷했다. 그날 뱃사람은 이화를 거칠게 다루었다. 그의 사내다움이 이화의 부서진 마음을 건드렸고, 마른 스펀지가 물을 흡수하듯 그의 보드라운 말들을 받아들였다. 죄인의 어미였기에 그간 채우고 살던 모든 족쇄가 몸에서 떨어져 나가는 기분이었다. 이화는 그가 이끄는 대로 끌려갔다. 이렇게 목숨을 이어가다 시간이 지나면 어디에라도 속죄를 할 수 있을 기회가 분명 마련될 것이라는 기약 없는 긍정을 한 것도 그때였다. 살아 있어야 다시 용서를 빌 수도 있지 않은가. ……만나도, 만날 수 있을 것이 아닌가.

이화는 뱃사람이 방문 앞에 놓고 가는 생선을 구워 밥을 먹기 시작했다. 소금도 없이 구운 밍밍한 생선에 찬도 없는 맨밥을 착실하게 씹어 먹었다. 가끔 뱃사람이 들러 술을 주고받다가 몇 마디씩 건네곤 했지만 본디 말이 많지는 않은 사람 같았다. 이화는 저간의 사정을 더 이상 묻지 않는 그가 고마웠고, 그의 머리를 보며 교도소에서 삭발을 하고 있을 아들 생각을 했다. 언제나 이화가 깎아주는 머리 모양만 고

집하던 아들이었다. 진오가 생각나면 자연스럽게 한숨과 술이 떠올랐지만 이화는 늘 취해도 곁에 있는 이들을 경계했다. 과거를 말하게 될까 봐 두려운 탓이었다. 그날 밤에 혹시 자신도 모르는 사이에 더 많은 말을 한 것은 아닌가. 문득 등줄기가 서늘해질 때도 있었다. 그녀의 가슴 한가운데는 여전히 새카만 구멍이 뚫린 채였다. 그것은 어쩌면 이화의 생이 끝나도 메워지지 않은 맨홀 같은 것인지도 몰랐다. 맨홀에 빠져죽지 않으려면 억지로라도 기운을 내야 했다. 이화는 주변을 수소문해 노인들과 고아원에 봉사 활동을 다니는 모임에도 슬그머니 가입을 했다. 지난 일들을 너무 쉽게 용서받으려는 모습이 아닌가 잠시 고민했지만, 우선은 살아야 나머지 죗값도 치를 수 있다는 판단이 섰다. 자식의 죄는 어미의 과오임을 다시 상기하며 술도 끊었다.

대신 뱃사람이 술을 마셨다. 그는 밀물이 몰아닥치는 속도로 술을 마셨다. 며칠 바다에 나갔다 돌아오면 뱃사람은 족히 한 달 넘게 술만 마시며 허송세월을 했다. 이화는 피차 조언할 처지가 되지 못했지만 계속 술만 찾아대는 뱃사람을 만류하다가 그만 서로의 배를 맞추고 말았다. 아들과 닮은 머리에 상처 난 것이 안쓰러워 그것을 쓰다듬어주다가 생겨버린 일이었다. 일어날 일이 일어났을 뿐인데, 이화는 마치 처음 해보던 오래전의 그날처럼 모든 게 새롭게만 느껴졌다. 얼마나 닫혀 있던 여자로서의 삶인가. 이화는 모처럼만에 슬그머니 웃었다. 웃음 끝에 음주 항해를 하러 나가는 뱃사람의 옷자락을 간곡히 붙들었다. 말아요, 떠나지, 당신은. 잡아주기만을 기다렸다는 듯이 뱃사람이 이화의 쪽방에 주저앉았다. 남편이라고 부를 수도 있었지만 한번 입에 붙은 호칭은 쉽게 떨어질 줄 몰랐다. 평생 남의 편으로 살다가 훌쩍 하늘로 올라가버린 전남편보다 늘 배 타고 돌아오는 뱃사람이 더 낫지 않은가. 물론 돌아오는 만큼 자주 떠나기도 했지만.

머지않아 이화는 해풍미용실의 원장이 되었다. 몇 년 동안 세가 나가지 않던 뱃사람의 건물이었다. 너무 손쉽게 안착을 한 것이 아닌가 했지만 한 번쯤은 좀 '쉬운' 삶을 살아보고도 싶었다. 그러나 상호를 잘못 지은 탓인지 미용실 원장 이화는 그 후로도 바람 잘 날 없는 시간을 겪어야 했다. 그래도 죽은 아이들의 기일이 있는 달에는 남몰래 추모 공원에 다녀오는 일과, 정신병원과 고아원에 한 달에 한 번씩 머리를 깎아주러 다니는 일은 빼놓지 않았다. 정신병원에서 제자식과 같은 또래를 만나면 오랫동안 손을 붙들고 있기도 했다. 워낙에 그런 일에 열성이다 보니 휴일도 아닌데 미용실 문을 닫고 봉사를 하러 가는 이화의 뒷모습을 아무도 의아한 눈으로 보지 않았다.

뱃사람은 간혹 이화를 주워 왔던 모래사장에서와 같이 밀물 때는 물질하고, 썰물 때는 뻘 속의 낙지를 잡던 해녀나 공판장의 경매사들을 데려와 이화의 속을 이쪽저쪽 샅샅이도 뒤집어놓았다. 그러나 그들 중에서 이화처럼 오래 뱃사람의 곁에 있던 사람은 없었다. 여인들은 이화의 집에 들어올 때는 빈 몸으로 달랑달랑 들어왔지만, 나갈 때는 꼭 뭐라도 하나씩 챙겨들 갔다. 가장 큰 것이 일 톤 트럭의 자동차 열쇠와 스무 마지기가 넘는 논문서 두 장이었다. 논문서는 뱃사람의 아비가 대물림해준 것이었지만 여인들은 개의치 않고 닥치는 대로 집어갔다. 아무것도 안 가져가고 오래 뱃사람 곁에 머무는 여자는 이화뿐이라며 뱃사람은 밤마다 이화의 배 위로 돌아왔다. 아이가 둘이나 살다 빠져나간 배는 임신을 했을 적보다 더 크게 나와 있었다. 살이 물러 그 위에서 맨몸을 부딪쳐가며 놀기 좋은 배라며 뱃사람은 무척 편안해했다. 그 위에서 하는 일이라면 애만 낳게 하고 홀랑 떠나버린 진오 아버지보다 지금 이 사람이 훨씬 더 재미있고 힘도 좋았다. 풍랑에 부서진 배는 수리할 생각도 않고 제 배 위에서만 놀려고 드는 뱃사람을 보면서 이화는 저간의 시름을 잠깐씩 잊기도 했다.

이렇게 살아도 되는가 하는 질문 따위는 벗어던진 지 오래였다. 벌써 십삼 년이었다. 그렇다고 그 일을 잊은 건 아니었다. 그녀가 얼굴을 고치고 뱃사람의 아내가 되어 사는 동안 진오는 안양 어디쯤으로 터를 옮겼다. 이송이라는 단어와 익숙한 이름을 신문에서 발견한 것은 이화가 해풍 미용실의 원장이 된 지 이 년 정도 지난 뒤였다. 감형과 확정이라는 판결문이 그녀의 마음을 훑었고, 신문을 덮기도 전에 손님이 들어왔지만 그날만큼은 이화도 웃지 않았다. 다행히 뱃사람이 바다에 나간 날이었다. 겉으로야 팔자 고친 미용실 원장의 모습이었지만 죄인의 어미라는 꼬리표는 여전히 이화의 등에 붙어 있었다. 그러는 동안에도 차분히 시간의 힘을 빌려놓은 까닭에 그녀는 전보다 조금은 담담해진 모습으로 아들의 소식을 읽을 수 있었다. 지금 흐르는 눈물은 너무 피곤해서 흐르는 것일 뿐이었다. 그렇다고 해서 보고 싶은 마음이 숨겨지는 것도 아니어서 이화는 목욕탕으로 가서 오랫동안 숨죽여 울었다. 이화에게 죄가 있다면 천벌받을 짓을 한 아들을 보고 싶어 한 죄였다. 손가락질 받던 딸을 그리워 한 죄였다. 모든 걸 잊고 살고 싶어 한 것이 제일 큰 죄였다.

그동안 진오에게 편지 한 통 쓰지 않은 자신이 독하게 느껴졌다. 이화에게는 영겁처럼 길기만 하던 형량도 이제 거의 채워가던 때였다. 이쯤이면 한번 찾아가보아도 되지 않을까 하는 생각을 하지 않은 것은 아니었다. 그러나 아들의 얼굴을 보면 지금까지 굳건하게 다잡아온 마음들이 흐트러질까 봐 두려웠다. 자식을 보고 싶어도 볼 수 없는 유족들에게 미안해서라도 아들을 만나면 안 된다고 채찍질하듯 다짐을 해댔다. 뱃사람은 바닷바람을 타고 다니다가 잊을 만하면 사고를 쳤고, 그것을 근근이 막아내며 봉사를 다니는 평범한 미용실 원장의 삶이었다. 겉으로 보기에 그렇게 되기까지 이화는 그동안 얼마나 많은 것들을 감내하며 지냈던가를 되짚어보았다. 이기적이라는 단어가 가장 먼저 가슴 속에서 솟구쳐 올랐다. 어쩌겠는가 싶은 자답도 들려왔다. 무슨 결심을 한 것처럼 이화가 신문을 덮고 일어섰다. 먼 산 보듯이 거울에 비친 자신의 모습을 골똘히 바라보았다.

이화는 오래간만에 막걸리를 마셨다. 손님이 왔지만 임시 휴업이라 하고 미용실 문을 걸어 잠갔다. 다잡으려 할수록 아이들 생각이 고무공처럼 튀어 올랐다.

오늘도 뱃사람의 굴 구이 비닐하우스는 여기저기서 뻥, 뻥 굴 터지는 소리가 요란했다. 그간 뱃사람은 이화가 비닐하우스에 오는 것을 극구 만류했다. 또 무슨 꿍꿍이가 있는 것은 아닌지, 혹시 딴살림을 차렸나. 나날이 장사가 잘되어간다는 소문도 들렸다. 엊그제 뱃사람은 아주 오래간만에 생활비를 가져다주었다. 제가 사 온 소고기를 구워주며 이화에게 "부족하면 더 사 올 테니 말만 하라"고 큰소리도 쳤다. 안 그러던 사람이 그러니 자연스럽게 의심이 갔다. 엄연히 사장의 부인인 이화가 아니던가. 그런데도 그는 한사코 그곳에 올 필요가 없다고 했다.

오지 말래서, 갔다. 혼자 막걸리를 마시던 이화는 작심을 하고 미용실의 단골들을 모아 굴 구이 집으로 쳐들어갔다. 맨정신으로는 갈 엄두도 못내던 곳이었다. 굳이 가서 그 꼴을 봐서 뭐하나 싶은 마음이 컸기 때문이었다. 내친김에 단골들과 한잔 더 마시면서 화기애매하게 취한 다음이었다. 뱃사람은 이화를 보고 대뜸 못마땅한 기색이었고, 오라 가라 앉으라 일어서라는 말도 하지 않았다. 여종업원 하나가 나서서 엉거주춤 서 있는 일행들에게 자리를 안내해주었다. 굴 껍질에 묻은 뻘과 짠물에 절은 앞치마를 두르고 일을 하던 여종업원이었다. 이화는 다리가 움직이니 하는 수 없이 걷는다는 생각으로, 순식간에 술이 확 깬 눈빛으로 앞치마를 찬 여인과 뱃사람을 번갈아 바라보았다.

이화는 네가 지금 무슨 생각을 하고 있는지는 알겠지만 그런 게 아니라는 몸짓을 취하는 뱃사람과 때 탄 앞치마 갈아입을 새도 없이 일 하고 있는 여인을 번갈아가며 쳐다보았다. 그날 이화는 굴을 안주삼아 대취했다. 집까지 따라온 뱃사람은 거듭, 그런 관계가 아니라는 말을 했다. 이화는 뱃사람과는 상관없이 여종업원을 계속 신경 썼다. 그날도 비닐하우스는 밀려드는 손님들로 성행이었고, 그녀는 쉴 새 없이 사람과 사람 사이를 이리저리 왔다 갔다 했다.

진이냐.

아냐, 아니다.

……그 애들인가.

닮은 것이다. 그럴 수도 있다.

앞치마를 찬 여인의 얼굴에서 진이가, 죽은 아이들의 얼굴이 한꺼번에 다녀갔다. 남색 앞치마에 세 얼굴이 동시에 그려지기도, 여인의 얼굴에 두 얼굴이 절반씩 겹쳐지기도 했다. 이화는 한꺼번에 몰아닥치는 옛 사람들 모습을 피해 술기운을 빙자하여 기다시피 집으로 돌아왔다.

……살아는 있는 게냐.

수백 번도 더 망설인 끝에 찾아간 첫 면회에서 이화는 그만 다리가 풀려 주저앉고 말았다. 그 뿌옇던 얼굴이…… 수만 번은 혼쭐을 내고 싶던 아들의 얼굴을 보자 그동안 결심했던 마음은 온데간데없이, 그저 안쓰러운 생각뿐이었다. 어쩌면 이화는 행여나 그런 마음이 들까 봐 그동안 아들을 보러 오지 않은 것인지도 몰랐다. 세상 사람들이 모두 손가락질해도 이제는 어미가 품어줘야 한다는 생각이 든 것은 면회가 끝나고 돌아오는 버스 안에서였다. 이화를 보고 옆 가게 사장이 봉사활동 다녀오느냐,고 물은 것도 이화의 생각을 부추겨주었다. 그간 이화는 누구도 모르게 피해 아이들의 기일마다 추모 공원에 다녀오곤 하지 않았던가. 이화를 알아볼 사람은 없지만 누군가 아들의 죄를 지나가는 말로라도 입에 올릴까 봐서 그녀는 공원으로 들어가서도, 추모제를 올리는 동안에도 내내 전전긍긍만 하다가 서둘러 돌아오곤 했던 것이다. 그만 죽어버리고 싶던 날에도 이화는 아들 손에 죽은 아이들 제사는 꼬박꼬박 지내주었다.

이화의 손에는 교도소 변회실로 들어가는 입구에 붙어 있던 공고문 한 장이 쥐어져 있었다. 집으로 돌아온 그녀는 교도소에서 떼어 온 이발사 모집 공고문을 꼼꼼하게 들여다보았다. 이화는 얼마 동안이나마 평범한 삶을 꿈꾸었던 자신을 돌아보았다. 뱃사람은 누군가의 곁에 있기보다 바닷바람 맞으며 실컷 돌아다니는 게 적성에 더 맞는 사람이었다. 목숨을 끊으려던 여자가 이만큼이나 누리고 살았으면 호사를 한 것이 아니던가. 지금의 삶을 계속할 수 있다는 것을 모르지는 않았지만 어느 것 하나 놓지 않고 모두 가지고 간다면 어느 순간에는 터져버릴 상처들이라는 것도 알았다. 이화는 해풍미용실을 정리하기 시작했다. 뱃사람은 평소와는 다른 이화의 분위기에 압도되어 헤어지는 데 동의를 해주었다. 이화가 아무것도 원하는 것이 없었기에 그들의 헤어짐은 다른 가족의 복잡한 서류절차보다도 깔끔하고 간단했다. 어느 한때 해를 등진 검은 구름처럼 이화의 얼굴 위에 떠 있던 뱃사람은 구름보다 더 자유로운 몸이 되었다.

아들과 한 공간에 있을 수 있고 운이 좋은 날엔 먼발치에서나마 볼 수도 있다는 사실에 이화는 아무것도 묻거나 따지지도 않고 지원을 했다. 굶지 않을 만큼 월급도 준다 하니 이만한 자리가 어디 있나 싶은 생각에서였다. 한 달에 두 번

쉬는 날에는 없는 일을 따로 만들어서라도 출근을 했다. 교도소 곳곳을 누비면서 청소도 하고 온갖 허드렛일을 도맡았다. 어미가 여기 있으니, 너는 모쪼록 힘을 내어 견뎌야 한다는 무언의 지지가 아들에게 전달될 수 있기만을 바라고 또 바랄 뿐이었다. 속죄는 이미 어미도 함께 하고 있으니 너는 그저 몸이나 건강하라고 빌었다. 어미이기 이전에 사람이어서, 도망쳐 살던 때를 반성하고 또 반성했다. 제 처지를 잊고 남들과 같은 생활을 해보고자 욕심을 부린 시간도 되돌아보았다. 하늘은 내려다보고 있지 않았는가. 아들은 얼굴이 변한 엄마를 처음에는 낯설어했지만 목소리를 듣자마자 소리 죽여 울었다.

엄마가 보내주었던 영치금은 손대지 않았다고 했다. 여러 가지 공부를 해서 자격증을 따놓았지만 나가서 제대로 살 수가 있을지 걱정이라는 말도 덧붙였다. 엄마가 있으니 걱정하지 말라고 큰소리쳤지만 이화 역시 아들의 앞날이 걱정되는 것은 매한가지였다. 진오는 제 누나가 몇 년에 한 번씩 이곳을 다녀갔다는 말도 조심스럽게 전해주었다. 이화는 뿔뿔이 흩어진 자신의 핏줄들을 생각했다.

수형자들의 머리를 깎던 이화의 눈시울은 시도 때도 없이 붉어졌다. 왜 우느냐는 소리에 머리카락이 눈에 들어가서라는 변명만 되풀이했다. 수형자들은 의자에 앉혀놓고 보자기 씌워 놓으면 그렇게 공손할 수가 없는 사람들이었다. 이화가 교도관들 몰래 살짝 껌이나 사탕 같은 것들을 입에 넣어주면 무척 행복한 표정으로 입을 오물거렸다. 이들이 지었다는 죄가 진짜인 것인지 이화는 믿을 수가 없었다. 월급으로 받는 백만 원에서 이화가 교도소에 다시 내어놓는 영치금 삼십만 원이 누군가의 장학금이 되었다고 했다. 이곳에서의 시간도 그렇게 지나가려는 모양이었다.

오늘은 평소에 이화의 선함을 눈여겨본 교도소 측의 주선으로 이화가 만든 잡채가 수형자들의 배식판에 올라가게 된 날이었다. 이화는 밤새 채소를 다듬고 고기를 볶아 오백 인분의 잡채를 만들었다. 행여나 당면이 불어터질까 봐서 이곳에 오는 시간에 맞춰 잡채를 볶았다. 사식을 넣어주는 것은 금지된 일이었지만, 교도소에서 일하는 이발사가 크리스마스를 맞이하여 잡채를 마련하겠다는데 장 경감을 비롯한 교도관들이 굳이 만류할 이유가 없었다. 이화는 점심시간에 건물 전체에 퍼져 있는 잡채 냄새를 맡았다. 배식구를 통해 잡채를 받아들었을 모든 손들이 어린 아들의 조막손과 겹쳐졌다. 어렸을 적에 진오는 유독 잡채를 탐했다.

그래, 이렇게라도 우리 다시, ……살아야지 않겠냐.

이화가 한참을 울다 웃다 허공에 퍼진 냄새를 맡다 앉았다 일어서기를 반복하던 그때, 이용원의 문을 열고 들어서는 사람이 있었다. 이용원 담당 교도관인 장 경감이 벌써 밥을 다 먹고 왔나 싶어 뒤돌아보던 그때, 이화 앞으로 어떤 수형자 한 사람이 성큼 다가왔다. 곧바로 그 뒤를 장 경감이 따라왔다. 그들의 뒤를 따라 같은 또래로 보이는 수형자들이 줄줄이 이용원 안으로 들어왔다. 이화는 차례대로 수형자를 의자에 앉혔다. 손질하고 있는 머리를 보다가 같은 수형복을 입고 다 똑같은 머리 모양을 하고 있는 수형자들을 쳐다보았다. 문 옆에 서 있는 사람 쪽으로는 아주 오랫동안 시선을 두었다. 이화는 자꾸 눈물이 떨어지는 까닭에 몇 번이나 손을 떨구었지만, 경력자다운 노련함으로 일을 척척 해나갔다. 맨 마지막 사람 차례였다. 다소곳하게 이발 보자기를 쓰고 앉은 수형자가 싱긋 웃었다. 이화도 수형자도 이 시간만큼은 그 옛날에 그녀의 미용실에서 어린이용 의자 위에 앉아 머리를 깎던 그 시간으로 돌아간 듯한 모습이었다.

장 경감이 이화에게 휴지를 가져다주었다. 왜 자꾸 우느냐는 핀잔에 석유난로가 너무 매워서 그렇다는 대답을 하는 이화의 손등 위로 아주 잠깐 동안 수형자의 손이 겹쳐졌다. 왁자하게 떠들며 이용원 안으로 들어서는 손등 위로 수형자들의 발소리가 유난히 크게 들려왔다.

이화가 올려놓은 칡차가 요란한 소리를 내며 끓었다. 차라도 한잔…… 이화가 수형자의 머리를 매만지며 조심스럽게 입을 떼었지만 말은 입 밖으로 나오지 않았다. 대신 장경감이 보던 신문을 자리에 놓고 일어나 난로 쪽으로 다가갔다.

그가 두 잔의 차를 들고 이화 쪽으로 왔다. 장경감은 미용 보자기에 가려진 수형자의 손을 굳이 밖으로 끌어내어 차 한 잔을 쥐어주었다. 무심함을 가장한 손길이었다. 이화가 잠시 머리 깎던 손을 멈추었고, 수형자가 조심스럽게 종이컵을 그러쥐었다. 뜨거우니 천천히 마시라는 말을 남긴 장경감이 다시 자리로 돌아갔다. 이화가 아랫입술을 지그시 물었다.

수형자가 뜨거운 차를 입으로 식히는 소리와 장 경감이 다시 신문을 펼쳐드는 소리만 요란한 이용원이었다. 창밖에 소복하게 쌓인 눈이 세찬 바람을 타고 휘돌았다. 이화가 소리내어 울기 시작했다.

크리스마스였다.

판타롱 아일랜드

다 왔어요, 아버지. 아니, 가만히 계세요. 제가 할게요. 어디, 저쪽이요? 알았어요. 모자 좀더 눌러 쓰세요. 해가 쎄요.

구는 뗏목 한쪽에 노를 올려놓은 뒤 아버지 곁으로 다가갔다. 꼬박 반나절 동안 뗏목을 끌고 오느라 지칠 대로 지쳐 있는 몸이었다. 뗏목 중앙에 축 늘어진 아버지가 어쩐지 평상시보다 몇 배는 더 무겁게 느껴졌다. 아무리 물 위라지만 구와 아버지의 무게, 뗏목과 물의 저항을 어림잡아 계산하더라도 이미 구가 쓸 수 있는 힘의 한계를 넘어선 지 오래였다. 아들의 사정을 모르지 않는 아버지였다. 그러나 무슨 까닭인지 더 빨리 노를 저으라는 눈치를 줬다. 잠시 쉬기도 할

겸, 옷매무새도 잡아줄 생각으로 구는 아버지 쪽으로 갔다. 곧 벗겨질 것 같이 위태롭게 머리에 얹혀 있는 밀짚모자를 꾹 눌러준 뒤 해의 반대 방향으로 아버지의 몸을 돌려놓았다. 아버지의 오른팔이 산모롱이 쪽으로 길게 늘어졌다. 팔에 박힌 붕대 자국이 화인(火印)처럼 보였다.

구가 다시 노를 물속 깊이 밀어 넣었다. 구의 뗏목이 일으키는 물결이 구가 가려는 곳으로 그들보다 먼저 도착해 잘박잘박 소리를 냈다. 그 움직임이 아버지의 마음을 한결 편안하게 만든 듯했다. 채근의 빛이 사라진 아버지의 눈은 이미 산모롱이 쪽을 향해 있었다. 그들에게 너무나 익숙한 곳이었다. 구는 묵묵히 뗏목을 몰아 물이 차오른 산의 중턱, 그들이 살았던 곳으로 갔다. 아버지는 자신도 모르는 사이에 내뱉은 탄성을 헛기침으로 위장했다. 대신 구가 크게 헛바람을 뱉어냈다. 그러다 진짜 숨이 걸려 기침을 꽤 오랫동안 했다. 그런 아들을 아버지가 한심하다는 듯 일별했다.

무릎까지 차오르는 물속에 선 구는 성큼성큼 물가로 다가와 죽은 나무둥치에 뗏목의 밧줄을 걸어 맸다. 아버지와 구가 그토록 그리워하던 산 중턱이 아닌가. 피할 수 있는 데까지 피하고 싶던 그들의 보금자리였다. 구는 딱히 더 이상 할일이 없는 사람마냥 두 손으로 얼굴을 쓸었다. 물이 차올랐다가 빠져나간 자리에 하얗게 죽어버린 나무와 풀들이 보였다. 물이 침범한 흔적들이, 그것을 여러 차례 되풀이하여 시간을 보낸 산 중턱의 풍경이 구의 눈 속으로 들어왔다. 남아 있는 모든 것들이 어두운 유화물감을 덧대고 있는 것처럼 보였다. 흩어진 철골 구조물로만 남은 비닐하우스가 있던 자리에 구의 시선이 오래 머물렀다. 어느 한때, 수마가 지나간 자리에 다시 들어가 살 수 없어 집 근처에 허겁지겁 비닐하우스를 짓던 아버지의 모습이 고스란히 되살아났다. 구는 제가 걷고 있는 줄도 모르고 그곳으로 갔다. 물가에서 아버지가 구를 부르는 소리가 들렸지만 개의치 않았다. 불법으로 잡아먹고 내팽개치고 간 동물의 뼈대처럼 함부로 널려 있는 하우스의 철골들이었다. 구는 오른손을 올려 왼쪽 가슴께를 만졌다. 갈비뼈 밑, 암 덩어리가 자리해 있다는 지점이었다. 갈빗대 안쪽 어딘가에서 그가 살던 고향이, 지금 딛고 있는 자리의 옛 시간들이 일순간 되살아났다. 그것이 소화되거나 사라지지 않고 고스란히 남아 구의 몸을 병들게 했는지도 몰랐다. 그 기억이나마 사라질까 두려워 손을 뗄 수가 없었다. 구는 왼 가슴에 손을 그대로 올려둔 채 뗏목으로 돌아갔다. 아버지가 이제 그만 자신을 일으켜달라는 듯 손을 내밀었지만 구는 노를 집어 올렸다.

한 팔로만 열심히 휘저어 산 중턱을 벗어나려는 심산이었다. 그러나 생각만큼 뗏목이 말을 듣지 않아 결국 두 손을 모두 사용해보았지만 어림도 없었다. 구가 물속으로 뛰어내렸다. 뗏목을 받치고 있는 드럼통이 물 밑의 죽은 나무둥치에 끼어 있었다. 구가 뗏목을 이끌려는 힘보다 더 크고 단단한 것이 뗏목을 부여잡은 형국이었다. 물 아래를 일일이 손으로 짚어가느라 꽤나 더딘 작업이었지만 별다른 방법이 없었으므로 구는 재게 손을 놀렸다. 물이 가슴까지 차오른 곳으로 들어가서야 간신히 나무등치에 얽힌 뗏목을 풀었다. 지친 구가 비틀대며 뗏목으로 올라서는 모습을 물가에 나와 앉아 있던 아이가 물끄러미 바라보았다. 제 몸보다 조금 더 큰 나뭇등걸이 꽤나 익숙하다는 듯이 걸터앉아 턱을 괴고 있는 아이였다.

구가 뗏목에 오름과 동시에 아버지가 텀벙 소리를 내며 물 아래로 떨어졌다. 뗏목의 요동을 견디지 못한 탓이었다. 구가 다듭히 내려가 아버지를 일으켜 안았다. 헛손질하며 물만 잔뜩 먹고 있던 아버지가 구의 몸을 꽉 움켜쥐었다. 뗏목 위로 다시 아버지의 몸을 올려둘 엄두가 나지 않아 아예 뭍 쪽으로 이끌었다. 아버지의 몸 자체가 거대한 뗏목으로, 구의 두 다리가 튼튼한 노가 되었다. 물가로 밀려간 잔물결들이 방향을 바꾸어 구 쪽으로 덤벼들었다. 물가의 큰 바위 뒤에 몸을 숨긴 아이가 구와 아버지를 호기심 어린 시선으로 바라보았다.

사람들에게 덤벼들던 물에 관해서라면 구는 이미 여덟 살 적에 경험한 바 있었다. 긴 머리채를 흩날리던 여인의 모습으로, 짧은 혀 수십만 개를 가진 악마의 모습으로도 변한 물이 구 쪽으로 다가왔다. 장마가 지나간 뒤라 모두들 마음 놓고 산 정상을 내려와 중턱에 위치한 자신의 집으로 돌아온 다음이었다. 수마의 위력은 대단했으나 그것을 다시 원래대로 회복시키려는 사람들의 손은 더 놀라웠다. 머지않아 집들은 다시 본래대로 돌아갔지만, 겨우 일궈놓았던 산 중턱의 밭들은 도무지 어디서부터 어떻게 손을 대야 할지 모를 지경이었다. 물은 또 물대로 새로운 길을 만들었다. 길 따라 물이 흐른 흔적을, 구와 친구들은 신작로라 부르며 놀았다. 신작로를 따라가면 물이 있었고, 물가에서 신작로를 거슬러 올라가면 구와 친구들이 사는 산 중턱이 나왔다.

 추수가 끝나면 여기를 떠나라는구나.
 ―아, 아! 마이크 테스트, 마이크흐 테스흐트!
 참깨두 다 떠내려갔는데……
 ―마이크, 들려유? 이제 쩌 위짝서 물이 겁나 내려온대유. 동네 사람들, 속히 이곳을 떠나시길 바랍니다잉. 싸게 싸게 흩어지셔야 정부에서 하는 중대헌 일들을 원화알 하게 할 수가 있다니께유? 보상도 다 해드렸자뉴! 아, 얼른 얼른들 나와유!
 내일은 수미네, 모레는 또 두 집이 떠난다네.
 엄마…… 배고파.

가진 재산만큼 이주비를 챙긴 사람들은 이미 한참 전에 떠났다. 제 명의로 된 집도 없이 세를 얻어 살던 사람들은 꼭 그 머릿수만큼만 이주비를 받았다. 그에 항의하느라 떠나지 못하는 것처럼 보였지만 사실은 갈 곳이 마땅찮았다. 앉은 자리에서 버티기 시작한 지 두 해째였다. 본래 세 들어 살던 집에서 비닐하우스로, 그곳에서 다시 사촌 누나네가 버리고 간 큰집으로 스며들기까지 구와 그의 가족들은 적잖이 마음고생을 해야 했다. 마음을 다치는 일쯤이야 배를 채우고, 아픈 식구를 건사하는 일들에 비하면 아무렇지도 않았다. 마음보다 시급한 것은 돈과 나날이 차오르는 물을 피해 더 높은 곳으로 올라가는 일이었다.

이주비는 이미 절반도 넘게 엄마의 약값이며 생활비로 들어갔다. 그나마 돈 되는 것을 해보겠다고 지은 참깨 농사가 장마에 흉작이 된 뒤, 아버지는 치미는 화를 이기지 못하고 물 밖으로만 떠돌았다. 마실 술이 없으면 농기계에 들어가는 공업용 알코올도 따라 마셨다. 그래도 멋진 아버지였다. 어린 구의 눈에는, 호기롭게 술을 마시거나 아픈 엄마에게 늘 큰소리를 치는 모습이 우리 집을 다시 살게 해줄 어떤 힘으로 보였기 때문이었다. 늘 나쁜 냄새를 풍기며 소리치지만 엄마의 약값을 벌어오는 것도, 최신형 자석 필통을 사다 주는 것도 따지고 보면 아버지가 해주던 일이 아니던가. 빈집의 담벼락에 기대 잠들어 있는 모습이어도 구는 아버지가 좋았다. 사람들이 모두 떠난 집을 대신 지켜주는 것도 본래 아버지가 하는 일인 것처럼 느껴졌다. 구는 아버지의 몸속에 있는 어떤 스펀지 같은 것들이 강렬하게 술을 빨아들이는 것은 아닐까 생각했다. 그러지 않고서야 어떻게 사람 몸에 저렇게 많은 술이 들어가는지 도무지 이해할 수가 없었다. 술을 마시는 아버지의 뒷모습이야 워낙 눈에 익은 것이었으므로 구는 별다를 것 없는 나날들이라 여겼다. 그것이 아버지를 일으켜 세우는 힘 같은 것인지 모르니 따지고 보면 굳이 나쁜 일도 아닌 것만 같았다. 아버지는 술을 마셔야 구의 머리를 쓰다듬어주거나 목마를 태워주었다.

물 건너에 있는 학교에 다녀오던 날이었다. 마을에 있는 학교가 폐교되어 남은 아이들은 물을 건너서도 한 시간이나 걸어야 하는 학교로 통학을 한 것이었다. 집으로 돌아오는 길목에서 발이 묶였다. 산의 돌덩이들을 폭파하는 작업이 한창 진행 중인 까닭이었다. 사람들의 통행을 막은 막일꾼들이 구와 친구들을 한곳에 몰아놓고 하염없이 기다리게 했다.

우리도 그냥 저렇게 터져버렸으면 좋겠어!

미숙이 새된 소리로 누구에게랄 것도 없이 쏘아붙였다. 그러나 난생처음 본 폭발의 위용에 놀란 아이들은 미숙의 말에 아무런 대꾸도 하지 못했다. 집만큼 큰 바위가 산산이 부서지는 모습이라니! 구와 친구들의 눈은 이미 산 쪽에서 눈사태 일어나듯 무리지어 피어오른 폭파 먼지에 홀렸다.

나무를 베고 산을 부수어 물을 가둔다고 했다. 그것을 위한 벌목과 폭파가 밤낮으로 이어졌다. 어린 구와 가난한 그의 가족들에게 그것은 곧 생의 터전이 사라진다는 것을 의미했다. 변변한 집 한 채 가지지 못한 그의 가족들은 망연자실하고만 있을 수 없기에, 큰형의 고등학교 진학이 당연한 수순처럼 좌절되었다. 공부 잘하던 형의 진로가 순식간에 폭파되는 것을 지켜보던 그의 누나가 서울로 일하러 떠났다. 구와 병든 몸에 화기가 잔뜩 쌓인 아버지만 산 중턱의 집에 남았다.

밤낮으로 가족들이 북적이던 곳에 홀로 남은 구에게는 모든 것들이 별천지였다. 엄마가 앓는 소리도, 아버지가 이장과 싸우는 소리도 별로 심각하게 느껴지지 않았다. 집 아래로 서서히 차오르기 시작하는 물을 구경하는 것이 좋았고, 그 물에 산모롱이의 모습이 고스란히 비치는 것도 멋진 구경거리였다. 폭파된 돌과 베어진 나무들이 트럭에 실려 가는 행렬도 장관이었다. 시간 가는 줄 모르고 그것들을 구경하고 있으면 구를 찾으러 나온 아버지의 우악스러운 손에 뒷덜미가 채였다. 아버지에게 들려 가던 구의 눈 속에서 잔잔하던 물결이 요동을 쳤다. 그 물결을 따라가보면 어느새 뗏목

서너 대가 물에 떠 있는 것이 보였다. 아버지가 매일 술에 취해 잠드는 자리였다.

물은 금세 차올랐다 순식간에 빠지고, 다시 차오르다가 서서히 잦아들기를 반복하며 산 중턱의 사람들을 옥죄었다. 물만 보면 숨이 막힌다던 옆집 아저씨는 물속으로 들어가 나오지 않았다. 밤낮으로 물가에서 울던 그의 가족들이 집과 짐들을 모두 버리고 산을 떠났다. 누군가에게 진 큰 빚이 아직 남아 있다고 했다. 그들이 떠나고 나서야 아저씨의 부푼 몸이 물 위로 올라왔다. 떠난 가족들을 불러올 길이 없던 까닭에 술 취한 아버지가 아저씨를 건져왔다. 물에 분 사람의 모습을 보지 못하게 하려고 엄마가 구를 꼭 껴안았다. 엄마의 가슴골에 파묻힌 구가 간신히 얼굴을 돌려 아저씨의 몸이 수습되는 과정을 지켜보았다.

물은, 대단하구나…… 그 빠짝 마른 아저씨가 저렇게 커지다니!

겹친 잔물결이 물이랑을 만들고, 아저씨가 발견된 자리에 배 한 척이 둥실둥실 물 위에 떠 있었다. 통나무로 얼기설기 바닥을 엮고, 나름대로는 뱃머리와 배의 벽도 갖춘 배였다. 구는 저 배가 과연 자신의 집 앞까지 올라올 것인가에 대하여, 그럼 그때는 언제일까에 대해 골똘해졌다. 너무 깊이 생각을 하느라 엄마가 집에 가자고 채근하는 것도 듣지 못했다.

역설적이게도, 아버지는 벌목을 하러 다녔다. 별다른 수입원이 없던 탓이었다. 산의 나무들이 속속 베어져 나갔다. 아버지의 무릎까지 남은 나무 밑동들은 구의 허리에, 때로는 어깨까지 닿곤 했다. 전기톱 소리가 나면 수령 몇백 년이 넘는 나무들의 굵은 허리가 푹푹 꺾였다. 톱을 든 아버지가 산속으로 들어가기만 하면 나무가 사라지고 새로운 길이 생겼다. 다이너마이트가 바위를 깨뜨리는 날이 계속되었다. 언제까지고 이어질 것만 같던 그 기묘한 활기들은 삽시간에 수그러들었다. 나무가 뎅겅 베어진 것마냥 아버지도 뎅겅, 일자리를 잃었다. 산에서 일하고 받아온 돈으로 술을 더 많이 쌓아둔 아버지가 집을 떠날 수 없다며 전보다 더 크게 소리쳤다.

뱃전에 큰 스피커를 달고 다시 이장이 왔다.

―여태 안 가고 뭣들 하는 겨?

아버지, 저기가 아니었나 봐요. 우리가 살던 데가 아니에요.

―받을 만큼 받았자녀! 일당도 두둑하게 줬구먼. 여태 뭐 한 겨, 짐 안 싸고!

……맞는 것 같은데, 아닌 것도 같아요. 아버지, 저쪽으로

한 번만 더 다녀와볼게요. 여기 잠깐 계세요.

　—아, 사람 써서 쫓아내기 전에 얼른들 나와유, 존 말 헐 때!

　아뇨, 왜 물 올라와서도 우리가 한참 더 살았잖아요. 그때는 미숙이네도 같이 있었고요. 우릴 쫓아내려고 사람들이 쳐들어왔던, 네, 거기요. 한번 가보려구요. 아니, 엄마 산소 있는 쪽은 아닌 것 같고요, 저기 어딘데……

　아버지를 간신히 물가로 끌어온 구가 숨을 헐떡이며 등 뒤의 풍경을 살폈다. 물에 홀딱 젖은 아버지가 충분히 듣고도 남을 만한 소리였다. 아버지는 말없이 산모롱이 곳곳을 눈으로 훑었다. 이렇게 되고 나서야 온 고향이었다. 모두 다 사라졌고, 모든 것들이 물에 잠겼지만 이 산 곳곳을 헤집으며 살던 때가 있었다. 거기서 세 명의 아이를 낳았고, 아내를 잃었고, 살던 곳이 수장되는 것을 두 눈 뜨고 지켜보았다. 그나마 물이 차오르기 전에 조상들의 묘를 파 옮기고, 아내의 무덤 자리를 마련해둔 것이 다행이라면 다행이었다. 구와 아버지는 새삼스러운 마음으로 지나온 순간들이 고스란히 잠긴 곳을 살펴보았다. 물 위에서 흔들리던 뗏목이 죽은 나무 둥치에 턱, 턱 부딪치는 소리가 어서 이곳을 떠나라고 재촉하는 것처럼 느껴졌다.

　그때까지도 구와 아버지를 지켜보던 아이가 제 몸을 가려주던 나무를 벗어나 그들이 있는 쪽으로 다가왔다. 낡은 자석 필통을 손에 쥔 아이였다. 뒤돌아 서 있던 구는 자신에게 다가오는 아이를 보지 못했지만 구에게 안겨 있던 아버지는 똑똑히 보았다. 벌어진 입에서 침이 흘러내리는 것도 모르고 아버지는 정면에 서 있는 아이를 주시했다. 아버지가 뇌출혈을 겪은 뒤 말을 제대로 하지 못한 지 오 년째였다. 가벼운 치매까지 왔다는 아버지를 요양병원에서 퇴원시킨 것이 어제 오후였다. 퇴원이라고 했지만, 붕대로 사대육신이 꽁꽁 묶여 있는 아버지가 침대 위에서 몸부림치는 모습을 보다 못한 구가 아버지를 들쳐 업고 나온 길이었다. 가진 돈을 다 털어 병원비를 지불하고 나니 구 역시도 앞이 막막했다. 그래도 그곳에 더 이상 아버지를 둘 수가 없었다. 붕대 자국 선연한 팔다리를 보고 있자니 가슴 한가운데 붉은 줄이 북북 그어지는 듯했다. 그길로 돌아온 고향이었다. 여기까지 왔으니, 살던 집이 있던 자리까지는 올라가보고 싶은 마음이야 알겠지만 구는 아버지를 다시 뗏목 위에 얹어두었다. 아버지의 두 다리가 끝내 뗏목 위로 올라가지 않았다. 왜 여기까지 와서 이러느냐는 투였다. 아버지는 저 아이 좀 보라는 듯이 발도 굴렀지만, 구로서는 그가 왜 갑자기 이렇게 떼를 쓰는지 알 길이 없었다. 아버지가 쓰고 있던 밀짚모자가 물 속으로 떨어졌다.

아버지를 그냥 내버려둔 구가 뗏목 위에 걸터앉았다. 아버지에게서 최대한 멀리 떨어진 자리였다. 멀리서 보면 반 평 남짓한 뗏목의 중심을 잡느라 그러는 것 같았다. 저 앞에 낚시꾼들로 보이는 사람들이 큰 보트를 타고 지나갔다. 뗏목이 물결 따라 흔들리자 아버지의 두 다리도 철썩철썩 물세례를 받았다. 구는 왼쪽 갈비뼈에 다시 오른손을 얹고 한참을 말없이 앉아 있었다. 생에 대해 아무런 요구가 없는 아버지, 표정이 사라진 얼굴 속의 무미건조한 그 눈빛. 지금 이 순간 구를 가장 못 견디게 하는 것은 바로 그 쓸쓸한 모습이었다. 구의 마음도 별반 다르지 않았기 때문이었다. 뭍에서 양손을 허리춤에 얹고 구와 아버지가 가는 쪽을 의기양양하게 바라보던 아이가 쥐고 있던 필통을 가슴 쪽으로 끌어 올려 조심스럽게 안았다. 자석 필통의 철제 손잡이가 햇빛을 튕겨 내었다. 그 빛이 고스란히 아버지 눈으로 향했다.

눈이 셔……

이곳을 떠나지 못하는 이유가 하나 더 늘었다. 아버지는 아이 쪽으로 얼굴을 둔 채 미동도 하지 않았다. 달리 어찌해 볼 도리가 없던 구가 물에 빠진 모자를 건져 노에 얹어둔 후에 아버지 곁으로 갔다. 두 무릎을 끌어당겨 앉은 구의 등이 산모롱이처럼 둥글게 휘었다. 바람이 조용하게 그들 곁을 휘돌았다. 아버지도 한 번쯤은 확인하고 싶은 것이 있을 것이다. 구 역시 언젠가는 봐야 한다고 여기던 것들이 있었다. 오늘에야 그것을 한 것뿐인데, 십 수 년을 갈음한 것처럼 한 꺼번에 피곤이 몰려왔다. 구는 눈앞에 오뚝 솟구친 두 무릎을 앙상한 눈매로 바라보았다. 안 하던 노질을 한 탓도 크겠지만, 물에 할퀴어지고 갈변된 옛 시간들을 본 마음에 폐허가 들어차 더는 아무것도 생각할 여력이 없었다. 왜 왔을까. 뭐 하려고 굳이 여기까지 왔던가. 구는 자신이 돌아온 길들을, 애써 외면하던 시간들을 단번에 되짚었다.

아버지, 우리 저쪽으로 한 번 돌아볼까요?

대답이 없었다. 물가의 썩은 내인 줄 알았는데, 아버지가 요의를 그냥 바지에 해결한 모양이었다. 그제야 구는 여태 아버지가 시장할 것이란 생각도, 요의를 여쭤본 적도 없다는 것을 깨달았다. 지린내 나는 아버지를 일으켜 바지째 물에 헹구며, 물이 들어와 마을의 변소들이 물속으로 잠겨들던 때를 생각했다. 거대한 물이 순식간에 사람들이 일궈놓은 모든 것들을 삼켜버렸다.

더러워. 사람 똥 돼지 똥 소 똥 모두 다 있어!
······구야, 아껴 마셔라. 물이 없다.

구는 방문만 열면 온통 물 천지인 이 곳에서 마실 물이 없다는 엄마의 말이 쉽게 이해가 가지 않았다. 외양간과 변소가, 딸기가 소복하게 열려 있던 밭이, 학교가, 가게와 식당들이 모두 잠겨버렸다. 비가 내리지 않으면 마실 물이 없다는 말이 당장 그날 저녁부터 실감이 났다. 저 물만 사라지면 모든 것들이 원래대로 돌아올 수 있지 않을까? 산도 없애던 힘센 아버지가 신작로를 따라 물속에 한 번 다녀오면, 전처럼 모든 것들이 되살아날 수 있을 거야! 구는 호롱불이 꺼진 방 안의 암흑을 두 손으로 휘저었다.

산 위에서 밤낮없이 터뜨리는 다이너마이트 소리에 제대로 잠을 이루기 어려운 날들이었다. 다이너마이트는 힘이 셌다. 집채만 한 바위가 가루가 되고, 뿌리째 뽑힌 나무들이 산 곳곳에 쓰러졌다. 집 아래까지 물이 올라오고, 산이 부서지는 것을 지켜보는 와중에도 엄마의 병은 깊어만 갔다. 매일 집 앞까지 찾아오는 이장의 배를 빌려 엄마를 큰 병원에라도 모셔 가려 했을 때였다. 병원으로 갈 차비를 하는 아버지와 구를 엄마가 말렸다.

우리가 떠나면, 여기가 잠길 거예요.
……돌아올 수 없어요.

구와 아버지는 들고 있던 짐을 바닥에 내려놓았다. 두 손을 늘어뜨린 아버지와는 달리 구는 어떻게 하면 엄마의 상태를 형과 누나에게 알릴 수 있을까 곰곰이 생각했다. 형과 누나는 편지도, 전화도 닿을 수 없는 아득한 곳에 가 있는 것만 같았다. 구의 나이 고작 열 살이었다. 다이너마이트가 터질 때마다 깜짝 놀라 가슴을 쓸던 구의 엄마는 취한 아버지가 물가에 널브러지고, 구가 물 건너 학교에 가 있던 점심나절에 죽었다. 아버지가 엄마를 업고 산 꼭대기로 올라갔다. 여기까지는 물이 오지 않겠다 싶은 지점에 이르렀을 때 아버지가 엄마를 내려놓았다. 밤새 파 내려간 땅이 아버지의 허리보다 더 깊었다. 바들바들 떨고 있는 구를 두 번이나 절하게 한 뒤에 아버지는 엄마를 안고 땅 아래로 내려갔다. 엄마가 땅 속에 눕는 모습을 차마 볼 수가 없던 구는 소복이 쌓인 흙더미 뒤에서 나직하게 울었다. 큰 소리가 나면 사람들이 엄마를 묻지 못하게 할 것이라며 아버지가 주의를 주었다. 엄마가 땅으로 들어가고 나서야 술 깬 모습을 보이는 아버지였다. 그런 아버지를 원망할 틈도 없이 구는 아버지마저 아예 술독으로 빠져 들어갈까 봐 덜컥 겁이 났다. 정말이지 순식간에 치러진 장례였다.

구에게는 이제 산 위의 엄마 집과 몰래 들어가서 살고 있는 지금의 집, 두 개가 생겨버린 셈이었다. 누군가 파헤친 흔적을 없애려고 아버지가 오랫동안 꼼꼼하게 엄마의 유택을 보듬었다. 뿌리째 뽑힌 나무들을 가져와 주변을 에워쌌고,

나중에 혹시나 그 자리를 잃어버릴까 봐서 색 있는 천으로 매듭을 지어두었다. 산을 내려오기 직전에 엄마에게 '내일 또 올게' 하며 인사하는 구의 손을 아버지가 꽉 그러쥐었다.

형과 누나에게 이제 어떻게 말을 해야 할지 몰라서 구는 애가 탔다. 엄마를 묻고 울음을 삼키며 집으로 내려가니 마을 이장이 처음 보는 사람들을 데리고 마당에 와 있었다.

묻은 겨?

아니에요.

그름 뱅언으로 간 겨?

다 나아서 돈 벌러 갔어요.

어허, 이 사람! 뻘건 소리 말고 사실대로 말혀봐. 내 자네 생각혀서 이주비는 애 엄마꺼정 다시 쳐줄 테니께 말여.

우리 엄마 진짜 안 죽었어요!

숨 쉬는 동안에는 엄마 묻은 자리를 잃어버리지 않을 줄 알았다. 하지만 다시 돌아온 고향의 산 중턱에서 구는 엄마가 있는 곳에 갈 수 없었다. 물 빠진 자리를 구경하러 온 외지 사람마냥 들어섰던 옛 집에서 그가 엄마의 무덤 쪽을 올려다봤을 때였다. 차마 못 볼 것을 본 것처럼 서둘러 눈을 돌렸다가 다시 쳐다본 후 아예 몸을 틀어 왔던 길로 향했다. 황급히 되짚어 내려오는 그 발걸음이 방향을 제대로 짚지 못했다. 왼발과 오른발이 서로 다른 쪽으로 뻗어 가다가 그만 휘청이며 풀숲에 주저앉았다. 죽은 나뭇가지에 왼쪽 엉덩이가 깊숙이 찔렸지만 아픈 것도 느끼지 못했다. 다시 보고 싶지 않은 어떤 것을 피해 내려가려는 듯이, 구는 벌떡 일어나 아래로 뛰어갔다. 아버지가 그 모습을 보지 않은 것이 그나마 다행이었다.

공동(空洞)이 된 산의 정상을, 분화구처럼 움푹 파인 엄마가 누운 자리를.

여, 여기가 아니었나 봐요. 우리, 우리 집인 줄 알았는데, 딴 집이더라구요. 위, 원래 다 비비슷비……슷, 했잖아요.

병원에서 아버지 몸을 어깨에 둘러메었을 때의 씩씩함과는 거리가 먼 말투였다. 미동도 없이 물가 쪽에 얼굴을 돌리고 있던 아버지는 무심함을 가장하여 구의 마음에 다가서지 않으려는 것만 같았다. 아버지도 한 번쯤은 와보고 싶던 고향이었다. 왔으니 됐다는 표정으로, 그러나 저 아이는 뭐지, 싶은 마음을 인 채 아버지는 가만히 있었다. 지금 보고 있는 것이 정말로 제가 본 것인지도 확신할 수 없어, 녹내장이 심한 눈을 한 번씩 깜빡이기만 했다.

아버지를 등지고 앉은 구는 물 표면을 발로 차며 아이처럼 울었다. 물에 잠기는 집을 바라보던 그때처럼, 예나 지금이

나 무능하게만 보이는 아버지와 제 상황이 새삼스레 답답해 울음의 끝을 놓지 않았다. 그러면서도 우는 것을 들키지 않으려고 두 발로 열심히 물을 찼다. 사방으로 물이 튀었지만 개의치 않았다. 배스 떼가 뗏목 주위를 어른거렸다. 인기척에도 어지간하면 도망가지 않는 것들이었다. 구가 점점 더 세게 발을 굴렀다.

구는 엄마가 있던 자리에 누워 꼼짝도 하지 않았다. 기다리면 엄마가 돌아올 것만 같은 마음에서였다. 아버지가 물 건너가서 사다 준 과자도 손대지 않은 채였다. 잠과 말을 잊었고, 집 밖으로는 한 발자국도 나가지 않았다. 울고 싶을 때마다 울고, 자기 싫으면 자지 않았다. 아버지는 오래간만에 맨정신으로 며칠을 버텼다. 아버지는 아버지대로, 구는 구대로 망자를 보내는 의식을 진행하는 중이었다. 어둠이 몰려오면 어둠 곳곳에 엄마가 배어 있는 것 같았고, 해가 뜨면 햇빛이 닿는 곳마다 엄마가 나타났다. 순식간에 지나간 장례의 뒤끝이 길고 길었다.

지금도 예전과 마찬가지로 구의 울음은 끝을 모르고 이어졌다. 구가 물 차는 소리 사이로 그날의 빗소리가 파고들었다. 억수같이 비가 쏟아지던 날이었다. 술 사러 갔던 아버지가 오랫동안 돌아오지 않았다. 빗줄기가 점점 더 거세지던 그 밤에 구는 이장의 배를 빌려 타고 집으로 돌아온 아버지의 손에 들려 집을 떠났다. 어린 구를 한 팔로 부여안은 아버지가 허둥지둥 배에 올라타자 이장이 서둘러 배를 출발시켰다. 아버지는 그나마 챙길 수 있던 짐도 버리고 구만 들고 나왔다. 아직 댐의 수문이 열리지도 않았는데, 그깟 장맛비에 집이 잠긴 것이었다. 그러나 차오른 물 위로 쉴 새 없이 쏟아지던 장맛비에 산 중턱의 수위가 올라오는 것은 너무도 자명한 일이었다. 아버지가 이장을 찾아가 배를 빌려 타고 돌아오지 않았더라면, 구는 고스란히 집과 함께 물에 갇혀버렸을지도 몰랐다.

엄마에게 마지막 인사도 하지 못하고 왔다는 사실이 속상해 구는 발을 동동 굴렀다. 형과 누나가 찾아올 고향이, 구와 아버지가 몸을 누일 곳이 그렇게 사라졌다. 그 와중에 겉만 멀쩡했지 속은 고물인 이장의 배가 멈췄다. 프로펠러가 고장을 일으킨 까닭이었다. 구와 아버지는 물 차오른 집을 곁에 두고 이장의 배 위에서 밤을 보냈다. 맨손으로 배를 수리하느라 정신이 없던 이장은 홀딱 젖은 구를 바라보다가 입고 있던 잠바를 벗어주었다. 아버지와 구는 무섭게 불어 오른 물과 막 잠겨들기 시작한 집을 말없이 바라보았다. 쉬지 않고 쏟아지던 비에 온몸을 흠씬 두들겨 맞았다.

구는 깜빡 잠들었다가 깨어났다. 쏟아지는 잠과 빗줄기들 사이로 이장과 아버지가 몸싸움을 벌이는 모습을 본 것도 같았다. 마음에서 아직 죽은 엄마를 보내지 못해 며칠 동안 선잠을 자던 열 살 어린아이의 몸이었다. 어디론가 사라진 것 같던 잠은 한순간에 떼로 몰려와 구를 휘감았다. 이장과 아버지가 장난을 치는 것인지, 실제로 싸우는 것인지 분간이 가지 않았다. 구가 기절하듯 잠에 빠진 사이에 실제로 물에 빠졌던 아버지가 이장의 손에 의해 다시 배로 끌어 올려졌다.

둥실, 배가 흔들리면
깜깜한 집이 금방이라도 물에 잠길 듯했고
다시 둥실, 배가 흔들리면
엄마가 누워 있던 방에 가 닿을 수 있을 것 같았다.
두둥실, 배의 난간에 서서 까치발을 디디면
산모롱이 뒤쪽으로 떠난 모두가 돌아올 수 있으리라 믿었다.

뗏목이 서서히 앞으로 나아갔다. 구의 무릎께까지 남아 있던 물속의 썩은 나무둥치들이 그제야 구와 아버지를 놓아주었다. 구의 기억에서는 단 한 번도 떠난 적이 없던 마을이었다. 어느새 노을이 지는 것이, 텅 빈 산의 정상에 노을빛이 고이는 것이 보였다. 구는 애써 그 자리를 외면한 채 노를 젓는 일에만 몰두했다. 버려진 나무둥치 군락을 벗어난 뗏목이 마치 저절로 움직이고 있는 것처럼 스스럼없이 호수의 가장자리로 흘러갔다. 뗏목 아래에서 수십, 수백 마리의 배스 떼가 검은 잉크처럼 풀어져 나왔다. 배스 떼가 떠난 자리로 얼굴들이 모였다. 물꼬리를 따라 수면 아래에서 서서히 움직이고 있는 얼굴을 구와 아버지는 보지 못했다. 그것은 어린아이였다가, 소년의 얼굴이었다가, 다시 앳된 청년의 얼굴이 되었다. 구가 잊고 지내던, 지나온 얼굴들이 구의 뗏목 주위를 어른거리다 산 정상 쪽으로 올라갔다. 죽은 엄마가 묻혀 있던 자리로 구가 살아온 시간이 고스란히 몰려가는 것도 보였다. 그제야 차오르는 엄마의 자리.

구의 몸속에는 오로지 어릴 적의 모습과 현재의 상태만 남아 있었다. 어디서 무엇을 하며 어떻게 지내다 그렇게 되었는지는 새카맣게 지워졌다. 대체 어쩌자고 여기까지 다시 온 것인지 굳이 따져 묻고 싶지 않은 삶이었다. 지난 시간들을 딱 한 번만 되돌릴 수 있다면 바로 여기로 오고 싶었다. 이제 수중에 쥔 돈이라고는 아버지 병원비를 내고 남은 몇십만 원뿐이었다.

엉겁결에 이곳을 떠나던 그 밤에는 아버지의 주머니에 얼마의 돈이 남아 있었을까.

여러 얼굴이 하나로 모여 엄마 얼굴이 되고
엄마의 얼굴이 여러 갈래로 흩어져 형과 누나로 돌아오고
형과 누나가 합쳐져 아버지가 되었다가
구가 있는 쪽으로 다가왔다. 물 아래에서 은밀하고도 민첩

하게 진행되는 것들이 물결을 따라 사라졌다가 다시 나타나기를 반복했다. 그때마다 배스 떼가 출몰했다.

물이 너무 무거워 떠오르지 못하는 또다른 얼굴들이 수면 아래, 물 바로 밑까지 다가왔다가 햇빛을 이기지 못하고 녹아드는 모습을 구가 물끄러미 내려다봤다. 물에 손이라도 댈라치면 물결이 바르르 일어나 구의 손등을 착착 쳤다. 보지 않기 위해 눈을 감으면 눈동자 위에 덧대어진 얇은 물기로도 엄마의 얼굴이 떠올랐다. 뻑뻑해진 눈두덩을 짚으면 그제야 어깨를 떨고 있는 것을 알았다. 구는 물의 무게를 이기지 못하고 끝끝내 터져버린 엄마의 얼굴 파편들을 하나하나 이어 붙이며 앉아 있었다. 이번에는 기어코 울지 않았다는 마지막 자부심만이 구의 마음을 지탱해주었다. 엄마가 있던 쪽으로 고인 구의 시간들이 구를 그렇게 단단하게 만든 것 같았다. 하지만 결국 이렇게 되고 나서야 돌아왔다는 자괴감에 흑백사진처럼 낡은 아버지와 병든 구의 몸은 하릴없이 뗏목 위에 얹혀 있었다. 구는 자꾸 물 아래를 보았다. 물때가 벗겨진 엄마의 건조한 얼굴 위로 형과 누나가, 아버지와 구가 차례로 다녀갔다.

뗏목이 물결을 따라 출렁거리며 아버지의 두 발을 물속에 떨궜다. 아버지는 물이 시키는 대로 가만히 몸을 맡겼다. 흐르는 대로 흐르도록 내버려두니 뗏목이 서서히 물 가운데로 옮겨갔다. 아직도 아버지의 다리는 물속에 잠긴 채였다. 빳빳하게 굳은 무릎 관절이 물속에서는 편안하게 풀어질 수 있을까. 그렇게만 된다면 언제까지라도 아버지의 두 다리를 물에 놓아둘 수 있을 것 같았다. 그의 손목과 발목에 찍힌 화인(火印)이 물에 녹아 없어지기를 바랐다. 뗏목이 그어놓은 물꼬리보다 먼저 뗏목 쪽으로 다가온 얼굴이 아버지의 발아래에 들러붙었다. 텅! 뗏목이 무엇인가에 부딪쳐 구와 아버지가 중심을 잃었다. 그때까지도 뗏목을 따라오던 얼굴들이 순식간에 모두 사라졌다.

다리가 놓인 곳이었다. 어린 구가 학교를 다닐 때마다 건너던 다리였다. 지금은 다리의 상판만 물 위에 떠 있고, 모두 잠긴 모습이었다. 자세히 보지 않으면 물 표면과 다를 바가 없었다. 구는 그 다리가 아직 남아 있다는 사실이 믿기지 않았다. 미처 생각지도 못했던 곳에 다다른 구는 뗏목에서 폴짝 내려섰다. 발목까지 물이 잠겼다. 발등에 어린 얼굴 하나가 어른거렸다. 그러다 물고기처럼 튕겨 나온 아이의 얼굴.

구가 습관처럼 왼쪽 가슴에 손을 얹었다. 그때,
비닐하우스 철골이 와르르 무너지는 소리가,
두고 온 모든 것들에 물이 덤벼드는 소리가,
갈비뼈 안에 은밀하게 고여 있던 어린 구와 죽은 엄마가 폴짝 놓여나는 소리가 났다. 물결 따라 잘게 일어난 물의 표면이 그 소리를 먹었다. 물에 휘감긴 물소리가 물속으로 내려가 얼굴을 들어 올렸다.

어린 구가, 소년 구가, 청년 구가

구를 바라보았다. 그 주위로 그가 알던 세상의 모든 얼굴들이 몰려들기 시작한 것도 그때였다. 아버지가 뗏목 위에서 물 아래의 구들을 바라보고 있었다. 다리 위의 구는 이제 몇 걸음만 내딛으면 다리 아래로, 물 밑으로 떨어져 내릴 거였다. 아버지가 구의 어린 얼굴을 매만지며 알아들을 수 없는 소리를 냈다. 그러자 구가 제 얼굴들 사이로 몸을 묻으려고 했다. 구가 꼭 이러려고 온 사람처럼 급히 서두르며 몸을 물 아래로 옮기려는 찰나에 둥실, 둥실 엄마가 떠올랐다.

어릴 적에 걷던 그 자리에 어쩌면 옛 사람들이 기다리고 있을지 몰라 마음이 급한 구가 엄마의 얼굴을 두 손으로 받아 안았다. 물 아래에서라면 여기까지 오느라 늙어버린 아버지와 그 상태에서 뼈가 자라며 마음이 상한 구가 괜찮아질지도 모를 일이었다. 수몰된 고향의 모든 것을 따라 구의 마음은 이미 한참 전에 물 아래로 내려가 있었다. 물에 묻힌 상태로 남들 사는 것처럼 살아가야 한다는 것 자체가 거짓이었다. 마을을 떠난 뒤로는 사는 것 자체가 어색한 농담처럼 여겨졌다. 구가 묻혀 있는 물 밑의 마음을 꺼내기 위해 몸을 틀었다. 대신 아버지가 질끈 눈을 감았다. 아버지의 감은 눈 속으로 어린 구의 형상들이 빨려들어갔다.

해가 산모롱이 뒤쪽으로 자취를 감추었다. 그곳은 낚시터
가 있고, 거창한 별장들이 솟아오른 곳이었다. 그것들을 짓
느라 마을 사람들을 그렇게 못 살게 한 것이었을까. 구의 가
족을 빼앗고, 구가 살던 곳을 물에 묻어버린 것은 그렇다면
과연 낚시터인가 별장인가 그도 아니라면 물의 모든 것인가.

구의 기억이 맞는다면, 지금 딛고 있는 다리를 따라 그들
이 신작로라 부르던 길이 이어져 있을 터였다. 이대로 내려
가 물속을 걷다 보면 죽은 형과, 여전히 사는 것이 고행인 누
나의 어린 시절을, 엄마를, 떠난 친구들을 만날 수 있을 것
이다. 구의 몸과 아버지가 이 지경이 되고 나서야 찾아왔지
만, 모두가 건강했던 시절과 다시 만날 수 있으리란 확신이
섰다. 집이 가난한 것이 창피해 집 밖으로 잘 나다니지 않고,
집 안에서는 본 책을 보고 또 보던 어린 구를 쓰다듬어 줄 수
있을 것도 같았다. 누군가 버리고 떠난 세간들을 산에 있는
동굴마다 가져다 놓고 제 방이라 우기던 친구들도 만날 수
있을 것이다. 할 수 있겠다 싶은 것들이 너무 많아 겁이 났
다. 마음이 물결을 따라 요동을 쳤다.

배스 떼가 발목을 스치며 지나갔다. 다리 상판에 붙어 있
던 뗏목이 떨어졌다. 그 위에 비스듬히 놓여 있던 노가 굴러
물 밑으로 떨어졌다. 구는 옛날에 이장의 배 난간에 서 있을

때처럼 다리 상판에 다리를 붙박인 채 서 있었다. 배스 떼가 지나가는 소리, 뗏목이 다리에서 멀어지는 소리를 가만히 들었다. 반쯤 잠긴 산모롱이가 그런 구를 지켜보았다. 다시 차오른 엄마의 자리까지도 구를 굽어보는 듯했다. 정강이까지 잠긴 아버지의 두 다리가 자유롭게 풀어지는 것이 보였다. 아버지의 피부는 푸른 물빛과 거의 흡사하게 변해갔다. 아들은 무릎까지 남아 있던 나무둥치에서 뗏목을 떼어낼 적에 드럼통에 난 구멍을 애써 외면했다.

다리 상판에서 서서히 멀어지며 뗏목이 물에 잠겨 들자 구가 다리 한쪽을 추켜올렸다. 어느새 물속에서 걸어 나온 어린 구가 한 발로 서 있는 구를 가만히 떠받쳐주었다. 주름진 얼굴을 한 자신의 미래를 조심스레 다독이는 어린 손이었다. 그 순간 낚시터 쪽에서부터 요란한 사이렌 소리가 들려왔다.

어린 구에게 기대 서 있던 구가 드디어 한 발을 물속으로 내디뎠다. 이십오 년 만에 돌아가는 집이었다. 물 밑에 무릎까지 남아 있던 나무둥치들이 일제히 솟구쳐 구의 몸을 받을 준비를 했다. 그때까지도 숨죽이며 구를 기다리던 옛 얼굴들이 한꺼번에 올라와 거센 물살이 되었다. 구가 물속으로 빨려들어가려는 찰나, 엄마의 화난 얼굴이 물살을 뚫고 나와 구의 몸을 쳐냈다. 물속에 구보다 먼저 가라앉은 구의 미래가 죽은 나무들 위에서 새싹으로 피어났다. 산모롱이가 물가에 떠도는 구의 어린 시절을 가만히 다독였다.

보트 한 대가 조금 전 뗏목이 가라앉은 곳을 빠르게 지나쳐 왔다.

구가 상판 위에서 무릎을 꿇었다.

제사장이 없는 세계의 신화

김형중

1. 원소들

이은선의 소설들을 읽고 난 후의 첫 느낌을 뭐라고 표현할 수 있을까? 우선 '싱싱하다' '선명하다' '강렬하다' '건강하다' 등등의 어휘군이 떠오르는데, 정확히는 마치 원색으로만 그려진 야수파 화가의 강렬한 그림들을 보고 난 후의 느낌과 유사하다고 말하는 편이 좋겠다. 매 편마다 소설은 말미에 반드시 파국의 순간을 마련한다. 마을은 물에 잠기고, 이국의 커피나무들은 불타고, 새는 죽어 땅으로 떨어지고, 주인공은 설산의 크레바스에 빠져 동사하거나 수하 선원들의 손에 갈기갈기 찢겨 물것들의 밥이 된다. 그럼에도 불구하고 이 작가의 문장들은 소설집을 덮는 마지막 순간까지 활력 넘치는 모종의 세계와 맺어진 연결의 끈을 놓지 않는다. 이유인즉 그의 소설들에서 파국은 잿빛이 아니라 생생한 원색이기 때문이다. 파국마저 총천연색이고 그래서 싱싱하고 선명하고 강렬하고 건강해 보인다. 그러니 먼저 그의 문장들이 태반으로 삼고 있는 저 생동감 넘치는 세계의 전모를 밝히는 일이 이은선의 소설을 이해하는 첫번째 실마리가 될 듯하다.

그의 문장들에서 가장 먼저 도드라지게 눈에 띄는 것은 '원소들'이다. 세계의 재료를 이루었다고 하는 태초의 원소들, 그러니까, '물'과 '불'과 '바람'과 '흙'과 '나무'와 '쇠'……

특히 물은 이은선의 소설 세계 곳곳에서 가장 자주 등장하는 원소다. '수로' 연작 세 편의 배경인 우즈베키스탄 목화 마을 '무이낙', 그 마을의 한가운데서 말라가는 공동 우물과 내해(아랄 해)의 이미지는 주목을 요한다. 이 마을에 일어난 실제 사건을 모티프로 삼고 있는 이 세 편의 연작에서 모든 갈증(심리적이고 생리적이며 사회적이기도 한)과 위기는 물의 부족으로부터 기인한다. 물론 다른 작품 「분나」의 메말라가는 웅덩이(커피 —— '분나'는 에티오피아 말로 커피를 의미한다 —— 나무들이 마지막 꽃을 피우던 우주의 중심이자 생명의 기원)도 있고, 「판타롱 아일랜드」의 거대한 수마(4대강 사업의 결말을 미리 보여주는 듯한)도 있다. 이은선의 소설 속에서 물은 대개 너무 넘치거나 너무 모자람으로써, 세계 전체를 지배하는 중심 원소가 된다.

　물과 정확히 대립되는 지점에 불이 있다. (에티오피아의 어디쯤으로 보이는) 마을의 모든 커피나무와 염소와 심지어 인간의 마음까지 태워버리며 기세등등하게 타오르는 「분나」의 뜨거운 불길과 매캐한 연기를 기억할 것이다. 또 「까롭까 ─ 수로 2」의 선상(船上) 장면에서, 대령(그는 마을의 모든 부와 여자를 향유하는 '원초적 아버지'다)을 죽인 후 찢어 먹어치우는 (부친살해) 의식이 이루어지기 직전, 목화 상자들을 집어삼키던 불길들도 떠오를 것이다. 뿐만 아니라, 「톨큰 ─ 수로 3」에서 군인들의 총신이 내뿜던 불꽃들도 떠오른다. 이렇듯 불과 물은 끊임없이 대립하면서 이은선의 소설 세계를 지탱하는 두 이미지 계열체의 양대 축을 이룬다. 물은 태어나게 하고 키우며, 불은 태우고 훼손한다. 물은 공동체를 지키려고 하고 불은 외부의 문명을 침입시킨다. 따라서 물은 모성 원리에 가까우며 불은 여자들을 유린하는 남성성의 원리를 체현하고 있는 것처럼 보인다.

　물론 나무는 물과 친하다. 이은선의 소설에서 물이 있는 곳이라면 어디서나 거대한 자작나무들이 자라고(「발치카 No. 9」), 분나나무들은 꽃을 피우고(「분나」), 목화는 하얀 이불처럼 밤을 밝힌다(「까롭까 ─ 수로 2」). 그러나 물이 없을 때, 나무들은 남성들의 성기에 비유되고(「분나」), 되레 마을을 불모화하는 이질적인 생명체로 변하기도 한다. 반면 쇠는 불의 편이다. 수로가 쇠로 만들어졌고, 그 수로를 놓으려는 군인들이 들고 있는 총도 쇠로 만들어졌다. 말라버린 아랄 해의 해변엔 녹슬어가는 철선들이 배들의 묘지를 이루고, 무이낙 마을의 폭군 대령은 칼을 다룬다('수로' 연작).

그리고 그 모든 원소들이 전부 대지와 모래 위에, 그리고 항상적으로 불어오는 바람(「살사 댄서의 냉풍욕」「라, La」) 속에 있다. 눈개(「라, La」)도 수마(「판타롱 아일랜드」)도 바람을 등에 업고 닥쳐온다. 그러나 분나 향도 아버지의 배(「톨큰 ― 수로 3」)도 또한 바람을 타고 돌아온다.

간단히 말해, 이은선 소설의 원재료는 바로 저 태곳적의 원소들이다. 저 강렬한 원소들로 이루어진 세계가 선명하지 않을 도리는 없고, 건강하고 활력 넘치지 않을 도리도 없다. 왜냐하면 그런 세계를 우리는 흔히 '신화적'이라 부르곤 하는데, 지금의 세계가 추하고 타락했다고 여겨지는 그만큼 신화적 세계는 저 원소들의 순수성으로 인해 활력과 건강을 얻기 때문이다.

2. 제사장들

  신화적인 원소들로 이루어진 세계가 마련되었으니 거기
제사장이 없을 리 없다. 신적인 것들과 인간적인 것들 사이
에 다리를 놓는 이들이 바로 그들이기 때문이다. 당연히 이
은선의 소설 속 세계에서는 아직 하늘과 땅이 혼거하고 죽은
혼들이 살아 있는 것들 곁을 배회하고 있어서, 누군가 그 둘
사이를 매개해야만 한다.

  원시적 미분화 상태라고 일컬어도 좋을 이 세계에서 가장
먼저 눈에 띄는 영매는 '새'다. 「톨큰 — 수로 3」의 '아내'가
그런 존재인데, 이 새는 수로 탓에 물이 말라버린 무이낙 마
을의 수호조(守護鳥)다. 화자(죽은 수호조의 남편 새)는 말한
다. "마을에 재앙이 생길 때나 무엇을 기원할 적에 인간들은
아내를 향해 두 손을 모았다. 하늘에 뜬 바람들을 큰 날개로
담뿍 쓸어 담은 아내가 그것을 더 높은 곳으로 올려 보냈다.
때때로 소원은 누군가 가만히 귀를 기울여주기만 해도 그 힘
을 발휘한다는 것을 나는 아내를 통해 알게 되었다. 또 아내
는 명이 다해 떠오른 숨방울은 거두지 않고 하늘의 길을 터
주기만 했다. 숨방울은 그것들만의 하늘길이 있는 것이라고
내게 가르쳐주었던 아내, 이 마을의 수호조"(p. 80).

  새가 하늘에 가까운 제사장이라면 땅에 가까운 제사장들

도 있다. 가령 「라, La」의 '노인'(화자의 시어머니)은 실제로 마을(히말라야 산맥 초입의 마을로 보인다) 사람들에 의해 '제사장'이라고 불리며, 산에 오르려는 모든 이들이 먼저 그녀를 찾아 제사를 지내고서야 긴 산행을 시작할 수 있는 존재다. "노인은 마을에 남은 유일한 제사장이었다. 산을 타기 위해 마을에 온 이방인들도, 마을의 주민들도 모두 노인에게 제를 부탁하기 위해 찾아왔다"(p. 241). 땅에 발붙이고 사는 그녀는 하늘에 닿기 위해 신조인 까마귀를 기르고, 점을 치고, 산행의 행운을 빌어주고, 죽은 아들에게는 차를 끓여 제사를 지낸다.

설사 소설의 무대를 현재의 한국으로 옮겨 오더라도 이은선의 소설에서 제사장은 거의 예외 없이 등장하는데, 「살사 댄서의 냉풍욕」의 '윤 씨'는 여전히 갱도의 바람 속에서 죽은 이들의 넋을 식별해내고, 그들에게 줄 제사상을 차림으로써 스스로를 제사장의 지위에 놓는다. 그녀가 냉풍욕장에서 술을 팔고 담배를 피우고 외국인 이주 결혼 여성의 불행을 보살피는 데에도 다 이유가 있는 셈이다.

욕장의 상인들은 종종 바람의 눈을 만났다. 폐광 깊숙한 곳에 오래 갇혀 있던 검은 눈빛들이 바람을 타고 올라온 것이었다. 녹슨 갱도를 훑느라 허기가 졌던지 그곳에서 전을 부치고 수육을 써는 이들에게 찰싹 달라붙었다. 할 말 많아

보이는 눈들이 술잔에 담겨 애처롭게 흔들렸다. 그것이 몇몇 상인들과 윤 씨의 노구를 지탱하는 힘이 되었다. 간혹 윤 씨가 담배 한 대를 피워 물 적에는 갱도 사고로 죽은 남편과 아들의 눈빛을 담아 온 바람, 남의 자식이라도 이제는 내 피붙이처럼 애처로운 눈빛이 슬슬 다가와 담뱃갑 속의 돗대에 들러붙었다. 그것이 바로 윤 씨가 줄담배를 태우는 이유였다. (「살사 댄서의 냉풍욕」, p. 142)

실은 드러내놓고 제사장 역할을 하고 있지 않을 뿐,「분나」의 '아지자'도,「까롭까 — 수로 2」의 '흰 손'도,「붉은 코끼리」의 '삼촌'도 소설 속에서 부여받은 역할로 미루어 다소 모호한 채로나마 제사장이라 불릴 만하다. 그들은 모두 하늘에 제물을 바치고(대령의 인신, 분나-커피), 자신들이 속한 공동체(차트에 오염되어가는 마을, 다문화주의 동물원)의 수호자 역할을 자임한다. 그들이 구심점이 되어주는 덕에, 이은선 소설 속에 마련된 소규모의 신화적 공동체들은 와해되지 않고 (최소한 소설의 말미까지는) 가까스로 유지된다.

그런데 흥미로운 것은 이 제사장들이 하나같이 이미 노쇠해 있거나(그래서 소설 말미의 파국과 함께 죽거나) 신체적으로도 정신적으로도 강건하지 않다는 점이다. 수호조는 물길이 막혀버린 땅에서 인간들의 개발 다툼에 치여 죽고, 윤 씨가 탄광에서 죽은 남편과 아들에게 지내는 제사는 오늘이 마지막이다. 분나 마프라트(에티오피아에서 안주인이 커피를 끓이며 행하는 일종의 사교 의식)의 진지한 수행자였던 아지자는 아들과 마을의 젊은이들이 외지에서 들여온 마약 '차트'에 중독되어 미쳐가고, 동물원의 수호신 삼촌은 어떤 이유에선지 급작스런 자살로 생을 마감한다. 「라, La」의 제사장 노인은 영력을 잃고 마을 사람들의 관심 밖으로 밀려나며, 결국 그 마을 전체가 눈사태에 매장당한다. 그들에게 무슨 일이 일어난 것일까?

3. 희생양

문화와 국적을 달리하지만, 이은선 소설 속 공동체들에서는 매우 유사한 일들이 일어난다. 우선 '수로' 연작 세 편의 경우, 목화를 더 많이 재배하기 위해 물의 방향을 돌려버린 후로 마을 공동체가 훼손되기 시작한다. 훼손은 분열과 함께 시작되는데, 대령을 중심으로 한 개발자 남성들과 보를라를 중심으로 한 공동체 여성들이 그 분열의 양 축이다.

「분나」의 경우는 젊은이들이 외지의 영향을 받아 심기 시작한 차트가 분열과 갈등의 원인이 된다. 화자는 말한다. "여러 번의 수고를 거치고도 사 년씩 기다렸다 열매를 수확하는 분나와 달리 차트는 이파리만 나오면 바로 내다팔 수 있는 작물이었다. 밭의 토질을 따지지 않고도 잘 자란다고 했다. 나는 날마다 두 나무를 사이에 두고 패가 갈린 사람들이 무자비하게 돌진하여 서로를 헐뜯는 것을 보았다"(pp. 225~26). 결국 차트가 분나를 이기지만 젊은이들은 자신들의 뜻을 이룬 후에도 "전보다 더 초조하고 불안해 보이는 표정을 한 채 마을 안을 비구름같이 떠다녔다. 두 손 가득 차트 이파리를 쥐고도 나뭇잎을 따러 밭으로 들어갔고, 제 것이 없는 사람들은 남의 밭에도 서슴지 않고 들어갔다 나오는 길을 찾지 못해 밭둑을 맴돌았다. 더 진하고 독한 맛을 원한답시고 차트와 분나를 섞어 끓이다 그만 심장이 멎어버린 사람도 있었다"(p. 226). 이 문장들에서 마을 전체에 번지기 시작한 '희생 위기'의 징조를 읽는 것은 의미 있어 보인다.

「라, La」에서는 차트가 분나 공동체에 대해 했던 역할을 십자가와 돈(그리고 문명의 이기들)이 한다. 이방의 산악인들이 돈과 십자가와 물건들을 많이 들여올수록, 제사장의 권위는 약화되고 영력은 떨어지며 마을은 분란에 휩싸인다. "사람들은 짐을 올려다주겠다는 쪽과 노인의 허락 없이는 움직이지 않겠다는 쪽으로 나"(p. 253)뉜다.

마찬가지 일이 「붉은 코끼리」에서도 「판타롱 아일랜드」에서도 일어난다. 전자의 경우 '팀장'으로 대표되는 한국적 실적주의가, 후자의 경우 4대강 사업이 그 표본이라 할 만한 무목적적 개발 지상주의가 그 원인이 되어 공동체가 분열하고 결국엔 파국을 향해 치닫는다. 요컨대 외부의 문명과 탐욕이 공동체에 침입하는 순간 공동체는 물과 불로, 남자(대령, 이무, 동물원 팀장)와 여자(율두스, 보를라, 아지자)로, 그리고 개발주의자와 공동체주의자로 분열하고, 양분된 그들 간의 갈등이 공동체를 붕괴시킨다.

그런데 언급했듯이 그 붕괴의 모습은 마치 르네 지라르가 『폭력과 성스러움』에서 개념화한 '희생 위기'를 닮았다. 왜냐하면 공동체의 갈등은 매번 점점 심화되다가 소설 말미에는 반드시 파국을 부르고, 파국의 순간에 '이중간접화'가 극에 달한 공동체 전체의 운명을 대신해 누군가 한 사람이 희생제의에 제물로 바쳐지기 때문이다. 「카펫 — 수로 1」의 '슈흐랏', 「까롭까 — 수로 2」의 (보를라가 낳은) 아이, 「톨큰 — 수로 3」의 수호조와 죽은 임산부가 낳은 아이, 「발치카 No. 9」의 '마리나', 「살사댄서의 냉풍욕」의 안경 쓴 중년의 알코올 중독자, 「붉은 코끼리」의 삼촌, 「분나」의 '이무', 「라, La」의 '나', 「판타롱 아일랜드」의 어머니는 이 희생양들의 목록이다.

그런데 지라르는 희생제의, 즉 만장일치의 폭력 의례는 이중간접화(희생 위기가 절정에 달한 상태)된 공동체의 무질서 상태를 종결짓는다고 말한 바 있다. 즉 희생 위기는 반드시 희생양 제의를 통해서만 제압될 수 있다. 가령 인류 역사상

최대의 희생양이었던 예수가 그랬듯이 희생제의는 공동체에 얼마간의 안정과 질서를 재도입한다.

그러나 이은선의 소설 속에서 그런 일은 일어나지 않는다.

4. 숲의 왕

이은선의 소설 속에서 자주 일어나곤 하는 희생제의를 지라르가 아니라 프레이저의 관점에서 읽는 것도 가능할 듯하다. 그렇게 읽을 때, 이은선의 소설들은 '부왕 살해'라는 전래의 보편적인 신화소를 내부에 오롯이 품고 있다고 말해도 무방해 보인다. 역저 『황금가지』에서 프레이저가 수집한 그 수많은 신화들은 젊은 왕에 의한 늙은 왕 살해와 관련된다. 물론 신화시대에는 왕들이 곧 제사장이기도 했으니, 프레이저가 보기에 터너의 그림 속 숲의 축제는 이제 늙어서 영력을 대부분 상실한 늙은 왕을 죽이고(숲에 닥친 재앙은 그의 노쇠 탓이므로) 새로운 왕의 등극을 알리는 일종의 희생제의였을 것이다. 정확히 그런 일들이 이은선의 소설 속에서도 일어난다.

「카펫 — 수로 1」에서 카펫을 팔러 나가 돌아오지 않는 엄마의 자리는 '율두스'에 의해 대체된다. 슈흐랏은 율두스의 가슴에서 오래전 마을에 울려 퍼지던 파도 소리를 듣는다.

율두스가 나를 꼭 안아주었다. 나는 율두스의 가슴에 얼굴을 묻고 어디선가 들려오는 뱃고동 소리와 파도 소리를 들었다. 아주 먼 데서 몰려오는 물소리도 났다. 잠결에 들었던, 검은 몸이 율두스의 가슴에 입술을 대고 내던 소리도 나는 것 같았다. 나는 그 소리들을 향해 손을 내밀었다. 여러 소리가 순식간에 내 손 안에 고였다. 나는 손 쪽으로 얼굴을 돌렸다. 물컹한 것이 내 볼과 입술에 닿았다. 소리들은 거기에도 모여 있었다. 파도 소리, 배들이 몰려오는 소리, 출렁이는 물결 소리, 수로관에서 물이 터져 나오는 소리, 소리들! 다시 눈을 떴다. (「카펫 ― 수로 1」, p. 31)

'물–가슴–모성'의 이미지 계열체가 율두스(한국어로 '별')에게 여신의 풍모를 부여하는 바, 사라져버린 엄마를 대신하는 것은 이제 율두스다. 「까롭까 ― 수로 2」에서는 더이상 선원들에게 부를 가져다주지 못하는 (늙은 목화 왕) 대령이 선원들의 만장일치에 의해 '식인제의'(프로이트가 상상했던 원초적 부친살해의식)의 제물이 되고, 그가 앉았던 의자에는 대신 '흰 손'이 앉는다.

신이 난 인간들이 춤을 더욱 격렬히 추며 대령의 몸 가까이 다가섰다. 갑판 위에 머리가 하얗게 세어버린 대령의 가지에 목화 봉오리가 만개했다. 그 봉오리 위에서 대령의 목이 툭, 떨어졌다. 인간들이 더욱 요란한 춤을 추며 대령의 몸에서 막 뿜어져 나오고 있는 핏물을 짓이겼다. 목화 봉오리가 서서히 핏물을 머금었다. 그 위로 대령의 의자에 걸터앉은 흰 손이 하얗게 겹쳤다. (「까롭까 — 수로 2」, p. 66)

이제부터 목화밭과 배를 다스릴 자는 대령이 아니라 '흰 손'이다. 대령은 더 이상 선원들의 아버지 역할을 하지 못할 만큼 노쇠했고, 눈도 어두워졌으며(맹목은 항상 늙은 현자들의 표지다), 무엇보다도 생식력을 상실해가는 중이었다.

　마찬가지로, 「붉은 코끼리」에서 죽은 삼촌(그는 다문화주의 동물원의 왕이라 불릴 만했던 인물이다) 대신 그의 조련복을 입는 것은 조카인 '나'이고, 「분나」에서는 소설 말미 며느리인 '나'가 시어머니 '아지자'를 대신해 분나를 끓인다. 게다가 그녀가 끓인 분나는 아지자가 끓인 분나에서 나던 것보다 더 독하고 진한 향기를 뿜는다. 차트에 중독되고 늙어버린 아지자는 이제 분나 마프라트를 수행할 기력이 없다. 「라, La」에서도 늙은 제사장을 대신해 까마귀를 기르고, 차를 끓이는 것은 며느리다. 그들은 모두 새로운 숲의 왕들이다.

　그런데 프레이저 또한 노왕 살해 의식, 즉 늙은 부친을 살해해 벌이는 인신공희는 재앙에 빠진 공동체의 불모 상태를 종결짓는다고 말한 바 있다. 기력이 쇠한 구 제사장을 대신해 영력이 강한 젊은 제사장이 숲의 왕이 되었으므로, 숲은 풍요와 활기를 되찾는다. 그러나 역시, 이은선의 소설 속에서 그런 일은 일어나지 않는다.

5. 마녀들의 커피

가혹한 일이 되겠지만, 이제 이은선 소설의 결말들을 읽을 차례다. 젊은 숲의 왕이 등극했다. 세계는 이제 새로운 삶을 다시 이어가게 되는가? 그러나 우리 모두가 알다시피, 새로운 제사장이 등장하자 곧바로 우주는 섭리를 되찾아서, 분나 꽃은 다시 무더기로 피고, 목화는 잘 팔리고, 수로에는 물이 돌고, 산에 올랐던 손님들은 무사히 되돌아오고, 코끼리들의 설사는 멈추고, 항구는 다시 배와 물고기들로 붐비고, 카펫을 다 판 엄마가 돌아와 아이에게 젖을 물리는 그런 세계는 다 옛말이다. 분나나무들이 마지막 힘을 다해 미친 듯이 꽃을 피워 올리던 우물은 말라 바닥에 썩은 쓰레기만 드러내고, 파도는커녕 쇠로 된 수로에 돌던 물마저 제 길을 찾지 못하고, 목화 값은 폭락하고, 눈사태는 마을을 덮친다. 코끼리가 죽을 거라며 젊고 여린 태국 사육사는 울고, 기다리던 엄마를 대신하던 여신은 겁탈당한다. 물론 새로운 제사장들은 젊겠지만, 그들의 능력으로 되돌릴 수 있는 싱싱한 신화적 원소들의 세계는 지상에 더 이상 없다. 소설 말미 등극한 새 제사장들이 하나같이 자신에게 주어진 임무 앞에서 주저하고 망설이는 이유가 여기에 있다.

손에 쥔 못은 죽은 구제사장 '삼촌'의 관에서 가져온 것이니, 새로운 숲의 왕은 지금 세계에 새로운 질서를 도입할 자신이 없다.

어찌할 바를 몰라 나는 조련복 속에 있던 못을 꺼내 쥐었다. 나는 어느 쪽으로도 가지 못했다. 누군가 먼저 잡아당기지 않는다면 나는 언제까지라도 그렇게 서 있을 것만 같았다. (「붉은 코끼리」, pp. 202~03)

혹은 크레바스에 빠져 이미 심장이 터져 죽은 채로(스스로도 희생양이 되어, 그러나 정작 구해야 할 공동체는 구해보지도 못한 채로), 마을을 덮치는 눈사태를 속수무책 지켜보고 있을 수밖에 없다. 말하자면 등극과 동시에 옛 제사장과 더불어 죽음을 맞는 숲의 왕이 여기 있다.

노인이 관 뚜껑을 열었다. 하얀 새 뼈가 가득했다. 노인이 그 위에 누웠다.

눈개가 일으킨 눈사태가 마을에 도착했다.

노인의 관이 눈에 묻혔다. 새로 생긴 흰 봉분 위에 부러진 깃대가 내리꽂혔다. 붉은 천이 긴 꼬리를 봉분 아래까지 늘어뜨렸다. (「라, La」, p. 266)

죽은 것들의 숨방울을 눈에 담아 하늘로 실어 나르는 능력을 물려받았으나, 스스로 그 능력을 폐해버리는 신조(神鳥)도 있다. 인간의 말이 몸 밖으로 모두 빠져나갔으니 이 새는 이제 인간 세계의 재앙에 아무런 책임도 의무도 없다.

나는 잔뜩 열이 오른 관에 왼 눈을 가져다 댔다. 눈동자가 지져지는 소리가 들렸다. 내 몸 가득 들어 있던 인간의 말이 소나기 오는 소리를 내며 몸 밖으로 빠져나갔다. (「톨른 ─ 수로 3」, pp. 97~98)

그러나 마지막으로, 남자들과 쇠붙이와 불과 차트에 마음 가득 독한 원한을 품고서, 그 원한의 독기로 신화 세계 최후의 보루를 지키려는 두 여제사장은 있다.

그들의집에는늘매캐하고도달콤한냄새가풍기고이제는손님도오지않지만밤낮을가리지않고끓여대는분나탓에그곳에는항상달큰한냄새가고여있다. 화로에쓰일나무가거의다떨어졌을때에서야며느리가바깥출입을하는듯했으나그도잠

시, 간혹 지독하게 매운 꽃향에 홀린 사람들이 집으로 들어가지
만 그들이 되짚어 나오는 것을 본 사람은 없다.

　방 안 가득한 달큰한 향에 나무가 쉴 새 없이 졸여진다. (「분
나」, p. 236)

　띄어쓰기가 없으므로 질서도 없는 집, 시취와 향기가 뒤섞
여 구별하기 힘들지만 그래서 더 무섭도록 달큰한 분나 향이
종종 사람들(아마도 아지자의 아들 이무처럼 그 안에서 죽어
야 할 남자들일 텐데)을 사로잡아서는 결코 놓아주지 않는 두
여신의 집, 아니 실은 이제 '마녀들'이 되어버린 두 늙고 젊
은 제사장의 집이, 나는 유독 서럽고 또 마음에 든다. 세상은
이제 그들의 힘으로는 어찌할 도리가 없을 만큼 남자와 불과
쇠의 기운으로 가득 차버렸지만, 그들이 집 주위로 둘러쳐
놓은 깊고 진한 원한의 방어막 또한 독하고 강력해서, 거기
가 바로 '현대의 비극'을 피해 신화적 원소들이 최후로 택한
마지막 보루는 아닌가 여겨지기 때문이다. 그들이 끓이는
분나의 향이 바로 그 원소들이 아직 실존함을 증거하는 알리
바이다.

　나는 그 두 마녀가 끓이는 커피의 맛과 향이 무척 궁금하
다. 이제 막 첫 책을 펴낸 젊은 작가 이은선이 써낼 다음 소설
들에서 그 맛과 향이 더욱더 독하고 깊어지길, 그리고 우리가
사는 일상의 삶 속으로까지 널리 널리 퍼지기를 기대한다.

등장과 독백, 입구와 비상구에 대해 오래 생각하는 밤들이 었다.

연극 무대라면, 분장실에서나 다시 만나게 될 어떤 인물들이 제각각의 목소리로 자꾸 신경을 건드려 와, 매일 밤 내가 세운 무대를 홀로 걷거나 멀찍이서 지켜보아야 했다. 가장 큰 목소리로 떠들고 밝게 웃으며 돌아와 괴물처럼 진지해지던 순간의 맨 얼굴인 셈이다.

그런 밤이면 더욱더 열심히 손바닥을 들여다보았다. 두 손을 맞잡을 때마다 손 안의 이야기들이 맑은 눈으로 나를 응시했기 때문이었다. 그렇게 궁굴려진 이야기가 내 손금을 바꾸어놓았다. 어떤 문장이 필사적으로 다가서려는 지점들을, 마주하기 불편할 정도로 안간힘 쓰던 모습을 조금 더 세련되고 깔끔한 모습으로 맞아줄 수는 없었을까. 마음이 상하고 다리가 떨릴 때마다 두 손을 맞잡는 버릇은 대체 어쩌자고 아직도 고치지 못하는 것일까.

밤마다 홀로 빛나던 열 개의 무대를, 두 손을 묶던 열 번의 결계를 이제야 푼다.

지독하게 기억력이 좋은 코끼리 한 마리와 오래 같이 지냈다. 어느 날 홀연히 내 곁을 떠난 코끼리가 비단이 오가던 길목의 무늬가 담긴 카펫을 타고 마른 바다를 떠돈다는 이야기를 전해 들었다. 녀석이 선심 쓰듯 한 번씩 보내오는 상자 속의 이야기들이 때로는 저 스스로 몸을 부풀리다가 찬바람을 맞으며 휘도는 것을 바라본 적도 많았다. 아홉 가지 도수의 맥주와 시고 단 커피를 골라 마시다 붉게 취한 코끼리가 세상에서 제일 거만한 콧등으로 내게 내밀던 이국의 찻잔을 기억한다. 내 가슴과 손등에 새겨진 코끼리의 주름을 결코 잊지 않을 것이다.

이 책은 취기와 치기, 몰이해와 몰입, 배움과 배반이 한 덩어리로 뭉쳐 있던 이십대를 지켜준 모든 분들에게 수줍게 내미는 마음 한 잔이다. 다시 태어날 수만 있다면, 엄마에게 세상에서 최고로 따뜻한 엄마가 되고 싶다. 아빠에게는 든든

한 누나가 된다면 어떨까. 수많은 고비를 지나왔지만, 살아주셔서 감사하다. 몇 번을 다시 살더라도, 내가 항상 당신들의 지척에 있기를 바란다.

여기까지 오는 동안 많은 분들의 도움을 받았다. 해설을 써주신 김형중 선생님과 매의 눈으로 소설의 흠결을 잡아준 김덕희 편집자에게 수많은 말로도 부족한 인사를 전한다. 눈매가 따순 해설자와 안경테가 잘생긴 편집자를 만난 나의 행운에 조금 더 등을 기대기로 한다. 그 장을 마련해주신 문학과지성사의 모든 분들에게도 감사 드린다.

앞으로 얼마나 많은 이야기를 쓰고, 몇 자루의 생두를 볶고, 몇 시시의 맥주를 마시게 될까.

바람이 휘고, 눈이 들고, 볕이 세고, 빗낱이 덤벼드는 곳으로 끊임없이 쓰러 가겠다.

명동 프린스 호텔
'소설가의 방'에서
이은선

수록작품 발표지면

카펫　『현대문학』 2010년 4월호

까롭까　〈문장 웹진〉 2011년 2월호

톨큰　〈문장 웹진〉 2013년 8월호

발치카 No. 9　『문학과사회』 2011년 여름호

살사댄서의 냉풍욕　『문예중앙』 2013년 가을호

붉은 코끼리　『서울신문』 2010년 신춘문예

분나　『문학의 오늘』 2013년 여름호

라, La　『문학의 오늘』 2012년 여름호

이화　『좋은 소설』 2014년 봄호(발표 당시 '이화가 월 백 받고')

판타롱 아일랜드　『문학의 오늘』 2014년 가을호